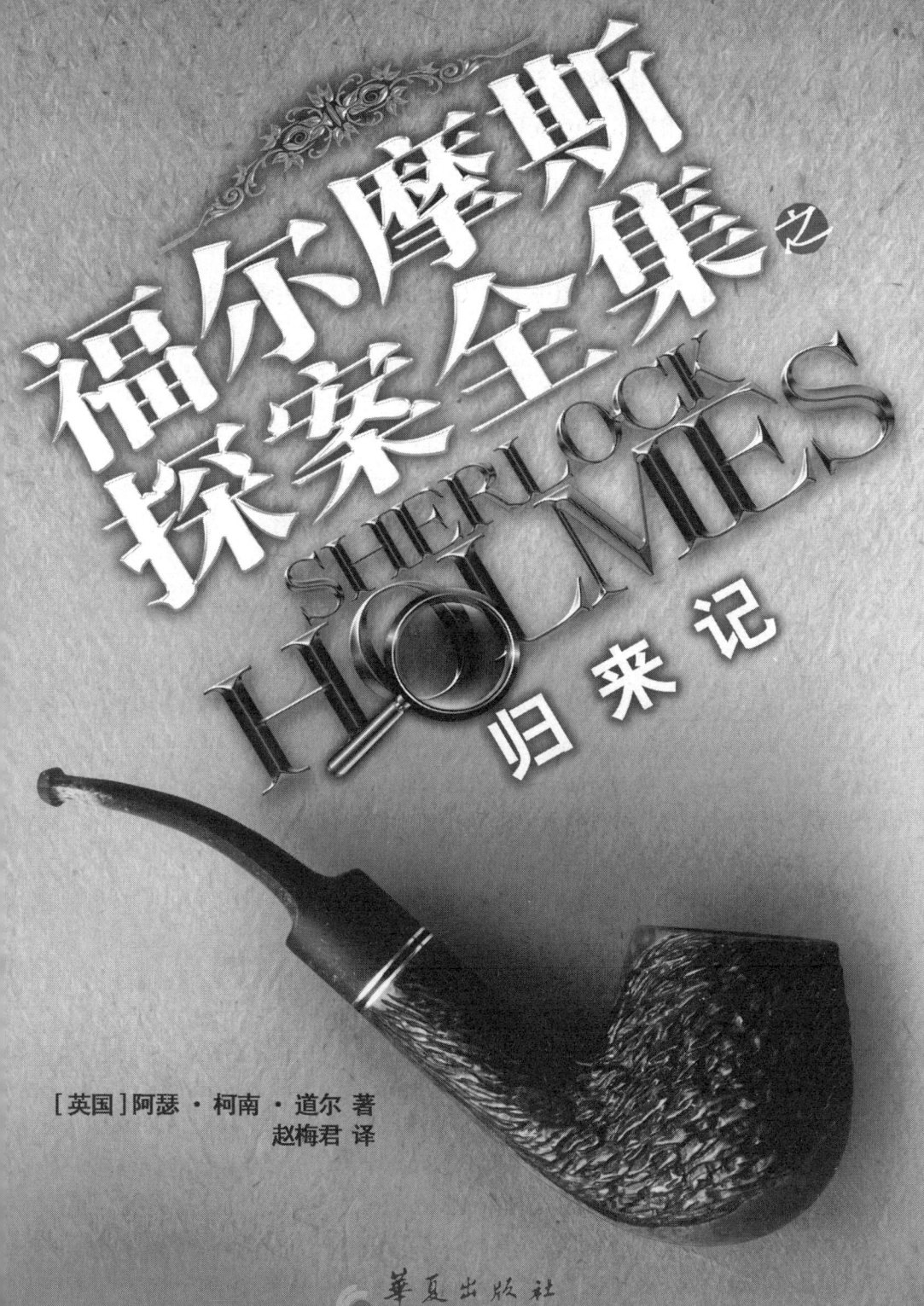

图书在版编目（CIP）数据

归来记/（英）柯南道尔（Conan Doyle,A.）著；赵梅君译. —2版. —北京：华夏出版社，2012.9

（福尔摩斯探案全集）

ISBN 978-7-5080-7081-0

Ⅰ.①归… Ⅱ.①柯… ②赵… Ⅲ.①侦探小说-小说集-英国-现代 Ⅳ.①I561.45

中国版本图书馆 CIP 数据核字（2012）第 148283 号

福尔摩斯探案全集之归来记

选题策划	刘景立　北京宏昊文化发展有限公司
责任编辑	赵　楠　刘晓冰　李春燕
出版发行	华夏出版社
经　　销	新华书店
印　　刷	北京睿特印刷厂大兴一分厂
装　　订	北京睿特印刷厂大兴一分厂
版　　次	2012年9月北京第2版　2012年9月北京第1次印刷
开　　本	670×970　1/16开
印　　张	15
字　　数	216千字
定　　价	20.00元

华夏出版社　网址：www.hxph.com.cn　地址：北京市东直门外香河园北里4号　邮编：100028
若发现本版图书如有印装质量问题，请与我社营销中心联系调换。电话：（010）64663331（转）

目 录

归来记

空屋子 …………………………………………（3）
诺伍德的建筑师 ………………………………（21）
舞蹈者 …………………………………………（41）
孤身骑车人 ……………………………………（61）
修道院公学 ……………………………………（79）
黑彼得 …………………………………………（105）
米尔沃顿 ………………………………………（122）
六尊拿破仑半身像 ……………………………（136）
三个大学生 ……………………………………（153）
金边夹鼻眼镜 …………………………………（168）
失踪的中卫 ……………………………………（186）
格兰奇庄园 ……………………………………（203）
第二块血迹 ……………………………………（219）

归来记
GUILAIJI

归来记

空屋子

一八九四年春，全伦敦的注意力都投入到可敬的罗诺德·阿德尔在最不寻常和莫名其妙的情况下被谋杀的案子上，这个案件使整个上流社会感到莫大的惊慌。对于警方所调查公布的详细案情大家都有所了解，但许多细节被删去了。因为起诉理由如此充足，没有必要公开全部证据。直到将近十年后的今天我才可以讲述当时破案时所遗缺的重要环节。案子本身是耐人寻味的，但它意想不到的结局，更能激发人们的兴趣。在我一生所经历的那许许多多的冒险事件中，这案件的结果使我感到最诧异和震惊。即使过了这么长的时间，现在一回忆起它来仍令我毛骨悚然，并且使我重新体验那种高兴、惊奇而又怀疑的心情，当时这心情如潮水一般，完全淹没了我的神志。让我向那关心福尔摩斯的读者大众说句话：不要因为我没有让他们分享我所知道的一切而责备于我。要不是他曾亲口下达了禁令，我会把这件事及早告诉大家的。这项禁令是在上个月三号才取消的。

可以想象，由于我和福尔摩斯的交往而使我对刑事案件发生了极大的兴趣。在他失踪以后，只要公开发表的疑案，我都认真读过，从不遗漏。为了满足个人兴趣，我还尝试着用他的方法来解释这些疑案，尽管不很成功。但是，没有任何疑案像罗诺德·阿德尔的惨死那样把我吸引住。当我读到审讯时提出的证据并据此判决未查明的某人或某些人蓄意谋杀罪时，我比任何时候都更加明白地意识到福尔摩斯的去世给这个社会带来的巨大损失。我敢肯定他一定会被这件事中几点古怪处所吸引。而且这位欧洲首屈一指的刑事侦探，以其敏锐的观察力和逻辑推理能力，足可弥补官方警察的不足，在一定程度上可以促使他们提前行动。我整日巡回出诊，脑子里却想着这件案子，难以找到一个自己认为是理由充分的解释。我甘愿冒险讲一个陈年旧事，把审讯完成时已经公布过

的案情简要再说一次。

　　罗诺德·阿德尔是澳大利亚某殖民地总督梅鲁斯伯爵的次子。他的母亲因从澳大利亚回国来做白内障手术，便跟儿子阿德尔和女儿希尔达一起住在公园路 427 号的一套住宅内。这个年轻人常出入上流社会场所，众所周知，他无恶习也无仇人。他跟卡斯特尔斯的伊迪丝·伍德利小姐订过婚，但就在几个月前，双方协议解除婚约，此后也未发现他有什么留恋。他天性冷漠，习惯于平淡的生活，平时的圈子狭小而保守。可是，一八九四年三月三十日夜里十点至十一点二十分之间，死神以一种极度独特的方式向这个一贯悠闲懒散的青年发出了请帖。

　　罗诺德·阿德尔喜欢并且经常打纸牌，但赌注从不大到有损于他的身份。他是鲍尔温、卡文狄希和巴格特尔三个纸牌俱乐部的会员，事发那天，晚饭后在卡文狄希俱乐部玩了一盘惠斯特。当天下午他也在那儿打过牌，跟他一起打牌的莫瑞先生、约翰·哈代爵士和莫兰上校证明他们打的是惠斯特，每人的牌运差不多，阿德尔大概输了五镑，不可能超出这个数目。他有一笔数目可观的财富，如此小的输赢对他来说无足轻重。他几乎每天不是在这个俱乐部打牌就在那个俱乐部打牌，但是他素来小心谨慎，不赢点钱，通常是不会走的。证词还涉及到几周前，他和莫兰上校一伙一口气赢了哥德菲·米尔纳和巴尔莫洛勋爵多达四百二十镑。在调查报告中提到的有关他的近况就这些。

　　事发当晚十点整，他从俱乐部回到家里。他母亲和妹妹上亲戚家串门去了。女仆证实说，听见他走进二楼前厅也就是经常被他当做居室的那间屋子时，她已经在屋里生好了火，因为冒烟，她把窗户打开了。一直到十一点二十分梅鲁斯夫人和女儿回来以前，屋里无一丝动静。梅鲁斯夫人想进她儿子屋里道声晚安，却意外地发现房门从里边锁上了。母女二人叫喊、敲门都不见回应，于是让人把门撞开，发现这位可怜的青年躺在桌旁，一颗左轮子弹击碎了他的脑袋，模样极其恐怖，可屋内没发现任何武器。桌上摆着两张十镑的钞票和总共十一磅十先令的金币和银币，这些钱被码成十小堆，数目多少不均。另外有张纸条，上面写了若干数目字和几个俱乐部朋友的名字，据此可推测遇害前他正在计算打牌的输赢数目。

福尔摩斯探案全集

对现场的详细检查反而使得案情变得更加复杂。第一，找不出任何理由可证明门为什么会被插上。这有可能是凶手把门插上了，然后从窗户逃跑。由窗口到地面的距离至少有三十英尺，番红花在窗下的花坛里开得正艳。可是花丛和地面都没有被人踩过的迹象，在房子和街道之间的那一块狭长的草地上也没有留下任何痕迹。因此，十分明显是年轻人自己把门插上的。假若有人能用左轮手枪从外面对准窗口放一枪，而且造成这样的致命伤，那么这一定是个出色的射手。另外，公园路是一条人来人往的大道，不到一百码远的地方还有一个马车站。虽然这儿出现了命案，还有一颗像所有铅头子弹那样射出后就会开花的左轮子弹和它造成的致命的创伤，可是当时无任何人听到枪响的声音。而且这件奇案，由于找不出动机而显得更加复杂，因为，正像我前面所讲述的，没人知道这个年轻人有什么仇敌，何况，他屋内的钱和贵重物品丝毫未动。

我整天脑子里想的都是这些情况，尽力想发现一个可以解释得过去的理论来找到捷径——我的亡友称之为所有调查的起点。傍晚，我漫步穿过公园，在六点左右来到公园路连接牛津街的那头。一群无所事事的人聚在人行道上，抬着头望着一扇窗户。他们向我指点着我特意要来看看的那所房子。一个戴着墨镜的瘦高个男子正在高谈阔论他自己的某种推测。我怀疑他是个便衣警察，其他的人也都在围着他听。我好不容易凑上前去，但他的议论听起来实在荒谬，我有点厌恶地又从人群中退了出来。正在此时，我撞在后面一个残疾老人身上，撞掉了他抱着的几本书。我捡起那些书，看见其中一本书的书名是《树林崇拜的起源》。这使我想到老人一定是个穷藏书家，收集一些名不见经传的书籍作为职业或者爱好。我尽力为这意外之事道歉，可不巧的是，在主人眼里碰掉的这几本书显然是奇珍异宝。他充满厌恶地吼了一声，转身就走。我望着他弯曲的背影和灰白的连鬓胡子在人群中逝去。

我观察公园路 427 号已有很多次，但这对解除我的困惑毫无帮助。这所房子和大街只隔着一道半截栅栏的矮墙，不超过五英尺，因此任何人想进花园都轻而易举。但那扇窗户可根本够不着，因为墙外面没有水

归来记

管或者别的东西可以帮助身体轻巧的人爬上去。我感到从未有过的困惑,只好返回肯辛顿。我在书房里呆了不到五分钟,女仆进来说有人要见我。叫我吃惊的是来者并非别人,而是那位怪异的旧书收藏家。他那轮廓清晰而清瘦的脸在灰白的须发中显露出来,右臂下夹着至少十来本他心爱的书。

"您一定很吃惊吧,先生。"他的声音奇怪而嘶哑。

我承认没有想到是他。

"我感到非常抱歉,先生。刚才我步履蹒跚地在您后头跟着走,碰巧瞧见您走进这所房子。我对自己说我该进来看看那位好心的绅士,对他说,刚才我的态度是有点儿粗野,但却无任何恶意,还要对他帮我把书捡起来说声谢谢。""您别把这点小事看得太重了,"我说,"能不能问一下您是怎么认出我的?""先生,其实,我可以称做您的街坊,在教堂街拐角的地方就是我的小书店。或许您也有收藏书籍的爱好吧,先生。这儿有《英国鸟类》、《克图拉斯》、《圣战》——非常便宜,每本都很便宜。你的第二层空档有些不太整齐,再来五本书就可恰好把它装满,是不是,先生?"

我转过头去看了看后面的书橱。等我回过头来,歇洛克·福尔摩斯就隔着书桌站在那儿对我微笑。我吃惊地站了起来,盯了他几秒钟,突然晕了过去,这样的状态在我是平生首次,也是最后一次。仿佛有一片白雾在我眼前打转。白雾逝去,我才发现我的领口解开了,嘴唇上还留有白兰地的辛辣余味,福尔摩斯正俯在我的椅子上,一手拿着随身带来的扁酒瓶。

"亲爱的华生,"一个熟悉的声音说,"我十分抱歉,我没想到你会这样脆弱。"我把他的双臂抓得紧紧的。"福尔摩斯!"我大喊叫了一声,"真的是你?难道你还活着?你是怎么从那恐怖的深渊中爬出来的?""等一等,"他说,"现在你真的有力气来谈论这件事了,瞧我这次的戏剧性出现给你造成了多么大的刺激。""我没事了。可是说真的,福尔摩斯,我的确不敢相信自己的眼睛。天呐!芸芸众生,可偏偏是你站在我的书房里。"我又抓住那只精瘦而有力的胳臂。"可是,无论如

何,你不是鬼,"我说,"亲爱的朋友,看到你,我太高兴了。坐下来,告诉我你是如何从那可怕的峡谷中逃生的。"他面对着我坐下来,如以前一样若无其事地点着一支烟。他穿着一件卖书商人穿的破旧长外套,看得见的只有那一堆白发和放在桌上的旧书。他显得比从前更清瘦、警觉,但从那张鹰似的脸上我发现了一丝苍白的颜色,使我看得出来他最近的生活极其没有规律。

"我很高兴能把腰挺直,华生,"他说,"让一个高个子一连几小时把身长减短一英尺真不是玩笑。如何解释我的经历可在以后再谈,我亲爱的老朋友,咱们面前还有一晚上的艰险工作——如果你可以同我合作的话。最好是这项工作完了以后,我再把全部情况告诉你。"

"我很想知道,希望现在就听到。"

"你愿意今天晚上随同我前往吗?"

"你说什么时候、去什么地方都行。"

"如过去一样,出发前咱们留点时间用点晚饭,好吧,说起那个峡谷,从那里逃出来并没有费多少力,理由极其简单,我根本没有掉进去。"

"什么?"

"真的,华生,我压根没有掉进去,但我给你的便条可毫不掺假。当我察觉模样阴险的莫里亚蒂教授站在那条通向安全地带的窄道上时,我毫不怀疑我的末日到了。在他的灰色眼睛里,我觉察到一个冷酷的意图。于是我跟他商量了几句,得到他彬彬有礼的许可,写了那封后来你收到的短信。我把信、烟盒和手杖一起留下后,就沿着那条窄道往前走,莫里亚蒂仍紧跟着我。走到最后没有路了,他并未掏出武器,却冲上来将我抱住。他知道他已走上末路,急于对我进行报复。我们两人在瀑布边上扭成一团。但我懂点日本式摔跤——在关键时刻常能起作用,我从他的两臂中挣脱出来,他发出一声极其恐怖的尖叫,两手向空中乱抓,又疯狂地踢了几下。尽管他费了九牛二虎之力,仍然无法保持平衡而掉下去了。我探头看到他下坠了很长一段时间,然后撞在一块岩石上,又被弹出去,掉进水里。"我万分惊讶地听他边吸烟边做这番解释。

归来记

"可是还有脚印呐!"我大声说,"我亲眼看见那条路上有两个人往前走的脚印,但往回走的却一个也没有。"

"噢,是这样的,就在教授掉进深渊的一霎间,我忽然想到命运给我安排了很巧的机会。我知道不仅莫里亚蒂一个人——至少还有三个人想置我于死地,他们要向我报复的欲望会因其首领的死亡而变得更强烈。他们都是危险人物,准有人会找到我。另一方面,如果世上的人都认为我死了,这几个人就会更加胆大妄为,随意行动,这样我早晚都能消灭掉他们。到那个时候,我就可以向世人宣称我仍在人间。当时我做出的决策是如此迅速,我相信在莫里亚蒂还没有沉到莱辛巴赫瀑布下的深潭底之前,这一切我已经想出来了。

"于是我开始观察后面的悬崖。在你那篇后来我读得津津有味的文章中,你断言那是绝壁。但你说得并非全对。悬崖上仍有露在外面的几个窄小的立足点,还有一块很像岩架的地方。无论是一直爬上如此高的峭壁,还是顺着那条湿漉漉的窄道走出而不留丝毫痕迹都是同样难的。当然,我也可以像在过去类似场合做过的那样把鞋倒穿,但是在同一方向出现三对脚印肯定会使人想到这是骗人的手法。所以,我最好冒着风险攀上去,这可不是一件让我愉快的事,华生。瀑布在我脚下隆隆作响。我不是个富于幻想的人,可是我真的仿佛听见莫里亚蒂的声音从深渊中冲着我喊叫。当几次我的手抓脱身边的草或脚从湿岩石缺口滑脱的时候,我都以为我完了。但是我拼命往上爬,终于爬上一块有几英尺宽的岩架,上面长着柔软的绿苔,在那儿我可以很惬意地躺下而不被察觉。亲爱的华生,当你和你的随从正在忙忙碌碌而又毫无效率地调查我的死亡之时,我就躺在岩架上。

"当你做出完全错误的结论离开那里回到旅馆时,只有我一个人剩在那,我以为我的冒险已经结束了。可是非常突然的事故发生了,使我吃惊的事情来了。'轰隆'一声,一块巨大的岩石从天而降,从我身边擦了过去,正中下面那条小路,又弹起来掉进深渊。我当时还认为这块岩石是偶尔掉下来的,但我抬头望见昏暗的天空中露出一个人脑袋。这时又一块石头落下来砸在我躺着的地方,距离我的头部不到一英尺。这

意味着莫里亚蒂并非是单枪匹马行动的。在他行动时,还有一个同伙在望着我们,而我一眼就发现这个同伙是多么阴险的家伙。他躲在一边亲眼目睹了他的朋友淹死和我逃脱的情形。他一直等着,然后绕道上了崖顶,试图实现他朋友未能得逞的阴谋。

"我考虑这一切并没有花费多少工夫,华生,我又看见那张冷酷的脸从崖顶朝下张望,这预示着又有一块石头要落下来了。我瞄准崖下的小道往下爬,这比往上爬更难百倍。可是我没时间想往下爬的危险,因为正当我双手攀着岩架边缘,身体悬空的时候,又一块石头'呼'地一声从我身旁落下。我爬到一半的地方脚踩空了。幸好上帝保佑,我掉在那条窄道上,但摔破了头。我爬起来跑掉了,在山里摸黑走了十英里。一星期以后,我到了佛罗伦萨,如此一来,这世界上就没有人知道我的下落了。

"那时候我的哥哥迈克罗夫特是我唯一信赖的人。我再三向你道歉,亲爱的华生。但是当时最紧要的是让大家认为我已不在人世。要是连你都不相信我死了,你就一定不会写出一篇令人信服的有关我不幸死亡的故事。在这三年中,我几次提笔要给你写信,但老是担心你对我的深切关心会使你不小心泄漏秘密。正因如此,今晚当你碰掉我的书时,我只能假装不认识你走开,因为我的处境十分危险,只要当时你稍露出点惊讶,就会有人注意我,从而造成无法弥补的后果。至于迈克罗夫特,那是因为我需要钱,我必须告诉他我的秘密。在伦敦的事态发展并不是如我所想象得那样有利,因为在莫里亚蒂匪帮团伙案的审理中,两个主要成员逍遥法外,而这又是两个最危险的成员。我在西藏旅行了两年,所以常常把去拉萨跟大喇嘛消磨时光当作乐趣。或许你曾读过一个叫西哥森的挪威人写的极其优秀的考察报告,相信你一定不会想到那里写的正是我的状况。然后,我经过波斯,游览了麦加圣地,又到喀土穆对哈里发作了一次简短而有趣的拜访,并且把拜访的结果告诉了外交部。回国以后,在法国南部蒙彼利埃的一个实验室中,我花费了几个月研究煤焦油的衍生物。我满意地结束了这项研究,又听说我的仇人现在只有一个还在伦敦,我便预备回来。公园路奇案的消息使我加速了行动步伐,不

归来记

仅因为这件案子的是非曲直吸引了我,而且它好像给我个人带来了最难得的机会。我马上回到伦敦贝克街,赫德太太被吓得歇斯底里地发疯,房间和记录迈克罗夫特都替我原封不动地保存着。就这样,我亲爱的华生,今天下午两点,我发现自己坐在我原来屋里的那把旧椅子上,并希望能见到我的老朋友华生也坐在对面他一向常坐的那把椅子上。"

这是四月里的一天晚上我所听到的离奇曲折的故事。要不是亲眼所见,我以为再也不能看见他那瘦高的体形和热忱的面容,这个故事真像痴人说梦。

"工作是对悲伤最有疗效的解药,"他说,"今天晚上,我给咱俩安排了一件工作,如果咱们能成功就不枉费今生。"我求他讲详细些,但是没起作用。"天亮前够你听和看的,"他回答说,"有三年的往事要谈,但只能继续到九点半,以后,就要开始这次空屋探险。"

一如既往,到了九点半,我发现自己挨着他坐在一辆双座马车上,我的心里充满要冒险的激动,口袋里装着手枪。福尔摩斯镇定自若,一句话也不说。街灯的亮光明暗交替地照在他严峻的脸上,只见他嘴唇双闭、眉头深锁地沉思着。我无法设想我们将在伦敦这罪犯出没的黑暗丛林中搜寻什么样的野兽,但从这个狩猎天才的神态来看,我完全确信此行必是一次冒险之举。他那饱经磨炼的阴沉的脸上时而露出讥讽之色,预示着我们的对手凶多吉少。

我原本猜想我们要去贝克街,但福尔摩斯叫马车在卡文狄希广场拐角的地方停下来。我看见他下车后左右探望了一下,接着在走过的每条街的拐角上又非常细心地看清楚后面是否有人跟踪。我们走的这条路线无疑是独一无二的。出于对伦敦偏僻小道的了如指掌,这次他飞速而有信心地穿过一系列我从来都没来过的小巷和马厩。最后我们在一条小路上出现,两旁是一些光线模糊的老房子。我们沿着这条小路到了曼彻斯特,然后到了布兰福特街。在这里他马上拐进一条窄道,又穿过一扇木栅栏门进了一个僻静的院子。他用钥匙打开一所房子的后门,我们一起走进去,他又关上了门。

这里伸手不见五指,显而易见是一间空屋,脚和没铺地毯的地板接

触发出"吱吱"的声音。我伸手摸到一面墙,感到上面的纸早已裂成一片片地挂着。福尔摩斯用冰凉的手指抓住了我的手腕,领我走过一条长过道,到看见门上面昏暗的扇形窗才停步。在这儿,福尔摩斯忽然往右转,我们就进了一间正方形的大空房,四角很暗,只有正中央一块地方被远处的街灯照得能模糊辨认。附近没有街灯,厚厚的灰尘积在窗户上,因此我们在里面只能看见彼此的轮廓。我的同伴一手搭在我的肩上,把嘴凑近我的耳朵:"你知道咱们在哪儿?"他悄悄地问。

"那边就是贝克街。"我睁大眼睛透过模糊的玻璃往外看。

"不错。这里就是咱们寓所正对着的卡姆登私邸。"

"那咱们为什么来这儿?"

"因为可以清楚地从这儿观察对面的高楼。亲爱的华生,请你靠近窗户一点,小心别暴露自己,再看看咱们的老寓所——你那么多传奇故事不都是从那里开始的吗?让咱们来看看我离开这儿三年是不是完全丧失了令你称奇的能力。"

我轻轻地移动脚步,向那所熟悉的地方望去,当目光落在窗上时,我吃惊地叫起来。对面我们的老寓所的窗帘已经放下了,屋里点着明亮的灯,窗帘上清晰地映出一个人的身影:那头的姿势,宽宽的肩膀,轮廓分明的面部,不须任何疑问。那转过半面去的脸,就跟我们祖父母那一辈喜欢装上框子的一幅剪影一样,完完全全是福尔摩斯本人。我惊奇地忙把手伸过去,试图证实一下他是否还在我身边,他全身颤动而又忍住了笑。

"看见什么啦?"他说。

"天呐!"我大声说,"简直妙极了!"

"我相信我变化多端的手法还没随着时光的流逝而被淘汰,或者因频繁使用而枯竭。"他说。从他的话语中,听得出这位天才对自己的杰作有难以抑制的自豪。"的确有几分像我,是不是?"

"我可以发誓说那就是你。"

"这个功劳归格勒诺布尔的奥斯卡·莫尼埃先生,他花了几天的时间做成了这个蜡像模子。剩下的是今天下午我在贝克街自己布置的。"

归来记

"你觉得有人在监视你的寓所?"

"不是觉得,是知道。"

"谁?"

"我的老敌人——那一帮可爱的人,他们的头子此刻正躺在莱辛巴赫瀑布下面。别忘了只有他们知道我还活在这个世上,他们确信我早晚会回到这个地方,就不停地监视着这儿。今天早上他们看见了我到达伦敦。"

"你怎么知道的?""因为我当时从窗口往外看,一眼就发现他们派来放哨的人。这是个小角色,姓巴科尔,以杀人抢劫为生,是个出色的犹太口琴演奏家。对他我毫不在意,但是我特别担心操纵他的那个人,此人乃莫里亚蒂的死党,是全伦敦最狡猾、最危险的犯罪分子,也就是从悬崖上投掷石块想加害我的那个人。华生,今天晚上追踪我的正是他,可是他对咱们在追他却毫无所知。"

我朋友的计划渐露端倪:从这个近便的隐蔽所,监视者正受人监视,追踪者正被人追踪。窗户那边削瘦的影子正是诱饵,而我们正是等待猎物的人。我们一同沉默地站在黑暗之中,注视着在我们面前匆匆而过的人影。福尔摩斯不言不动,但我能看出他正处于紧张的戒备状态,专心盯着过往的行人。这是个寒冷喧嚣的夜晚,冷风在街上呼啸而过。大街上来来往往的人很多,一般都紧裹着外套和围巾。我有一两次似乎看见了刚见过的模样相同的人影,特别注意到两个像是在附近一家门道里避风的人。我让福尔摩斯看这两个人,但他极其不耐烦地应了一声,接着又目不转睛地盯着街上。他有时局促不安地挪动脚步,手指不停地敲击着墙壁。显然他开始担心他的计划不会完全像他希望的那样有效。最后,将近午夜时分,街上的人迹渐渐稀少,他无法控制自己的不安情绪,在屋里走来走去。我正要对他说点什么,抬眼望了望对面亮着的窗子,但我又大吃一惊。我抓住福尔摩斯的胳臂,对着前面指了一下。

"影子动了!"我叫出来。窗帘上的影子已经不是侧面而是背朝着我们。三年的时间并没有消除他粗暴的脾气,也丝毫未减少他对脑力低于他的人所表现出的急躁和不屑。

"它当然动了,"他说,"华生,难道我是一个那么愚笨无比的蠢货,会支起一个一眼就会被人看出破绽的假人,指望它来骗住几个欧洲最狡诈无比的人?咱们在屋里呆的这两个小时里,哈德森太太已把蜡像的位置改变了八次,每十五分钟一次。她从前面来转动它,这样她自己的影子就绝不会被人看见。""啊!"他倒吸了一口气。在微弱的光亮中,我看见他向前伸出头,由于注意而全身绷紧。外面的大街上已经空荡荡没有一个人了,也许那两个人,还潜伏在门道里,可我已经见不到他们了。万籁俱寂,除了我们对面那现出人影的明亮的黄色窗帘之外,什么也看不见。在静寂中,我耳边又响起了只有在非常兴奋的情况下才会发出的那种强忍的细微的"嗤嗤"声。不久,他拉着我退到角落里最黑的地方,用颤抖的手捂着我的嘴。我从未见过他如此激动,漆黑的大街荒凉依旧,静静地呈现在我们面前。

但是,我发觉了他那超人的感官已经察觉到的东西。这危险并非来自贝克街,而是从我们这所屋子后边传来一阵轻轻的蹑手蹑脚的声音。一扇门打开又关上了。一会儿,走廊里传来蠕动的脚步声。这原本打算不弄出声的脚步,却在空屋中引起了刺耳的回响。福尔摩斯靠墙蹲下来,我也照样蹲下来,手里紧握着我的左轮枪柄。朦胧中一个身影走过来,颜色比敞开着的门外的暗黑稍微深一些。他站了一会儿,然后弯下身子偷偷摸摸地走进屋里。这个凶险的身影距离我们不到三码,我准备好反击他的时候,才想到他对我们在这儿一无所知。他从我们旁边走过去,偷偷地靠近了窗子,小心翼翼地把窗户推上去半英尺。当他跪下来靠着窗口的时候,街上的灯光因没有了积满灰尘的玻璃的遮挡,将他的脸照得清清楚楚。这个人上了岁数,鼻子尖而小,前额又秃又高,一撮灰白胡子,他由于兴奋而两眼发光,面部不停地抽动。一顶可以折叠的大礼帽扣在后脑勺上,解开的外套露出夜礼服的白色前襟。他布满凶悍皱纹的脸又瘦又黑,他手里拿着一根类似于手杖的东西,当他把它放在地板上的时候,手杖碰到了地板,发出了金属的铿锵声。然后,他从外套口袋中掏出一大块东西,摆弄了一会儿后,只听"咔哒"一声响,似乎把一根弹簧或者栓子挂上了。他仍旧跪在地板上,俯身将全身力气

归来记

压在某种杠杆上,然后,又发出一阵旋转和摩擦的声音,最后,又是"咔哒"地响了一声。终于他直起腰来,我这才看清楚他手里拿的是一支枪,枪托的形状极其特别。

他拉开枪膛,把什么东西放了进去,又啪地一下推上了枪栓。他弯下腰,把枪筒架在窗台上,长胡子坠在枪杆上,发光的眼睛对准瞄准器。当他把枪托紧贴右肩的时候,我听见一声满意的叹息,看见他瞄准对面黄色窗帘上的人影毫无遮拦地暴露在枪口前方。他停了停,然后扣动扳机。只听"嘎"地一声怪响,跟着是一串清脆的玻璃破碎声。就在一霎间,福尔摩斯如同老虎般地向他背后扑了上去,把他脸朝下推倒了。他迅速爬了起来,用尽全身力气掐住了福尔摩斯的咽喉。我用手枪柄照他头上给了一下,他倒在地板上。我扑过去用力将他按住,我的朋友吹出了一声刺耳的警笛,立刻在人行道上响起一阵跑步声:三个警察——两个穿制服,一个穿便衣,从门口冲进屋来。

"是你吗,雷斯德?""是我,福尔摩斯先生。我亲自来执行任务,很高兴看见你回伦敦来,先生。""我觉得你需要点非官方的帮助。一年当中有三件谋杀案破不了是不行的,雷斯德。你处理莫尔齐的案子不像你平常那样——就是说你处理得还可以。"

大家已经都站起身来,罪犯大口地喘着粗气,他身边各站着一个身材高大的警察。这时已经有些闲人开始向街上聚拢。福尔摩斯走到窗前把窗户关上,又放下了帘子。雷斯德点着了两支蜡烛,警察也打开了他们的提灯,我终于能仔细地看看这个罪犯了。

这是一张精力充沛而万分奸诈的面孔。这人有着哲学家的前额和酒色之徒的下颌,好像他胸怀大略,是好是坏暂且不论。可是,只要瞥一眼他那讥诮、下垂的眼睑,蓝眼睛中的冷酷神色,那凶狠、挑衅的鼻子和那气势逼人的两道浓眉,谁都能发现最明显的危险信号。他对别人都不注意,唯独充满仇恨和惊异地盯着福尔摩斯的脸。"你这个魔鬼!"他不断地嘟哝,"你这个狡诈的魔鬼!"

"啊!上校!"福尔摩斯边说边整理弄乱了的领子,"俗话说得好,冤家路窄。自从在莱辛巴赫瀑布的悬崖上蒙你照料后,我就没有再见

到你。"

罪犯就像个神志失常的人那样,目不转睛地看着我的朋友,嘴里还是嘟哝那一句:"你这狡诈的魔鬼!"

"上校,我还没为你介绍呢。"福尔摩斯说,"先生们,这位是塞巴斯蒂恩·莫兰上校,曾在女王陛下的印度陆军中效劳,他可称为我们东方帝国最为优秀的神枪手了。上校,我想这样解释是对的,你在猎虎方面的成绩至今无人可及吧?"

这个凶恶的老人一言不发,仍旧瞪大眼睛看着福尔摩斯。那充满野性的眼睛和倒竖的胡子使自己活像一只老虎。

"奇怪,我这个十分简单的计策能使这么一个老练的猎手上当。"福尔摩斯说,"这该是您十分熟悉的方法。你不是也在一棵树下拴只小山羊,自己带着来复枪藏在树上,等着这只作为诱饵的小山羊把老虎引来吗?这所空屋成了我的树,你就是我想打的虎。为了防止有几只老虎,可能你会随身携带几支备用枪或者因为自己一时失手没瞄好,但这是不太可能的事情。他们都是我的备用枪支,"他指了指周围的人,"这个比喻比较贴切。"

莫兰上校怒吼一声冲上前来,但被两个警察拽了回去。他带着愤怒的表情。"我承认你有一招在我意料之外,"福尔摩斯说,"我没有想到你也会来到这儿,利用这所空屋和这扇便利的窗子。我原以为你在街上行动,那里有我的朋友雷斯德及其手下随时恭候,除此之外,一切都在我意料之中。"

莫兰上校转过身面朝着官方侦探。"你可能有,也可能没有逮捕我的合法根据,"他说,"但最低限度没有理由让我受这个人的冷嘲热讽。如果我现在是在法律掌握的范围中,请依法办事吧!"

"你说得倒是合情合理。"雷斯德说,"福尔摩斯先生,我们走了,你还有别的要讲吗?"福尔摩斯把那支威力极大的汽枪从地板上捡起来,仔细察看它的构造。

"真是一件罕见的武器,"他说,"这支枪是双目失明的德国技工冯·赫德尔给莫里亚蒂教授制作的,威力极大而且无声,我知道它存在

归来记

已经好几年了,虽然以前没有摆弄过它。雷斯德,我现在将枪和这些适用的子弹都交给你们妥善保管。"

"你交给我们保管完全可以放心,福尔摩斯先生,"雷斯德说,这时大家都向房门口走去,"你还有什么要说的吗?""只想问一下你准备以什么罪名控告他?""什么罪名?当然是企图谋杀福尔摩斯先生了。""不行,雷斯德,我不打算出头,这场逮捕完全而且只是你的功劳,雷斯德,祝贺你以自己的智勇双全擒住了他。"

"擒住了他!擒住了谁,福尔摩斯先生?""正是全体警察一直没发现丝毫踪迹的这个莫兰上校,在上月三十日把一颗开花子弹装在汽枪里,朝公园路427号二楼的窗口开了一枪,打死了罗诺德·阿德尔。就以这个罪名,雷斯德。现在,如果华生你不介意从破窗口灌进的冷风,不妨到我房间里消遣一下,抽支雪茄,呆上半个小时。"

我们的老房间,多亏迈克罗夫特的监督和哈德森太太代为照管,依然像从前一样。我一走进来就发现屋里是少有的整洁,一切物品依然在老地方:这一角是做化学试验的地方,放着那张被酸液腐蚀了桌面的松木桌;一排大本的剪贴簿和参考书摆在那边的架子上。我环视四周,一切都历历在目:挂图、提琴盒、烟斗架、装烟丝的波斯拖鞋。屋里已经有两人:一个是看见我们进来高兴异常的哈德森太太,另一个是在今晚的险遇中立了功劳而样子冷漠的假人。这个做得惟妙惟肖、上过颜色的蜡像,搁在一个小架子上,披着一件福尔摩斯的旧睡衣,从大街上望过去,足以以假乱真。

"一切预防措施你全遵守了吗,哈德森太太?"

"照你的嘱咐,我是跪着做的,先生。"

"好极了。你做得非常好。你看见子弹打在哪儿了吗?"

"看见了,先生。恐怕子弹已经把您那座漂亮的半身像打坏了。子弹穿过头部,又打到墙上。这是我在地毯上捡到的,您看看吧!"

福尔摩斯伸手把子弹递给我。"铅头左轮子弹,真不错,有谁能发现从汽枪里打出这样的东西呢?哈德森太太,对你的帮助,我表示十分

感谢。现在，华生，请坐在你的老地方，我想和你讨论几个问题。"

他脱掉那件旧大衣和礼服，换上蜡像上拿下来的灰褐色睡衣，于是他又成为往日的福尔摩斯了。"这个老猎手居然还手不抖、眼不花，"他一边检查蜡像的破碎前额一边笑着说，"子弹正中头后部正中，恰好击穿大脑。以前在印度他是最好的射手，我想即使现在伦敦也很少有比他更强的。你听过他的名字吗？""没有。""瞧，这就叫出名。不过，要是不错的话你也没听说过詹姆士·莫里亚蒂的大名。他是这个世纪的大学者之一，请把那本传记索引递给我。"他坐在椅子上，向后靠了靠身体，吸着雪茄烟，懒洋洋地翻着他的记录。"我收集在 M 部的这些材料相当不错。莫里亚蒂无论在哪儿都是出众人物。这是放毒犯莫根，这是遗臭万年的梅里丢，还有玛修思——在查林十字广场的候诊室里，他曾为我治过左边的龋齿。最后这个就是咱们今晚见到的朋友。"

他把本子递给我，上面写道：

塞巴斯蒂恩·莫兰上校，无业人员，原属班加罗尔工兵一团。一八四〇出生于伦敦，系原任英国驻波斯公使奥古斯塔斯·莫兰爵士之子。曾就学于伊顿公学、牛津大学。参加过乔瓦基战役、阿富汗战役，在查拉西阿布（派遣）、舍普尔、喀布尔服过役。著作：《喜马拉雅山西部的大猎物》（1881），《丛林中三月》（1884）。住址：管道街。俱乐部：英印俱乐部，坦克维尔俱乐部，巴格特尔纸牌俱乐部。

空白边上有着清晰的来自于福尔摩斯的旁注：伦敦第二号危险人物。

"真令人匪夷所思，"我把本子递回给他时说，"这人还是个体面的军人呢。""的确如此，"福尔摩斯回答说，"在一定程度上他做得相当不错。他一向很有胆识，在印度还流传着他爬到水沟去追一只受伤的吃人猛虎的事。华生，树木生长到一定高度有时会长畸形，人有时也这样。我的观点是，一个人在成长发展中再现了他家族历代先人发展的全

过程,像他这样时好时坏,说明他的家族中某种因素影响着他,他也好像是家族历史的缩影。"

"你这个想法真有点怪诞。"

"好吧,我不固执,总之不管出于何种原因,莫兰上校开始堕落了。他在印度虽然没有什么丑闻,但仍然混不下去。退伍后回到伦敦,又搞得声名狼藉。就在这时候他被莫里亚蒂教授选中了,他一直是莫里亚蒂的参谋长,莫里亚蒂很大方地提供给他钱,可只在几件极其不普通的案子里起用了他。你可能还记得一些关于一八八七年在洛德的那个斯图尔特太太被害的案子。记不起来了?我可以肯定莫兰是主谋,但是一点证据都找不到。上校隐蔽得十分巧妙,即使在莫里亚蒂帮匪被破获的时候,我们也无法控告他。你还记得就在那天我到你寓所去看你时,不是把百叶窗关上了吗?那是为了提防汽枪,当时你可能认为我是在想入非非。我可清醒得很,因为我知道有这么一位优秀的射手和一支优秀的枪。咱们在瑞士的时候,他同莫里亚蒂一起跟踪着咱们。显而易见,就是他给了我在莱辛巴赫悬崖上那令人讨厌的五分钟。

"你能猜到,我住在法国的时候注意看报,旨在寻找机会制服他。只要他一天还逍遥在外,我就寝食难安,他会如影相随,迟早会对我下手。我能拿他怎么办呢?总不至于一枪打死他,那样我自己就得站在被告席上,向市长求救也于事无补,他们不能单凭看来十分轻率的怀疑就给予帮助。所以我一筹莫展。可是我留心报上的犯罪新闻,想着我早晚要擒住他。当我看到阿德尔惨案的消息,我知道时机成熟了。就我了解的那些情况来看,这不很显然是莫兰上校干的吗?毫无疑问,他先同这个年轻人打牌,然后尾随他回家,对准敞开的窗子一枪打死了阿德尔。光凭这种子弹就足以把他送上绞架。我马上回到伦敦,却被那个放哨的发现了,他当然会提醒上校注意我的出现。以上校的理解能力,不难把我的突然归来和他犯的案子这两件事联系到一起,并且感到惊恐万分。我猜想他一定会伺机将我干掉,而且为了达到目的他也会再拿出这件凶器来。我在窗口给他留下了一个显而易见的目标,并事先通知苏格兰场声称可能需要他们的帮助——你不是看到有人在门道里避风吗?然后找

到那个我原以为确保无误的空屋,没想到他也会挑上这个地点,还有什么别的疑问吗?"

"有,"我说,"你还没有说明莫兰上校为什么谋杀罗诺德·阿德尔。""啊,我亲爱的华生,关于这个咱们只能推测了,不过在这方面,就是逻辑性最强的头脑也可能出错。每个人可以依据现有的证据做出他自己的假设,你我的假设都有正确的可能性。""那么,你已经做出了假设啦?""我想说明案件的真相并不难。我们知道莫兰上校和年轻的阿德尔合伙赢了一大笔钱。不用说,莫兰作了弊——我就知道他打牌作弊。我相信就在阿德尔遇害的那天,他察觉到了莫兰在作弊。很可能他私下跟莫兰谈过,还威胁要揭发莫兰,除非他自动退出俱乐部并保证从此不再打牌。按理说,依阿德尔的本性不可能检举像莫兰这样德高望重的人,从而闹出丑事来。大概他像我所估计的那么做了。对依靠打牌骗钱为生的莫兰来说,开除出俱乐部无异于毁掉自己。所以,莫兰不得不杀阿德尔,而当时阿德尔正在合计自己该退回多少钱,他不愿意因为搭档作弊而从中取利。他锁上门以防他母亲和妹妹突然进来。这样说得通吗?"

"我相信事实正如你说的。"

"这在审讯过程中会得到证明或者驳斥的。同时,无论发生什么,莫兰上校再也不会打扰咱们了。冯·赫德尔了不起的发明将为苏格兰场博物馆添加新的内容,我又可以一如三年前一样,投身于伦敦复杂交错的生活所引发的众多有趣的小事情的调查了。"

归来记

诺伍德的建筑师

"现在看来,"福尔摩斯先生说,"整个伦敦因莫里亚蒂教授之死变得空洞而乏味。"

"我认为很多正派的市民不会同意你的观点。"我回答说。"对,对,我不应该如此自私,"他一面笑着说,一面把他的椅子从餐桌旁挪开,"当然这对社会有益,无人受损失,除了可怜的专家整日无聊外。在那个家伙还活着的时候,你可以在每天的早报上看出许多危险的前兆。而且,华生,往往只是一点极小的线索、一个最模糊的迹象,就足以告诉我这个恶毒的匪首在哪里;就像蛛网的边缘稍有颤动,你就可以想到潜伏在网中央的那只阴险的蜘蛛。对掌握线索的人来说,一切小的盗窃行为、任意的暴行、意图不明的逞凶都能联系成为一个有机的整体。对于一个研究上层黑社会的专家来说,伦敦有别的首都不具备的许多有利条件。可是,现在……"他耸耸肩,极其幽默地表示他对自己花了好大力气才营造的现状感到不满。

福尔摩斯已经在国内呆了几个月了,按照他的请求,我出让了诊所,搬回贝克街我们共同居住过的寓所。有个姓费纳的年轻医生买了我在肯辛顿开的小诊所,他一点没犹豫就按我冒昧提出的最高价付了款,这让我十分诧异。几年后,我才知道原来费纳是福尔摩斯的远房亲戚,实际上钱是他筹借的,我这才恍然大悟。

在我们合作的那几个月里,日子并非他所描述的那样淡而无味。因为我大致翻看了一下我的笔记,就找出了在这个时期发生的前穆里罗总统文件案和荷兰轮船"费里斯兰"号的惊人事件,后者差一点让我们两人送命。不过他冷静、自重的本性使他一向不喜欢任何形式的公开的溢美之辞。他严格约束我不能说一句有关他本人、他的方法或者他的成功的话。我已经解释过了,这项禁令直到现在才被撤消。

一通古怪的议论后，福尔摩斯先生向后靠了靠，神态悠闲地打开了当天的晨报，一阵吓人的门铃声，紧接着一阵"咚咚"的敲门声引起了我们的注意。门开了，我听见有人冲进过道和上楼梯的急促的脚步声。没过一会儿，一个脸色苍白、头发散乱的年轻人发狂似的闯进屋来。他两眼充满了激动和愤怒，全身抖动。他看着我们，见我们的目光充满疑惑，便意识到了他应为自己的冒失闯入做一番解释。

"对不起，福尔摩斯先生，"他大声说，"您不要责备我，我快要疯了。福尔摩斯先生，我就是那个倒霉的约翰·赫克托·玛克弗兰。"听这冒失的开场白，好像只要一说他的名字，就可以了解他的一切，但从我伙伴脸上的表情，我能看出他对这个姓名和我一样一无所知。

"抽支烟吧，玛克弗兰先生，"他说着把烟盒递过去，"我相信我的朋友华生医生会对症下药给你开一张镇定剂的处方。最近几天天气确实很热，如果你现在稳定了些，请坐在那把椅子上，让我们知道你是谁，你有什么事。你只讲了名字，似乎我该认识你，可是除了你是单身、律师、共济会成员、有哮喘病这些显而易见的事实外，我对你真的一无所知。"出于对我朋友的熟悉，我极易领会他的推理，并且看出福尔摩斯做出了如此推测是因为这个年轻人不修边幅，随身携带着一札文件，表链上的护身符和喘气声，但这却使这位年轻人瞠目结舌。

"一点也不错，您说的这个人就是我。除此以外，我现在还是全伦敦最不幸的人。看在上帝的份儿上，您可别不理我，福尔摩斯先生。如果在我没有把话讲完以前他们来逮捕我的话，务必请您先听我把所有事实告诉您。要是我知道您能为我代为奔走，我可以愉快地走进监狱。"

"逮捕你！"福尔摩斯说，"这确实太……太有意思了。那你被逮捕的罪名是什么呢？"

"谋杀诺伍德的约纳斯·奥德科先生。"

在我同伴富于表情的脸上，显出一种好像多少带点满意的同情。

"啊，"他说，"刚才吃早饭的时候，我还同我的朋友华生说，报纸上已经消失了一切轰动社会的案子。"

我们的客人用颤抖的手把放在福尔摩斯膝盖上的《每日电讯报》

归来记

拿起来。"要是读过这张报纸的话,先生,你就会发现为什么我来找您了。我觉得好像所有人都在谈论着我的名字和我的灾祸。"他把报翻到刊登重要新闻的那一版。"这儿,如果您允许,我给您读读,您听,福尔摩斯先生。这是标题:《诺伍德的神秘案件——著名建筑师失踪——怀疑为谋杀纵火案——罪犯的线索》,那就是他们正追查的线索,福尔摩斯先生。他们马上就会找到我。一下伦敦桥站我就被跟踪了,他们只是等待着对我出示逮捕证。这会使我的母亲心碎——她一定会心碎的。"由于极度的恐惧,他用力扭着手,在椅子上不停地晃。

我仔细打量这个被控谋杀的男子:他面容清秀,但此刻显得十分疲劳,淡黄色的头发,惊恐的蓝眼睛,神经质的嘴唇透着性格上的优柔寡断,脸刮得精光。他差不多在二十岁左右,衣着和举止都像个绅士。他浅色夏季外衣的口袋里露出一卷签注过的证书,证明了他的职业。

"咱们得充分利用眼下的这段时间,"福尔摩斯说,"华生,请你念念报上刚才谈到的那一段,好吗?"

就在年轻人引述过的大标题下面有一段带有暗示的叙述,我照着念道:

> 昨天深夜或今日凌晨,诺伍德发生了一起意外事件,恐怕是严重的犯罪行为。该区有名望的约纳斯·奥德科先生曾从事建筑业多年,系独身,五十二岁,住锡登军路尽头之幽谷山庄,生性怪僻,平常沉默寡言,不喜交际,近年来已经退出建筑业,但是宅后之贮木场还在。昨夜十二点左右,贮木场发出火警,消防车不久即赶至现场,但因火势太旺无法抢救,直至整堆木料烧尽才熄灭。到现在为止,起火原因似属偶然,但另有迹象显示可能是严重的犯罪行为。火灾现场未见户主,十分令人诧异。经查询,才得知户主已失踪。经查,卧室床上无人睡过,但保险柜门大开,若干重要文件散落一地,最后发现室内曾发生格斗迹象,有少量血迹及带血迹的橡木手杖一根。现已查明晚上奥德克先生曾在卧室接待来客,该手杖即来客之

物。此深夜来客为年轻律师约翰·赫克托·玛克弗兰先生,即中东区格莱沙姆大楼426号格雷姆——麦克法兰事务所的合伙人。警方已掌握能说明犯罪动机的重要证据,总而言之,此事将会有惊人的发展,这是毫无疑问的。

本报交付印刷时,谣传玛克弗兰先生因谋杀约纳斯·奥德科罪已被逮捕。逮捕证确实已经发出,正在诺伍德进行的调查又有新进展。在建筑师的寝室里,除格斗迹象外,又发现法国式落地窗敞开,并有痕迹表明曾有笨重物体从室内被拖往木料堆。最后在火场灰烬中发现被烧焦的残骸。按照警方推测,这是一起极其惊人的凶案。受害者在寝室中被击毙,文件被盗,尸体拖至木料堆被焚烧灭迹。本案已由苏格兰场经验丰富的警官雷斯德着手调查,此刻他正以其惯有的精明与机智追查线索。

福尔摩斯闭着眼,两手指尖顶着指尖,听了这篇报道。"这件事情里确有几点值得注意,"他慢吞吞地说,"玛克弗兰先生,我想先问一问:既然有充分的证据可以逮捕你入狱,为什么你仍然能够来到我这呢?""福尔摩斯先生,我和父母同住在布莱克希斯多林顿寓所,昨天晚上,因为有点事要替约纳斯·奥德科办一办,就在诺伍德一家旅馆住下,然后去他家把事办完了。我是在火车上看到那条新闻,才知道诺伍德发生的事件的。我马上看出自己的处境极其危险,就立即来把这件案子委托给您。我知道要是我在城里的办公室或在家里,一定会给抓走了。有人从伦敦桥车站就跟踪我,我一点都不怀疑——哎呀!有人来了!"玛克弗兰惊呼道。

门铃响了,从楼梯上传来沉重的脚步声。一会儿,房门口出现了我们的老朋友雷斯德,在他身后,我看见两名穿制服的警察。

我们这位可怜的委托人站起身来,脸色苍白。"因为你蓄意谋杀诺伍德的约纳斯·奥德科先生,现在,我要逮捕你。"玛克弗兰做出一个绝望的手势向我们求救。"等一等,雷斯德。"福尔摩斯说,"你不会因为半小时而受影响吧?这位绅士正要向我们叙述这件事的有趣过程;他

归来记

的叙述有助于我们弄清真相。"

"我觉得弄清楚它没什么困难。"雷斯德冷漠地说。"不过,我倒很有兴趣听他讲。""好吧,福尔摩斯先生,因为你曾经帮过我们一两次忙,我很难拒绝你的任何要求,我们苏格兰场还欠你一份情呢。"雷斯德说,"我必须同犯人在一起,而且还必须警告他:凡是他说的话都会成为对他不利的证据。"

"这再好不过了,"我们的委托人说,"我仅仅请求您一定要听我讲,我讲的绝对是真话。"

雷斯德看了一下他的表说:"我给你半小时。""我首先声明,"玛克弗兰说,"我与约纳斯·奥德科先生并不熟悉。他的名字我倒是熟悉,因为很多年以前我父母和他认识,但是他们后来疏远了。因此,昨天下午,大约三点钟,我十分惊奇他会走进我城里的办公室,更加惊奇的是他的来意。他手里拿着几张从笔记本中撕下来的单页,上面写满了很潦草的字——就是这几张——把它放在我桌上。'这是我的遗嘱,'他说,'玛克弗兰先生,我请你照正式法定的格式把它写出来。你写你的,我就在这儿坐着。'

"我抄写这份遗嘱时,惊奇地发现除了若干保留外,他把其余的全部财产都赠送给我。他是个小雪貂似的怪人,长着白眉毛。我抬头看他,看见他那双锐利的灰色眼睛正盯着我,脸上带着一种快乐的表情。当我读到遗嘱中那些内容时,我真的不敢相信自己的眼睛。可是他解释说,他是一个无任何亲属在世的单身汉,青年时他结识了我的父母,而且一直听说我值得信任,所以放心把他的钱交给我。当然,我只能结结巴巴地说了一些表示感谢的话。遗嘱照格式写好了,签了字,由我的书记当证人。你们看,就是这张蓝纸。我已经说过,这些小纸条只是草稿。奥德科先生然后告诉我,还有一些字据——租约、房契、抵押契据、临时凭证等等,应该都让我去看看。他说一切都办妥了他才放心,并要求我晚上去他家将所有事情都安顿好。'记住孩子,在一切未结束之前,什么也不要对你父母讲,我也不讲,好给他们一个意外的惊喜。'他坚持这一点,还要我发誓一定要做到。

归来记

"你可以想象,福尔摩斯先生,我当时不忍心拒绝他的任何要求,他成了我的保护人,我只想一点儿不差地实现他的愿望。于是我往家里打了一个电报,说我手边有重要的事,没法得知我会呆到多晚才回家。奥德科先生还告诉过我,他希望我能在九点钟和他共进晚餐,因为九点以前他可能不在。可是,他住的地方十分难找,我到他家的时候都快九点半了。我发现他……"

"等一下!"福尔摩斯说,"谁给你开的门?"

"一个中年妇女,我推测是他的女管家。"

"她说出了你的名字吧?"

"不错。"玛克弗兰说。"请说下去。"

玛克弗兰擦了擦额头上的汗,继续讲他那段经过:"这个妇女将我领进一间起居室里,简单的晚饭已经摆好,后来约纳斯·奥德科先生将我领进他的卧室里,那里有一个保险柜。他打开保险柜,取出一大堆文件。我们把这堆文件仔细看了一遍,直到十一点和十二点之间才看完。他说我们最好不要打搅女管家,就让我从那个法国窗户出去,窗户一直是开着的。"

"窗帘有没有放下?"福尔摩斯问。

"我不敢肯定,但是我想好像是放了一半下来,对,我记得他为了打开窗户,把窗帘拉起来了。我找手杖却没有找到,他说:'没关系,我的孩子,我希望以后能经常见到你,我会把它收藏好,下次你来的时候再拿走。'我离开他的时候,卧室里的保险柜是开着的,那些分成几小包的字据还摆在桌上。天太晚了,当然不能回布莱克希斯,我就在安纳利·阿姆斯旅馆过了一夜。剩下的事我就不知道了,直到今天早晨看报纸才知道了这件恐怖的事情。"

"你还有别的疑问吗,福尔摩斯先生?"雷斯德说,他在听年轻人讲这段不寻常的经历的时候,我见他有一两次扬起了眉毛。

"在我没有去布莱克希斯以前,没什么要问的了。"

"你是说没有去诺伍德以前吧?"雷斯德说。

"啊,对,是诺伍德。"福尔摩斯脸上带着那种高深莫测的微笑。

福尔摩斯探案全集

雷斯德从经验得知，福尔摩斯的脑袋是一把锋利的剃刀，能切开他看来一切坚硬的东西。他只是不愿承认这一点。我见他好奇地看着我的同伴。

"呆会儿我想跟你说一两句话，福尔摩斯先生。"他说，"好吧，玛克弗兰先生，我的两个警士和一辆四轮马车在等着。"这个年轻人站了起来，带着可怜而祈求的目光望了我们一眼。警察带着他上了马车，但雷斯德留下了。福尔摩斯正在看年轻人留给他的那几页遗嘱草稿，显得十分感兴趣。

"这份遗嘱的确有些特点，雷斯德，你看呢？"他说着便把草稿递过去。"头几行和第二页中间几句我能看出来，还有最后一两行。这些像印的一样清楚，"他说，"其余的都模糊不清，有三个地方我根本一点也认不出来。""你如何解释这一点？"福尔摩斯说。"你如何解释呢？""是在火车上写的遗嘱，清楚的部分说明火车当时停在站里，不清楚的部分说明火车在行驶，最不清楚的部分说明火车正经过岔道。如果有经验，能立刻断定这是在一条郊区铁路线上写出来的，因为在别的地方不可能接二连三碰到岔道。他可能用一趟快车的全程时间来写这份遗嘱，而这趟车在诺伍德和伦敦桥之间只停一次。"

雷斯德笑了起来。"在分析问题上你比我强，福尔摩斯先生，"他说，"但你说的与案子有什么关系呢？""它能充分证明年轻人所谈的这份遗嘱是约纳斯·奥德科昨天在旅途中拟好的。一个人用这样一种随便的方式写一份重要的东西，这难道不奇怪吗？同时也说明实际上他并不重视这份遗嘱，根本不想让自己立的遗嘱发生效力才会这样干。"

"这等于他同时给自己写了一张死刑判决书。"雷斯德说。

"哦，你这样想吗？"

"你不这样认为吗？"

"很可能，不过这件案子对我来说还不清楚。"

"不清楚？如果这样一件案子都不算清楚的话，还有什么算得上是清楚的呢？一旦某个年轻人忽然知道只要某个人死了，他就可以继承一笔财产，他怎么办？他会悄悄地安排某种借口在当天晚上去拜访他的委

归来记

托人。等到别人入睡时,在卧室里杀死他的委托人,焚尸灭迹,然后逃到一家附近的旅馆住下。卧室里和手杖上的血迹都很少。可能他原以为连这一点点血迹也不会留下,并且以为只要尸体毁了,足可掩盖委托人如何死亡的一切痕迹,因为那些痕迹早晚要把他暴露出来。这不是很明显吗?""可是你说的使我感到过于简单直白,"福尔摩斯说,"你没有把想像力和你的许多长处结合起来。如果你能换个角度,假设你是这个年轻人,你会选择接受遗嘱的当天晚上行凶杀人吗?你不认为把立遗嘱和行凶两件事紧密联接是极其危险的吗?还有,你会选择有第三者知道你来过这儿的时候作案吗?还有最后一点,你会那么煞费苦心地藏尸体,而又遗下手杖作为你行凶的证据吗?雷斯德,这些都是不可能的。"

"说到那根手杖,福尔摩斯先生,谁都知道:一个罪犯往往是慌慌张张的,经常干出头脑冷静的人能避免的一些事情来。他极其可能是不敢回去,你有什么推断呢?""我可以轻而易举地给你好几个推测,"福尔摩斯说,"譬如这样一个非常可能的推测,我把它当做礼物赠送给你。老人和年轻人正在看那些重要的证券,因为窗帘只放了一半,一个流浪汉偶尔从窗外看见了他们。年轻律师走了,流浪汉就进屋来,看到那根手杖,便抓起手杖把奥德克打死,焚尸灭迹后逃跑。"

"流浪汉为什么要烧掉尸体?""由此来说,那为什么玛克弗兰要那样做呢?""为了掩盖一些证据。""可能流浪汉不想让人知道有谋杀案发生。""那流浪汉为什么不拿东西呢?""因为那些字据都是不能转让的。""好吧,福尔摩斯先生,你可以去找你假设中的流浪汉,在此之前,我不能放走他。事实会证明谁是谁非。请注意这一点,福尔摩斯先生,就我们所知,字据一张都没有动过,我们的犯人根本不用拿走那些字据,因为他是法定继承人,无论如何他都会得到这些字据。"

我的朋友似乎被这句话刺了一下。"我无法否认当前的证据在某些方面对你的推测非常有利,"他说,"我只想说明还有其他可能的推测。如你所言,事实将会证明一切的。再见!可能今天我会顺便去诺伍德,看看那里的情况。"侦探走了,我的朋友站了起来,面带着将去执行任务的兴奋,为当天的工作做准备。

"华生,我刚才说过,我第一个要去的地方一定是布莱克希斯。"他一边说一边急忙套上他的外套。

"为什么不是诺伍德?""我们在这个案子上看到两件相连的怪事。警察当局正在犯这样一个错误,就是只把注意力集中在第二件怪事上,这也难怪,因为它恰巧确实是犯罪行为。依我看,寻找线索应从第一件事开始,也就是那张不寻常的遗嘱。它立得那么草率,又给了那么一个出乎意料的继承人。这一点清楚了,也许下一步就好办些。"

"我能帮你做些什么?"我问。

"亲爱的朋友,我想你帮不上我的忙。我不会有什么危险的,否则我不会单独行动。等晚上见面时,我相信为保护这个小伙子我已经做了些什么。"我的朋友自信满满地说。

我的朋友回来得很晚。我一眼就从他憔悴而焦急的脸上发现他一定是一无所获。他拉了一小时的提琴,琴声单调而低沉,他在尽力使自己的烦躁心情平静下来。最后他突然放下了提琴,开始详细讲述他的失败之旅。

"一切都错了,华生,简直错到底了。我在雷斯德面前装着不在乎,但从我内心说,我相信他这一回路子走对了,咱们却走错了。我的直觉和一切事实走的恰好是两个方向。恐怕英国的陪审团的智力还远远达不到宁愿接受我的推理而不接受雷斯德的事实的程度。"

"你去了布莱克希斯?"

"是的,华生。我到了那儿,不久就查到死去的奥德科是个非同一般的恶棍。玛克弗兰的父亲出去找儿子了,他母亲在家,她是一个身材矮小长着小蓝眼睛的妇女,愚昧、恐惧、气愤使她浑身不停地颤抖。她认为她的儿子根本不会犯罪,可是她对奥德科的遭遇既不表示惊讶,也不表示惋惜。恰恰相反,当她谈起奥德科时流露出了深恶痛绝的神情,等于她不自觉地在帮助警方证明她儿子有罪,因为如果她儿子知道她这样憎恨奥德科的话,那就会由于憎恨而去行凶杀人。'奥德科以前根本不是人,而是个恶毒、狡猾的怪物,'她说,'从年轻的时候起,他一直就是一个怪物。'

归来记

"'那时候您就认识他?'我说。

"'是的,我很了解他。其实,他是最早向我求婚的一个。谢天谢地我发现了他的本质,跟一个或许不如他富,但是比他好的人结婚了。在我和奥德科订婚以后,听人讲起他怎样把一只猫扔进鸟舍里去。我厌恶他这种残酷无情的举动,再也不愿跟他有瓜葛。'她从写字台抽屉里翻出一张女人的照片,脸上被刀划得支离破碎。'这是我的相片,'她说,'为了诅咒我,在我结婚的那天上午,他把它弄成这样给我寄来了。'

"'不过,'我说,'最少他现在不像以往了,因为他已将全部财产都让你的儿子来继承了。'

"'我们不会要约纳斯·奥德科的任何东西,不管他是死是活,'她郑重其事地大声说,'冥冥中有上帝呀,福尔摩斯先生。老天有眼不放过坏人,到时候上帝也会证明我儿子和他的死无关。'

"我还想试着找一两个线索,但根本找不到能够证明假设的东西,而有几点恰恰证明相反的一面。最后我放弃了,去了诺伍德。

"幽谷庄是全部用烧砖盖成的现代式大别墅,前面是庭园和种了一丛丛月桂树的草坪。右边是着过火的贮木场,从那里到大路还有一段距离。这是我在笔记本上留下的简图,靠左的这扇窗户是奥德科的房间,在这条路上站着就可以看到屋里。雷斯德不在那儿,这是我今天得到的唯一的一点安慰,但是他的警长尽了主人之谊。他们刚有一个大发现:在灰烬中摸索了一上午,除烧焦的残骸以外,还有几个变了颜色的金属小圆片。我仔细检查了这些圆片,原来是男裤纽扣。我甚至还辨认出一粒纽扣上的标记:'海安姆',这是奥德科的裁缝的姓。后来我仔细察看了草坪,希望找到蛛丝马迹,可一场干旱使一切东西都如铁一样坚硬,什么也瞧不出来,只看出可能是一具尸体或是一捆什么东西曾经被拖过一片水蜡树的矮篱笆,方向正对着木料堆。这些当然和官方的推测相符,我在草坪上爬来爬去,整整一个小时晒着八月天的太阳,还是一无所获。

"在院子里毫无所获后,我检查了那间卧室,里面仅仅是沾上了些

血迹，但颜色新鲜，手杖上血迹也很少，手杖被人移动过了，而它确实是玛克弗兰的，这一点他也承认了。地毯上可以看出他和奥德科的脚印，但是我没发现第三者的脚印，这方面警方又赢了。他们的得分在累积上涨，咱们却原地未动。

"我看到过一点儿希望，不过也落空了。我检查了保险柜里的东西，其中大部分早已取出来在桌上放着。那些字据都封在封套里，有一两件已经给他们拆开了。依我看，那大都是没有多大价值的东西，从银行存折上也看不出奥德科先生的境况有多富裕。但是我觉得并不是所有的字据都在那里。有几处提到一些可能是更为值钱的文契，但是我没发现，当然，要是咱们证明了这一点它就会使雷斯德的观点自相矛盾，有谁会偷走明知不久以后就属于自己的东西呢？

"我检查了所有的地方，均无收获，最后打算在女管家身上找找缺口。雷克辛顿太太是个矮个子、黑皮肤、不爱说话的女人，有一双生性多疑、斜睨的眼睛。我相信只要她肯讲，她就一定可以说出点什么来，但她的嘴严得跟一个蜡人一样。她说她是在九点半的时候让玛克弗兰先生进来的。她后悔不该让他进屋。她是十点半去睡的；她的房间在另一头，所以对发生的事一无所知。玛克弗兰先生把他的帽子和一根手杖放在门厅里。她是被火警惊醒的。她不幸的好主人一定是被人谋害的。我问他有仇人吗？她说谁都有仇人，但奥德科先生很少同人来往，只接见找他办事的人。她看了那些纽扣后，断定它们是他昨晚穿的衣服上的，因为一个月滴雨未下，木料如此干燥以致燃烧得很快，她除了一片烈火外，一无所见。她和所有的救火员都闻到肉烧焦的气味。她从不知道有什么字据，也不了解奥德科先生的私事。

"嗐，我亲爱的华生，看来我真的失败了。但是……但是……"他突然握紧拳头，似乎恢复了自信，"我知道一切都不对，我的确感到完全不对，女管家是肯定知道些重要情况的，可是她不说，那种恼怒、反抗的眼神只说明她自知有罪。不过再多说也没有用，除非运气找上门来，恐怕这件诺伍德的失踪案不会被我们记录在案了。我看耐心的公众只好包涵这一次。"

归来记

"这个年轻人的外表一定会使任何一个陪审团感动吧?"我说。

"那是个危险的论点,我亲爱的华生。你记得一八八七年那个想要咱们帮他洗清罪名的大谋杀犯贝尔特·司蒂芬斯吧?你见过态度比他更温和的年轻人吗?"

"这倒不假。""除非我们提出另一个有说服力的假设,不然玛克弗兰就毁了。在这个对他不利的案子中,你简直找不出一点毛病。进一步调查的结果反倒加强了立案理由。我想起来了,那些字据中还有一点令人生疑的地方,或许可作为一个调查的起点。我在查看奥德科银行存折的时候,发现余额不多,主要因为过去一年里有几张大额支票给了柯尼利亚斯先生。我很想了解柯尼利亚斯是什么人,怎么和这位退休建筑师有这么一大笔交易。或许他与这件案子有关系?柯尼利亚斯先生可能是个掮客,但是我没有找到和这几笔大额付款相符的票据。既然没有别的迹象,我必须去问一下把支票兑换成现款的那位绅士。但是,我的朋友,我担心这件案子将以雷斯德吊死咱们的委托人结束,这对我们来说无疑很不光彩。"

我不知道那夜福尔摩斯睡了多长时间,当我下楼用早饭时,见他脸色苍白,忧愁满面,只有那双发亮的眼睛由于黑眼圈而显得更加明亮。在他的椅子附近的地毯上满是烟头和当天的早报。还有一份电报摊在餐桌上。

"你看看这个,华生。"他把电报扔过来问我。

电报是从诺伍德来的,全文如下:

新获证据可使玛克弗兰罪行定案,奉劝不要再涉足此案。

雷斯德

"看起来像真的一样。"我说。"这是雷斯德自鸣得意的小胜利,"福尔摩斯面带一丝苦笑说,"不过,也许还不到放弃这个案子的时候。不管怎样,任何新的重要证据都是一把双刃剑,它可不一定朝着雷斯德预计的方向劈去。先吃早饭吧,华生。然后一块出去走走,看有没有什

么可做的，今天我觉得特别需要你的陪伴和精神支持。"

我的朋友自己并没有吃早饭。他的一个特点就是在精神紧张时不吃任何东西。他曾滥用自己的体力，直到由于营养不足而晕倒。"我现在没精力来消化食物。"他总是用这句话来回答我作为医生提出的劝告。因此，他没吃早饭就和我出发去诺伍德这并不使我感到意外。有一群充满好奇心的人围在幽谷庄外，和我想象中的一样，雷斯德迎接了我们，暂时胜利的喜悦使他满面红光，得意非常。"啊，福尔摩斯先生，你已经证明我们错了吧？你找到那个流浪汉没有？"他高声喊道。

"我还没有得出什么结论。"我的同伴回答说。"可是我们现在可以证明昨天得出的结论是对的，你得承认这次我们走在你前头了，福尔摩斯先生。""你的神情的确告诉我发生了不寻常的事情。"雷斯德大笑起来。"谁都不喜欢落在别人后面，"他说，"一个人不可能事事顺利，是不是这样，华生医生？先生们，请到这边来。我想我能彻底让你们相信本案的凶犯就是约翰·玛克弗兰。"

我们随他走出过道，来到那边的一间昏暗的门厅。"这是玛克弗兰完事后一定要取帽子的地方，"他说，"现在你们看一看这个。"他突然划亮了一根火柴，照出白灰墙上的一点血迹。当他把火柴凑近时，我看见不单有血迹，而且有一个印得很清楚的大拇指指纹。

"用你的放大镜看看吧，福尔摩斯先生。"

"我正用放大镜看呢。"

"你知道这世界上没有两个相同的大拇指指纹吧。"

"我听说过差不多这样的话。"

"那好，请你对比一下墙上的指纹和今天早上我命令从玛克弗兰的右手大拇指上取来的蜡指纹吧。"他把蜡指纹挨着血迹举起来，此时即使不用放大镜也可看出的确是同一拇指留下的痕迹。显而易见我们这个不幸的委托人是没希望了。

"这是决定性的。"雷斯德说。"对，是决定性的。"我不由自主地随声附和他。"决定性的！"福尔摩斯说，从他语气中我听出弦外之音，便转过头来看着他。他的表情起了意外的改变，脸上因窃喜而不停地抖

归来记

动,眼睛似星星一样闪闪放光,好像尽力忍住一阵大笑。

"哎!哎!"他终于说,"谁能想得到?真不能以貌取人呀,这一点不假!看上去是一个蛮不错的年轻人!这件事给我们的教训是不要相信自己的眼力,是不是,雷斯德?""不错,咱们当中有的人就是有些过于自信,福尔摩斯先生。"雷斯德说。这个人太傲慢无礼,但我们无话可说。

"那个年轻人从挂钩上取下帽子时会不经意地留下大拇指的痕迹,多自然的一个动作,如果你细考虑,真是天意如此。"福尔摩斯表面上镇定自若,可是他说这话时,抑制不住地兴奋得全身都在颤抖。

"顺便问一下,雷斯德,是谁发现这个惊人的证据的?"

"是女管家雷克辛顿太太告诉夜勤警士的。"

"夜勤警士当时在哪里?"

"他在出事的那间卧室值班。"

"你们昨天没有发现这个血迹吗?"

"嗯,我们当时并没有特殊理由要仔细检查这间门厅。再说,你看,这个地方非常不惹人注意。"

"对,对,当然是不大显眼。也许这血迹昨天就在墙上吧?"

雷斯德看着福尔摩斯,似乎在考虑这个人是不是疯了,我承认我也感到惊奇,因为福尔摩斯那种高兴的样子和肆无忌惮地发表意见令人称奇。

"我不明白你是否认为玛克弗兰为了增加自己的罪名,深夜从监狱跑到这儿来,"雷斯德说,"我可以请世界上任何一位专家来鉴定这是不是他的拇指印。"

"毋庸置疑,这是他的拇指印。"

"那就足够了,"雷斯德说,"我是个重实际的人,福尔摩斯先生,我完全是凭证据才下结论,要是你和我还有什么想要说的,可以去起居室找我,我将在那儿写报告。"福尔摩斯已恢复了常态,但从他的表情中可以看出好像在他心里仍旧有某种可笑的东西。

"哎,这是个很糟的发现,是不是,华生?但这里有点怪异之处,从而给咱们的委托人带来一线生机。""你这么说，我很高兴，"我发自内心地说，"刚才我以为他可能没希望了。"

"我就不愿意说出这样的话来，亲爱的华生。实际上在咱们这位朋友极其看重的证据下有一个极其严重的漏洞。""噢？什么漏洞？""就是昨天我检查门厅的时候，墙上并没有血迹。华生，现在咱们找个暖和的地方去散散步吧。"我们在花园里散步时，我的脑子乱七八糟，心里却因为有了希望开始觉得有些热乎乎的。福尔摩斯将别墅的每面都按顺序检查了一下，饶有兴致地走了个遍。然后他走进屋里，从地下室到阁楼把整个建筑都看了一遍。大多数的房间里没有家具摆设，但是他仍旧认真地检查了这些房间。最后到了顶层的走廊上，那里有三间空闲的卧室，福尔摩斯突然又高兴起来。

"这件案子确实很特别，华生，"他说，"我现在该和雷斯德说实话了，他已经嘲笑了咱们，或许咱们也可以以牙还牙回敬他了，如果我对案子的推断是正确的话。有了，我知道我们下一步该怎么做了。"

福尔摩斯来找这位苏格兰场警官的时候，他仍在起居室挥毫书写。"我知道你正在写这个案子的报告。"他说。

"对。"

"你不觉得现在下结论为时尚早吗？我总觉得你的证据不充分。"雷斯德很了解我的朋友，绝不会对他的话充耳不闻，他放下笔、好奇地盯着福尔摩斯。

"你这是什么意思，福尔摩斯先生？"

"我只是说有一个重要的证人你尚未见到。"

"你能找到他吗？"

"我想我能做到。"

"那就干吧。"

"我将全力以赴。你有几个警士？"

"能马上召集来的有三个。"

"好极了！"福尔摩斯说，"他们都是身强体壮、嗓音宏亮的吧？"

"当然是，但是我不知道这与他们的嗓门有什么关系。"

归来记

"或许我能助你一臂之力,搞清几个问题,"福尔摩斯说,"请把他们叫来,我要试一试。"五分钟后,三名警士已经在大厅里集合了。

"外面的小屋里有一大堆麦秸,"福尔摩斯说,"请你们搬两捆进来。我看可以借助这点麦秸请出我需要的证人。谢谢你们!华生,我确信你口袋里有火柴。现在,雷斯德先生,我们都到顶层楼梯平台上去。"

我已经说过,那三间空着的卧室外面有一条很宽的走廊。福尔摩斯把我们都集合在走廊的一头。三名警士在咧着嘴笑;雷斯德望着我朋友的脸上不停地变换着惊奇、期待和讥笑的表情。福尔摩斯站在我们前面,神态活像个在变戏法的魔术家。"请你派一位警士提来两桶水。把那两捆麦秸放在这里,不要挨着墙。现在一切就绪了。"雷斯德的脸已经转红,他有些生气了。

"你是在开玩笑吧,歇洛克·福尔摩斯先生,"他说,"如果你有话就直说,不用做这种无意义的工作。"

"我向你保证,我的好雷斯德,我做任何一件事完全都是经过慎重考虑的。你是否记得几个小时前你占上风时得意洋洋的样子,你和我开玩笑,那么现在你该允许我出点风头了。华生,你先开窗户,然后划根火柴把麦秸点着,可以吗?"我照他的话做了,烧着的干麦秸噼啪作响,火焰迅速窜了起来,一股白烟被穿堂风吹得在走廊里环绕不停。

"现在咱们看看能不能找出那个证人来,雷斯德。请各位跟我一起喊'着火了'!来吧,一、二、三——"

"着火啦!"我们都齐声大叫。

"谢谢。我们再来一次。"

"着火啦!"

"先生们,还要来一次,一齐喊。"

"着火啦!"这一声大概全诺伍德都听到了。

话音刚落,一件意想不到的事情发生了,走廊尽头那面看起来是堵完整的墙上,突然打开一扇门,冲出一个短小干瘦的人。

"太好了!"福尔摩斯沉着地说,"华生,往麦秸上浇一桶水,这就行啦!雷斯德,我来给你介绍,这就是那个失踪的主要证人约纳斯·奥

德科先生。"

雷斯德十分吃惊地望着这个陌生人。走廊的光亮使他的眼睛不适应地眨着，他一面盯着我们，一面看了看余烟不止的火堆，映在我们面前的是一张狡诈、邪恶、凶狠、可憎的脸，两只多疑的、浅灰色的眼睛长在上面。

"这是怎么回事？"雷斯德终于说话了，"你怎么在这儿？"奥德科看见这个侦探发怒的样子不由心虚了，不自然地笑了一声："我又没杀人。""没杀人吗？你用尽心机要将一个无辜的人送上绞刑架，如果不是有这位先生的话，你的诡计就得逞了。"

这个坏家伙开始哽咽起来。"说实话，先生，我只不过开了个玩笑。""啊！这是玩笑吗？我保证你笑不出来。把他带下去，我要好好问一问。"三个警士把奥德科带走后，雷斯德接着说："福尔摩斯先生，刚才在我的下属面前我不方便多说，但在华生医生面前，我承认这是你做得最好的一次。虽然我无法想象你是怎么做的，你使一个无辜者得救，并且使我避免了在警界出丑。"福尔摩斯微笑着拍了拍雷斯德的肩膀说："我的好先生，这个案件不但对你的声誉毫无损伤，而且你会看到你的名气更大了。只要你把报告略加改动，他们要想蒙骗雷斯德警官的眼睛可不容易呢。"

"你不希望报告中有你的名字吗？""一点也不，有工作对于我来说，就是奖赏。如果我需要，华生这位未来的历史学家拿起笔时没准我会受到赞赏——对吧，华生？好了，现在让咱们来看看这只老鼠的藏身之处吧。"过道尽头大约六英尺的地方，被人用抹过灰的板条隔出一小间，墙上巧妙地设置了一个暗门，小屋取光来自屋檐缝中透过的一点光亮，里面有几件家具、食物、水、一些书和报纸。在我们往外走的时候，福尔摩斯说："这是建筑师利用自己的有利条件，给自己准备的一间密室——除了他的女管家谁也不会知道。我应该马上把她也放进你的猎囊。"

"我接受你的意见，但是你怎么知道这个地方，福尔摩斯先生？""首先，我肯定他就藏身在这屋里。当我第一次走过这条走廊的时候发

归来记

现它比楼下那条同样的走廊短了六英尺,如此来说他藏身的地方就很明显了。我断定在火警面前他没有胆识和勇气保持镇定自如。当然,我们也可以进去把他抓住,但我认为让他自己出来更让人觉得有趣。再说,雷斯德,上午你戏弄了我,该轮到我小小地报复一下作为回敬了。"

"嗯,先生,你确实成功了,但到底你是如何得知他藏在屋里的呢?""那个拇指印,雷斯德。你当时说它是决定性的。在完全不同的意义上,它的确是决定性的。我知道前天那里并没有这个指印。我对细节非常注意,这一点你也许知道;那天我检查过大厅的墙上,那里根本什么也没有,因此指印是后来弄上去的。"

"但是怎么弄上去的呢?""很简单。那天晚上他们将分成小包的字据用火漆封口的时候,约纳斯·奥德科叫玛克弗兰用大拇指在其中的一个封套上的热火漆上按一下使它粘牢。年轻人自然毫不怀疑地做了,可能事后他也忘记了这碰巧的事,奥德科本人当时也未必想到在后来要利用它。后来他在密室里盘算这件案子的时候,突然想到他可以利用这个指印制造一个可以证明玛克弗兰有罪的铁证。他只要从那个火漆印上取个蜡模,用针刺出足够的血涂在模子上面,在夜里印在墙上。这是十分简单的事情。要是把他带进密室的那些文件检查一遍,你一定能找到那个有指纹的火漆印,这我可以打赌。"

"妙极了!"雷斯德说,"妙极了!经你这样一分析,一切都明明白白了。但是,福尔摩斯先生,这个阴谋的目的又是什么呢?"当我看见这位傲慢的侦探像个小学生向老师请教问题一样时,我觉得有趣极了。"对于这个,我认为不难理解,楼下被你手下关押的这位绅士是个奸诈、阴险、睚眦必报的人。你知道玛克弗兰的母亲从前拒绝过他的求婚吗?不知道?我早就说过应该先去布莱克希斯,然后去诺伍德。这种感情上的伤痕在他邪恶狡猾的心里留下了终生的阴影,他渴望报复,但苦于无机会下手。近两年来,他处境艰难,可能是暗中做的投机生意失利了,当他发现这点时,决定要设计骗过所有的债主。为了达到这个目的,他给某个柯尼利亚斯先生开出了大额支票。这个人就是他自己用的一个假名字。我还没来得及追查这些支票,但是我确信这些支票全都用那个名字存进了外地一个小镇的银行，奥德科时常改头换面去那个小镇过另一种生活，他预计改名换姓后把这笔钱提出来，远走他乡重新生活。"

"嗯，完全可能。"

"他认为如果造成一个被旧情人的独子所害的假象，他既可销声匿迹，又可对他的旧情人进行残酷的报复。他像一个艺术大师一样完成了这个恶毒的计划，为了造成一个明显的犯罪动机而写了那张遗嘱，要玛克弗兰瞒着父母私下来见他，并故意把手杖藏起来。卧室里的血迹，木料堆中的动物尸骨和纽扣——这一切都使人惊叹。他布下的这张网，在几小时前看来仍然牢固，但是他缺少艺术家所具有的那种懂得适可而止的至高天赋，画蛇添足般地想把已经套在这个不幸年轻人脖子上的绳索再拉紧些，结果反而弄巧成拙。咱们下楼去吧，雷斯德，我还有一两个问题要问问他。"

那个恶棍正坐在自己的起居室里，两边各站着一名警察。"那是一个玩笑，我的好先生——一个恶作剧，没有别的用意，"他不停地哀告，"我向你保证，先生，我只想知道我的失踪会带来什么，我并不想让年轻的玛克弗兰先生因此受到伤害。"

"那要由陪审团来决定，"雷斯德说，"无论如何，即使你的罪名不是谋杀未遂，我们也要控告你犯了密谋罪。"

"你或许将要看到你的债主要求银行冻结柯尼利亚斯先生的存款了。"福尔摩斯说。奥德科吃惊地哆嗦了一下，转过头来恶毒地盯着他。

"我得多谢你啦，"他冷笑着说，"或许有一天我会报答你的恩情。"福尔摩斯不在乎地微笑一下。

"我想今后几年里你不会有时间干别的了。"他说，"顺便问问，除了你的裤子外，你还把什么东西塞进了木料堆？一条死狗还是几只兔子？或者是别的东西？你不愿意说出来？哎，你多冷傲呀！但这无所谓，我想有两只兔子就足够解释那些血迹和烧黑的骨灰了。华生，要是你打算写记录的话，不妨说成兔子吧。"

归来记

舞蹈者

好几个小时了，福尔摩斯不言不语地坐着。他俯着瘦长的身躯，低头盯着他前面的一只试管，里面正煮着一种气味非常臭的化合物。从我这里望去，他脑袋垂在胸前，就像一只瘦长的怪鸟，全身披着深灰的羽毛，头上的冠毛却是黑的。他忽然说："华生，你不准备在南非投资了，是不是？"我大吃一惊，虽然早已习惯于他的各种神奇本领，但对于他能一语道破我的心事，仍让我感到吃惊。

"你是怎么知道的？"我问他。他在圆凳上转过身来，手里拿着那支冒气的试管。他深陷的眼睛里，露出一种忍俊不禁的神情。

"现在，华生，你承认你很惊讶吧。"他说。

"我是惊讶。"

"我应该叫你把这句话写下来，签上你的名字。"

"为什么？"

"因为过不了五分钟，你又可能说这太简单了。"

"我一定不说。"

"你要知道，我亲爱的华生，"他把试管放回架上，用一种教授在班上对学生授课的语气接着讲，"做出一连串推理，从前一个推理推出另一个简单而明确的推理实际上并不难。这时，只要你去掉中间的推理，对你的听众宣布始发点和终点就可以得到一种令人吃惊的、也可能是夸大其词的效果。所以，我看了你左手的虎口，就觉得有把握说出你没有打算把你那一小笔资本投到金矿中去，这真的很容易推理。"

"我看不出有什么联系。"

"表面上看好像没有，但是你听我说。这一根非常简单的链条中缺少的环节是：第一，昨晚你从俱乐部回来，你左手虎口上有白粉；第

二,只有在打台球的时候,为了稳定球杆,你才在虎口上抹白粉;第三,你从来不打台球,如果没有瑟斯顿做伴;第四,你在四个星期以前告诉过我,瑟斯顿有购买某项南非产业的特权,还有一个月的期限,他很想你跟他共同使用;第五,你的支票簿锁在我的抽屉里,你一直没跟我要过钥匙;第六,你不打算把钱投资在南非。"

"这太简单了!"我叫起来。

"正是这样!"他有点不高兴地说,"每次一旦给你解释,问题就变得十分简单,这有个谜团,我的朋友,你看看如何能解释它。"他把一张纸条扔在桌上,又开始做他的分析。我惊奇地发现纸条上画着一些荒诞的符号。

"嘿,福尔摩斯,这是一张小孩的画。"

"噢,那是你的看法。"

"难道还有别的意思吗?"

"这是希尔顿·丘皮特先生急于弄清的问题,他住在诺福克郡马场村庄园,今天早班邮车给我送来这个小谜语,他本人将乘第二班火车到这儿。门铃响了,如果没猜错的话,他来了,华生。"楼梯上响起一阵沉重的脚步声,不久,进来一位绅士,他身材高大,体格健壮,脸刮得很干净,面颊红润,眼睛明亮,说明他生活在一个远离贝克街这种雾气笼罩的地方。当他进来时,好像带来了一些浓郁、新鲜、凉爽的东海岸空气。他跟我们握过手,正要坐下来的时候,目光落在那张画着奇怪符号的纸条上,那是我端详了半天以后放在桌子上的。

"福尔摩斯先生,你怎么认为呢?"他大声说,"他们说,您喜欢研究离奇古怪的东西,我再也没看到比这更古怪的东西了,因此,我先把它寄来,让你在我到来之前有充分的时间研究它。"

"确实是一件难懂的东西,"福尔摩斯说,"乍一看就像孩子们开的玩笑,在纸上横着画了些在跳舞的奇形怪状的小人。您怎么会在意一张这样怪的画呢?"

"我是决不会的,福尔摩斯先生。但是我的妻子对它十分在意,虽然她什么也没有说,但是我看她怕得要命,我不能忍受她眼中的恐惧,

归来记

因此,我要弄清楚到底这是怎么一回事。"福尔摩斯把纸举起来,让太阳光照着它。那是从记事本上撕下来的一页,上面那些跳舞的人是用铅笔画的,排成整齐的一行。福尔摩斯认真看了一会儿,然后小心翼翼地把纸条叠起来,放进他的皮夹子里。

"这可能是一件最有趣、最不平常的案子,"他说,"虽然你在信上告诉了我一部分细节,希尔顿·丘皮特先生。但是我想请您再给我的朋友华生医生讲一遍。"

"我不是个善于讲故事的人,"这位客人说。他那双大而有力的手,神经质地忽握忽放,"如果有什么讲得不清楚的地方,您尽管问我好了。这要从去年我结婚前后开始说起。顺便说一下,虽然我不是一个有钱人,但我家世居在那儿大约有五百年了,在诺福克郡没有别人比我们家更显赫了。去年,我到伦敦参加维多利亚女王即位六十周年纪念活动,住在罗素广场一家公寓里,原因是我们教区的帕克牧师也住在这家公寓。在这家公寓里还住了一个姓帕特里克的年轻小姐,全名是埃尔茜·帕特里克,于是我们成了朋友。我在伦敦还未住满一个月,就已经爱她到了狂热的程度。我们在登记处悄悄举行了婚礼,然后以夫妇身份回到了诺福克。您会认为,一个世家子弟,如果不是发疯,怎么会和一个身份不明的女子结婚。不过,要是您有机会与她相识的话,我确信您会明白的。

"当时她在这一点上很坦诚。埃尔茜确实是坦诚的。我不能说她没给我改变主意的机会,但是我从没有想到要改变主意。她对我说,'我以前的生活中曾有一些可恨的人,但我现在只想把他们都忘掉。我不愿意再提过去,因为这将会使我痛苦。如果你娶我的话,希尔顿,我保证,你的妻子是一个从未做过任何羞愧之事的女人。但是你不能追问我以前的生活经历。如果你觉得这个条件太苛刻了,那你就回诺福克去,让我照旧过我的孤寂生活吧。'这些话是她在我们结婚的前一天郑重地跟我说的。我告诉她我愿意娶她,依照她的条件——我一直遵守着我的诺言。

"婚后的一年时间里,我们一直过得很幸福。可是,大约一个月以前，就在六月底，我第一次看见了烦恼的预兆。那天我妻子接到一封美国寄来的信——我看到上面贴着美国邮票。她脸变得苍白，把信读完就扔进火里烧了。后来她没再提这件事，我也没问，因为我必须遵守诺言。从那时起，她就寝食难安，一副恐惧的样子，似乎有所等待。但是，除非她开口，我什么都不便说。请注意，福尔摩斯先生，她是一个老实的女子，无论过去发生什么，我相信那不会是她自己的过错。我不过是个诺福克的普通乡绅，但是在英国的家族声望却很高。她很明白，在未和我结婚前，她就很明白，她不愿让我们家的名誉蒙尘，这一点我完全相信她。

"好，我现在就谈这件令人起疑的事。大约一个星期以前，就是上星期二，我在窗台上发现用粉笔画的一些跳舞的滑稽小人，跟那张纸上的一模一样。我原以为是小马倌画的，可是他指天发誓说他一无所知，无论如何，那些滑稽小人是在夜里画上去的。我把它们擦掉了，后来才跟我妻子提到这件事。使我惊奇的是，她把这件事看得很严重，而且求我如果再有这样的画出现，让她看一看。连着一个星期，什么也没出现。直到昨天早晨我在花园的日晷仪上发现这张纸条，我拿给埃尔茜看后，她马上昏倒了。从那以后她就像在梦中一样恍恍惚惚，恐惧充满了她的眼睛。于是，福尔摩斯先生，我就写了一封信，连那张纸条一起寄给了您。我不能把这张纸条交给警察，因为他们一定会笑话我，但是您会告诉我怎么办。我并不富有，但一旦我妻子遇到了什么麻烦，我会不惜一切来帮助她的。"

他是在英国本土长大的英俊男子，有着一双诚实的蓝眼睛和清秀的脸，一切都显得正直、纯朴、文雅。脸上写满了对妻子的钟爱与信任。福尔摩斯聚精会神地听他讲完了这段经过以后，坐着沉思了一会儿。

"你不觉得，丘皮特先生，"他终于说，"最好的办法还是直接求你妻子把她的秘密告诉您吗？"希尔顿·丘皮特摇了摇头。

"诺言总是要信守的，福尔摩斯先生。假如埃尔茜愿意告诉我，她自然会告诉我的。要是她不愿意，我不能强迫她，不过，我自己想办法知道总行吧，我一定要想办法知道。"

归来记

"那么我很愿意帮助您。首先,您家最近来过陌生人没有?"

"没有。"

"我猜,您住的那个地方一定很偏僻,任何陌生人出现都会引起人注意,是吗?""在很邻近的地方是这样的。但是,离我们那儿不太远,有好几个牲口饮水的地方,那里的农民经常留外人住宿。"

"这些难懂的符号显然有其含义。假如是人随意画的,我们当然解释不了;但如果是有系统的,我相信咱们一定能弄清楚它。但是我现在没办法从这仅有的一张画上弄清楚什么,您提供的那些情况又说明不了什么。这样吧,您先回诺福克去,注意观察,看到新的跳舞图出现就把它原样临摹下来。非常可惜的是,早先那些用粉笔画在窗台上的跳舞的人,咱们没有复制下来。你要细心问一下,这附近有什么陌生人来过,你再有新线索,就赶到我这来,我现在能做的就是给您这些建议了。如果有什么紧急情况出现,我随时可以赶到诺福克您家里去。"这一次见面后福尔摩斯变得异常沉默,好几天我见他从笔记本中取出那张纸条,眼睛直勾勾地盯着那些古怪的符号,但却对这件事绝口不提,一直到大约两周后的一天下午,我正要出去,他将我叫住。

"华生,你最好别走。"

"怎么啦?"

"因为早上我收到希尔顿·丘皮特的一份电报。你还记得他吗?他应该在一点二十分到利物浦站,随时可能到这儿。从他的电报中,我推测已经出现了很重要的新情况。"没等多久,这位诺福克的乡村绅士乘马车直接从车站赶来了,他目光倦乏,满额皱纹,焦急而又沮丧。

"我真无法忍受了,福尔摩斯先生,"他说着,就像一个疲劳万分的人一屁股坐在椅子上,"当你意识到你被人在无形中包围,又不知道谁在算计你时,已经够烦心的了,但身为七尺男子,眼见你的妻子被这件事折磨得一点儿一点儿瘦了下去,就更不能忍受了。"

"她说了什么没有?""没有,福尔摩斯先生,她还没说。不过,有好几回这个可怜的人似乎想要说,又没有勇气开这个头。我曾试着帮助她,大概我做得太笨,反而将她吓得不敢说了。她讲到过我的古老家

庭、我们在全郡的名气和引以为自豪的清白声誉,这时候,我以为她就要说到关键地方了,但不知道怎么回事,话题马上就被岔开了。"

"可是你自己有别的发现吗?""有,福尔摩斯先生,我带来几张新的画,最重要的是我看到那个人了。""什么?是画这些符号的人吗?""就是他,我看见他画的。还是按顺序跟您说吧。上次我拜访您以后,回到家里的第二天早晨,我第一眼见到的东西就是一行新的跳舞的人,是用粉笔画在工具房门上的。这间工具房挨着草坪,正对着前窗。我照样临摹了一张,就在这儿。"他拿出一张自己临摹的图样,把它摊在桌上。

"太妙了!"福尔摩斯说,"请接着谈吧。""临摹完了,我就把门上的这些记号擦了,但是过了两个早上,又出现了新的,我照样又画了一张。"福尔摩斯搓着双手,兴奋得轻轻笑出声来。"咱的资料收集得真快呀!"他说。

"过了三天,我在日晷仪上找到一张纸条,上面压着一块鹅卵石。纸条上很潦草地画了一行小人,跟上一次的完全一样。从此以后,我拿着我的左轮手枪,决定在夜里守着,在书房里不睡觉,从那里可以望见草坪和花园。差不多在凌晨两点的时候,我听到身后传来脚步声,原来是我妻子穿着睡衣走来了。她央求我去睡觉,我就对她坦言说要看看究竟是谁对我们这样做,她说这是无任何意义的恶作剧,要我不必理他。

"'假如真叫你生气的话,希尔顿,咱们俩可以出去旅行,躲开这种讨厌的人。'

"'什么,让一个恶作剧的家伙把咱们从这儿撵走?'

"'去睡吧,'她说,'咱们白天再商量。'

"正说着,我发现她的脸色在月光下显得非常苍白,一只手紧紧抓住我的肩膀。我看见,在对面工具房的阴影里,有什么东西在动。原来是个黑糊糊的人影,偷偷绕过墙角走到工具房门前蹲下来。我拿着手枪就要冲出去,她却将我使劲抱住。等我用力挣脱了,那家伙已经不见了。我打开门跑到工具房前,门上又画了一行跳舞的人,排列跟前两次的完全相同,我已经把它们临摹在那张纸上。我把院子各处都找遍了,

归来记

没见到他的踪迹。可这事怪就怪在,他并没有走开,第二天早上当我再检查门时发现除了我看过的小人外,又添了几个新画的小人。"

"那些新画的……"

"啊,我已照着样子临摹下来了,就是这一张。"于是,他又拿出一张最新临摹的图样。

"请告诉我,"福尔摩斯说,他的眼睛中露出异常兴奋的神色,"这是画在上一行下面的呢,还是完全分开的?""是画在另一块石板上的。""太好了,这一点对咱们的研究至关重要,我觉得有很大希望。希尔顿·丘皮特先生,请继续讲您的经历吧。"

"再没有什么要讲的了,福尔摩斯先生,那天夜里我很生我妻子的气,要是她不在关键时刻拉住我,很有可能我就抓住那个家伙了。她说是怕我会遭到不幸。顿时我脑子里闪过一个念头:或许她也担心那个人会遭到不幸,我怀疑她知道那个人是谁,也知道那些古怪的符号是什么意思。但是,福尔摩斯先生,她的一言一行都毋庸置疑地说明她从心里深深地关心着我的安全。这就是全部情况,现在我需要您指教我该怎么办。我真想叫五六个农场的小伙子埋伏在灌木丛里,等那个家伙再来就狠狠揍他一顿,这样他以后就不敢再来打搅我们了。"

"这个人太狡猾了,一般的简单方法不能轻易地对付他。"福尔摩斯说,"您能在伦敦呆多久?""今天我一定要回去。我绝不放心让我妻子整夜独自呆在家里。她神经很紧张,也要求我回去。"

"您说的没错,回去是对的。但如果您能再呆两天的话,也许我们可以一同走。您先把纸条留下,我不久就会去您家,解决您的疑问。"

在客人离开之前,福尔摩斯始终保持着他那种职业性的沉着。但我了解他的心里是说不出的兴奋和激动。希尔顿·丘皮特的宽阔背影刚从门口消失,我的伙伴就急忙来到桌前,把所有的纸条都摆在面前进行着复杂细致的分析。我一连两个小时看着他把画着小人和写上字母的纸条一张接一张地来回调换。他全神贯注地忙着自己的工作,完全忘了我在旁边。他干得顺手时,就又吹口哨又唱歌,不顺手时,就长时间皱着眉,两眼发呆。最后,他极其满意地叫了一声,从椅子上弹起来,不停

地搓着手在屋里走来走去。后来，他在电报纸上写了一张很长的电报。"华生，要是回电中有我希望得到的答复，你就可以在你的记录中加上一件极其有趣的案子了，"他说，"我准备明天去诺福克，给咱们的朋友带去明确的答复，以便让他弄清烦恼所在。"

说老实话，当时我真想刨根问底，但我知道我的朋友喜欢在他认为时机成熟的时候，以自己的方式来谈他的大脑里得出的结论。所以我等着，直到他觉得适合向我说明一切的那天。我们耐着性子足足等了两天，但迟迟未见回电。在这两天里，只要门铃一响，福尔摩斯就侧着耳朵听。第二天晚上，希尔顿·丘皮特来了一封信，说他家里平安无事，只是那天清早又在日晷仪上发现一长行跳舞的人，他照样画了一张，已随信寄来。福尔摩斯聚精会神地研究了几分钟这张怪异的图案，忽然叫了起来，那声音充满了惊异和沮丧，这焦急使他的脸色也凝重起来。

"这件事咱们再不能等下去了，"他说，"今晚有去北沃尔沙姆的火车吗？"我找出了火车时刻表。末班车刚刚开走。"那么咱们明天提前吃早饭，坐头班车去，"福尔摩斯说，"现在咱们一定得出面了。啊，咱们盼着的电报来了。等一等，哈德森太太，或许要拍个回电。不必了，完全不出我所料。看了这封电报，咱们要尽快让希尔顿·丘皮特知道他目前的处境，一秒钟都不能耽误，因为这位诺福克的糊涂绅士已经陷入危险之中。"

后来证明情况的确如此。现在差不多到了快要结束这个当时认为幼稚滑稽、稀奇古怪的故事的时候了，但我现在回想起此事时又充满了那时这件事给我带来的惊愕和恐怖。虽然我很愿意给我的读者一个多少带点希望的结尾，但作为事实的记载，我必须保持它的原貌，将一连串怪事如实反映，直到那个不幸的结局。这些事件的发生，使"马场村庄园"一度在全英国成了妇孺皆知的名词。

在北沃尔沙姆刚一下车，我们提起要去的地方，站长就匆忙向我们走来，"您二位是伦敦赶来的侦探吧？"他问。福尔摩斯的脸上显出厌烦的样子。

"您为什么这么问？""因为诺威奇的马丁警长刚打这儿过。或许你

归来记

们中有外科医生吧。她还没死,至少得到的最后消息是这样说的。可能你们来得及救她,但也只不过是让她活着上绞架罢了。"福尔摩斯脸色阴沉,焦急万分。

"我们要去马场村庄园,"他说,"但是我们没听说那里出了什么事。"

"事情恐怖极了,"站长说,"希尔顿·丘皮特和他妻子都中了枪子,她先开枪射向她丈夫,然后又射向自己,这是他们家的佣人说的。男的已经死了,女的也没有多大希望了。咳,他们原是诺福克郡最古老、最体面的一家!"福尔摩斯二话不说,赶紧跳上一辆马车,在长达七英里的路途中,他一言不发,连我也很少见他这样彻底失望过,从伦敦来的路上他就极其烦躁,在翻早报时他就心事重重。现在,他最担忧的事情成为现实,更使他感到一种茫茫然的忧郁,此刻他靠在座位上,可能正在想这令人不幸的变化。然而,这一带有许多使我们感兴趣的东西,因为我们正穿过一个在英国算得上是独一无二的乡村,少数分散的农舍表明今天聚居在这一带的人不多了。方塔形的教堂耸立在一片平坦葱绿的景色中,向人们述说着古老的东安格利亚王国昔日的辉煌。一片蓝紫色的日耳曼海终于出现在诺福克青葱的岸边,马车夫用鞭子指着从小树林中露出的老式砖木结构的山墙说:"那儿就是马场村庄园。"

马车到了带圆柱门廊的大门前,我一眼就发现网球场边那间发生奇怪事件并引起我们种种联想的黑色工具房和日晷仪。一辆一匹马拉的马车上走下来一位短小精悍、动作敏捷、留着胡子的人,他自我介绍说是诺福克警察局的马丁警长。当他听到我同伴的名字时,一副非常吃惊的样子。

"啊,福尔摩斯先生,这件案子是今天凌晨三点发生的。您如何在伦敦就听到了,而且跟我一样快就赶到了现场?""我已经想到了。我来这儿是希望阻止它发生。"

"那您准是掌握了重要的证据,在这方面我们毫无所知,因为大家都说他们曾十分恩爱。"

"我只有一些跳舞的人作为物证,"福尔摩斯说,"以后我再向您解

释吧。既然目前没来得及避免这场悲剧，我非常希望用已掌握的证据使正义得到伸张。您是愿意让我参加您的调查工作呢，还是宁愿让我自由行动？""如果我真的能跟您合作，我会感到十分荣幸。"警长真诚地说。

"如果这样，我希望立刻听取证词，进行检查，别再耽误了。"

马丁警长果真明智，他让我的朋友随便行事，他本人则满足于仔细记录结果。本地的外科医生，是个满头白发的老头，他刚从丘皮特太太的卧室下楼来，报告说她的伤势很严重，但不一定致命。子弹是从她的前额打进去的，看来要过一段时间才能恢复知觉。至于她是他伤还是自伤，他不敢明确表达意见，只能肯定这一枪是在离她很近的地方开的。在房间里只发现一只手枪，里面的子弹只打了两发。希尔顿·丘皮特先生的心脏被打穿，既可以理解为他先开枪打死妻子后自杀，也可以设想为他妻子行凶后自杀，因为那支左轮手枪就躺在他们中间的地板上。

"有没有动过他？""没有，只把他妻子抬出去了，我们不能无视她伤成那样子还躺在地板上。""您到这儿有多长时间了，大夫？"

"从四点钟一直到现在。"

"还有其他人吗？"

"有的，就是这位警长。"

"您什么东西都没有动吧？"

"没有。"

"您做得很对。是谁去请您来的？"

"这家的女仆桑德斯。"

"是她发现的？"

"她跟厨子金太太两个。"

"现在她们在哪儿？"

"我想是在厨房里吧！"

"我看咱们最好去听听她们怎么说。"

这间有橡木墙板和高窗户的古老大厅临时充作了调查庭。福尔摩斯坐在一把老式的大椅子上，脸色憔悴，那双不宽容的眼睛却闪闪发亮。

归来记

从他眼中我看出坚定的决心,他准备用全力来查清这个案子,为这位他没及时搭救的委托人最后报仇雪恨。在大厅里坐着的那一伙奇怪的人当中,还有衣着整齐的马丁警长、白发苍苍的乡村医生、我自己和一个土头土脑的本村警察。这两个妇女叙述清晰,她们睡在两间相连的房间里,一声爆炸将她们从睡梦中惊醒,紧接着又响了一声,金太太此时跑到桑德斯房间,然后她们一块下了楼。书房门是开着的,桌子上点着一支蜡烛,书房正中间主人面朝下趴着,已经死了,女主人在靠近窗户的地方蜷伏着,脑袋倚在墙上,伤势严重,满脸血迹,大口喘着粗气,但是一句话也说不出来。烟和火药味充满了走廊和书房,窗户关着,而且从里面插上了。在这一点上,两个人都十分肯定,她们马上叫人去找医生和警察,然后协同马夫和小马倌,将受伤的女主人抬回卧室。出事前夫妻两个已经就寝了,她穿着衣服,他睡衣外面套着便袍。书房里的任何东西都没动过。据她们讲,夫妻俩从来没有吵过一次架,相处得十分和睦。

这些就是两个女仆的主要证词。在回答马丁警长的问题时,她们肯定地说所有的门都从里面闩好了,谁也跑不出去。在回答福尔摩斯的问题时,她们声称刚从顶楼跑出来就闻到了火药味。福尔摩斯对他的同行马丁警长说:"我请您注意这个事实。现在,我想咱们可以开始彻底检查那间屋子了。"

书房不大,靠墙三面是书,一扇窗户朝花园开着,有一张书桌正对着那窗户。首先映入眼帘的是这位不幸绅士的遗体,那魁梧的身躯四肢平摊地横在屋中。子弹是从正面对准他射出的,射进了他的心脏,所以他当时没有痛苦就死了。他的便袍上和手上都没有火药痕迹。据这位乡村医生说,女主人的脸上有火药痕迹,但是手上没有。"没有火药痕迹并不说明什么,如果有的话,情况就完全不同了,"福尔摩斯说,"除非是很不合适的子弹,里面的火药会朝后面喷出来,否则打多少枪也不可能留下痕迹。我建议现在不妨把丘皮特先生的遗体搬走。大夫,打伤女主人的那颗子弹您还没有取出吧?"

"需要一次极其复杂的手术,才能把子弹取出来。但是那支左轮手枪里面还有四发子弹,另两发已经打出来了,造成了两处伤口,所以六

发子弹都有了下落。"

"似乎是这样,"福尔摩斯说,"或许您能解释打在窗户框上的那颗子弹吧?"他忽然转过身去,用他细长的指头指着离窗户框底边一英寸远的一个小窟窿。

"真的!"警长大声说,"您怎么发现的?"

"因为我在找它。"

"重大发现!"乡村医生说,"您完全对,先生。那就是当时一共放了三枪,因此一定有第三者在场。但他是谁呢?又是怎么跑掉的呢?""这正是咱们要解答的问题。"福尔摩斯说,"马丁警长,您记得我说过有一点极其重要,就是两个女仆说她们刚下楼就闻到了火药味儿,是不是?""是的,先生。但是,说实话,当时我并不太懂您的意思。"

"这就是说在打枪的时候,门窗全都是敞着的,否则火药的烟不会那么快吹到楼上去。就是说书房里一定要有穿堂风,但门窗敞开的时间极短。""您怎么知道的呢?""因为那支蜡烛并没有给风吹得淌下蜡油来。""对极了!"警长大声说,"对极了!""当我肯定事件发生时窗子是敞开的这一点后,就假设可能存在第三者,他站在外面冲屋里开了一枪,此时要是从屋里向窗外的人开枪,极其可能打中窗框。我一找,果然那儿有个弹孔。"

"但是窗户是怎么关上的呢?""女主人出于本能的第一个动作一定是关上窗户。啊,这是什么?"那是一个鳄鱼皮镶银边的小巧精致的女用手提包,就在桌子上放着,福尔摩斯将里面的东西倒了出来。手提包里只装了一卷英国银行的钞票,五十镑一张,一共二十张,用橡皮圈箍在一起。

"这个手提包必须妥善保管,它还要出庭作证呢。"福尔摩斯一边说着一边把手提包和钞票交给了警长。"咱们现在必须去找证据来解释第三颗子弹,从木头碎片看,这颗子弹是从屋里射出去的,我再请教金太太。金太太,您说被一声很响的爆炸声惊醒,您的意思是不是在您听起来它比第二声更响?"

"怎么说呢,先生,我是在正睡着的时候被惊醒的,所以很难分清,

归来记

不过当时听起来是很响。"

"您不觉得那可能是手枪连击两次的声音吗?"

"这我可说不准,先生。"

"我认为那是连击两枪的声音。警长,我看这里没有什么要研究的了。如果您愿意的话,咱们一起到花园看看有没有什么新发现。"花园里一座花坛一直延伸到书房的窗前,当我们走近花坛,大家不约而同地齐声惊叫起来。花坛里的花被踩倒了,潮湿的泥土上满是脚印。那是男人的大脚印,脚趾十分细长。福尔摩斯像猎犬找回击中的鸟那样在草里和地上的树叶里搜寻。忽然,他高兴地喊了一声,俯下身捡起一个铜制小圆筒。

"不出我所料,"他说,"那支左轮手枪有推顶器,这就是第三枪的弹壳。马丁警长,我想咱们的案子差不多办完了。"在乡村警长的脸上,露出对福尔摩斯神速机敏的侦察而感到十分惊讶的神情,如果说最初他还有自己的一丝见解,现在就是一种钦佩感使他愿意无条件地服从我的朋友。

"您认为是谁打的呢?"他问。"我以后再谈。在这个问题上,有几点我还非常疑惑,事已至此,最好按原定思路进行,然后一次把这件事说清。""随您便,福尔摩斯先生,但我们要抓到凶手。""我可不想故弄玄虚,可是在行动之初就开始做冗长复杂的解释,这是无法做到的。一切线索我都了如指掌,即使女主人不再苏醒,咱们仍然可以把昨天夜里发生的一切设想出来,并且让凶手受到法律的制裁。现在我想知道这附近是否有一家叫'埃尔利奇'的旅馆?"询问过所有的佣人,谁也没有听说过这么一家旅店。在这个问题上,小马倌帮了点忙,他记起有个叫埃尔利奇的农场主,住在东罗斯顿那边,离这里只有几英里。

"他的农场很偏僻吗?"

"是的,先生。"

"或许那儿的人还不知道昨晚这里发生的事情吧?"

"可能不知道,先生。"

"备好一匹马,我的孩子,"福尔摩斯说,"你到埃尔利奇农场去为

我送封信。"

他从口袋里取出许多张画着跳舞小人的纸条，把它们摆在书桌上，坐下来一阵忙。最后，他交给小马倌一封信，嘱咐他把信交到收信人手里，特别嘱咐他说不要回答收信人提出的任何问题。我看见信外面的地址和收信人姓名写得很零乱，不像福尔摩斯平时的那种严谨的字体。信上写的是：诺福克，东罗斯顿，埃尔利奇农场，阿贝·斯兰尼先生。

"警长，"福尔摩斯说，"我想您最好打电报请求增加警卫，因为有一个极其危险的犯人要被押送到郡监狱，要是我推断正确的话。您可以让送信的小孩把您的电报发出去。华生，如果下午有去伦敦的火车，我看咱们就赶这趟车，因为我有一项颇有趣的化学分析要完成，并且这件侦查工作很快就要结束了。"福尔摩斯将送信的小马倌打发走后，吩咐所有的佣人：如果有人探望丘皮特太太，马上把客人领到客厅里，一点也不能说出丘皮特太太的情况。他极其认真地嘱咐佣人记住这些话。最后他领着我们去客厅，告诉我们现在一切顺利，只需我们稍事休息，让我们翘首等待。乡村医生已经离开这里去看他的病人了，留下来的只有警长和我。

"我想能够用一种有趣又有益的方法，来消磨你们一小时时光。"福尔摩斯一边说一边把他的椅子挪近桌子，又把那几张画着滑稽小人的纸条在自己面前摆开，"华生，我还欠你一笔债，因为我吊起你的胃口而没有让你得到满足。至于说您，警长，和您谈这件案子的全部经过或许能吸引您做一次不平常的业务探讨。我必须先告诉您一些有趣的情况，那是希尔顿·丘皮特先生两次来贝克街找我商量的时候我听他说的。"他接着就把我前面介绍过的那些情况，简明扼要地重述了一遍。

"摆在我们面前的就是这些极其罕见的东西，要不是它们带来了一场可怕的悲剧的先兆，那么无论谁见了都会一笑了之。一般各种形式的秘密文字我都比较熟悉，也写过一篇有关这个问题的粗浅论文，其中分析了大约一百六十种不同的密码。但是这一种我还是第一次见到。发明出这一套方法的人，显然是为了使别人以为它是随手涂鸦，看不出这些符号传达的真正信息。然而，如果能确定这些符号代表的是字母，并利用其

归来记

中的规律按图索骥，问题就不难解决了。在希尔顿先生给我的第一张纸条上的符号，我只能肯定代表 E。你们也知道，在英文字母中 E 最常见，它出现的次数多到即使在一个短的句子中也是最常见的。第一张纸条上的十五个符号，其中有四个完全一样，因此把它估计为 E 是合乎常理的。这些图形中有的还带有一面小旗，从小旗的分布来看，带旗的图形可能是用来把这个句子分成一个一个的单词。我把这看做一个可以接受的假设，同时记下 E 是用此符号来代表的。

"可是，现在出现一个难题，因为除了 E 外，英文字母出现频率的前后并不是十分清楚。这种顺序，在平常一页印出的文字里和一个短句子里，可能正相反。大致说来，字母按出现次数排列的顺序是 T、A、O、I、N、S、H、R、D、L；但是，T、A、O、I 出现的次数不相上下。如果把每一种组合都试一遍，直到得到一个最终意思，那是一项无休无止的工作。所以，我只好等来了新材料再说。希尔顿·丘皮特先生第二次来访的时候，如我所料地给我带来了两个短句和好像只有一个单词的一句，也就是这几个不带旗的小人。在这个由五个符号组成的单词中，我发现第二个和第四个都是 E。这个单词可能是 sever（切断），也可能是 lever（杠杆），或者 never（决不）。毫无疑问，使用最后一个词回答一项请求的可能性最大，而且种种状况都表明这可能是丘皮特太太的回答。假如这个判断正确，我们现在就可以说，余下的三个符号分别代表 N、V 和 R。

"甚至在这个时候我的困难仍然非常大。但是，一个很妙的想法使我知道了另外几个字母。我想起假如这些恳求是一个在丘皮特太太年轻时候就跟她亲近的人写的话，那么一个两头是 E，当中有三个别的字母的组合很可能就是 ELSIE（埃尔茜）这个名字。我逐一检查，发现这种组合曾三次构成了一句话的尾部，而且这句话一定是对'埃尔茜'提出恳求。这一来我就找出了 L、S 和 I。可是，究竟恳求什么呢？在'埃尔茜'前面的一个词，只有四个字母，末了的是 E。这个词必定是 Come（来）无疑。我试过其他各种以 E 结尾的四个字母，都不符合情况。这样我就找出了 C、O 和 M，然后我可以重新分析第一句话，将它

分成词,还有用圆点代替不知道的字母,如此处理,这句话就成了下面的样子:

. M. ERE. . E SL. NE.

"现在,第一个字母只能是 A。这是最有意义的发现,因为它在这个短句中出现了三次。第二个词的开头是 H 也是显然的。这一句话现在成了:AM HERE A. E SLANE.

"再把名字中缺少的字母添上:

AM HERE ABE SLANE. (我已到达。阿贝·斯兰尼。)

我现在有了这么多字母,就有十足的把握解释第二句话了。这一句应该是这样的:A. ELRI. ES. 在这一句中,我看只能在缺字母的地方加上 T 和 G 才有意义(意为:住在埃尔利奇)。并假定这个名字是写信人的住址,也就是写信人的居住地或旅店。"

我们饶有兴趣地听我的朋友详细、认真地分析找到答案的经过,一切疑问尽释。"后来呢,先生?"警长问。"我有把握确定阿贝·斯兰尼是美国人,因为阿贝是个美国式的编写,而且这些麻烦的起因又是从美国寄来的一封信。我有足够理由认为这件事带有犯罪的隐情,女主人曾暗示过她的过去,又拒绝把实情告诉她的丈夫,这些都使我往这个方面考虑。所以我才给纽约警察局一个叫威尔逊·哈格里夫的朋友发了一个电报,问他是否知道阿贝·斯兰尼这个名字。这位朋友曾多次利用我所掌握的伦敦犯罪界的情况。他的回电说:'此人是芝加哥最危险的骗子。'就在我接到回电的那天晚上,希尔顿·丘皮特给我寄来了阿贝·斯兰尼最后画的一行小人。用已经知道的这些字母译出来就成了这样的一句话:

ELSIE. RE. ARE TO MEET THY GO.

再添上 P 和 D,这句话就完整了(意为:埃尔茜,准备见上帝。),而且说明了这个流氓已经由劝诱改为恐吓。我很了解芝加哥那群流氓,一旦诱惑不成,就会将恐吓付诸于行动。我马上携同我的朋友华生医生

归来记

来到诺福克,但不幸的是,我们终究没有来得及。"

"能跟您一起办案使我感到十分荣幸,"警长很热忱地说,"不过,恕我直言,您只对您自己负责,我却要对我的上级负责。假如这个住在埃尔里奇农场的阿贝·斯兰尼真是凶手的话,他如果在我坐在这里时逃掉了,那我一定会受到最严厉的处分。"

"他不会逃跑的,您不必担心。"

"您怎么知道?"

"逃跑就等于他承认自己是凶手。"

"那我们还闲着干嘛,去逮捕他啊。"

"我想他很快就会来这儿。"

"他为什么要来呢?"

"因为我已经写信请他来了。"

"简直无法相信,福尔摩斯先生!为什么您请他他就得来呢?这不正会让他怀疑而逃走吗?"

"那封信可不是以我的名义。"福尔摩斯说,"要是我没有看错,这位先生正往这儿来了。"门外的小路上,一个身材高大、皮肤黝黑、面貌英俊的家伙大踏步走来。灰法兰绒的衣服,巴拿马草帽,一边走一边挥动着手杖,两撇倒立的胡子,大鹰钩鼻镶在脸上。

"先生们,"福尔摩斯小声说,"我看咱们最好都站在门后面。对付一个这样的家伙,得多加小心。警长,您准备好手铐,让我来同他谈。"我们静静地等着,这一刻变得如此漫长又令人永生难忘。门开了,那人走了进来。福尔摩斯立刻用手枪柄照他的脑袋给了一下,马丁也把手铐套上了他的手腕子。他们的动作如此敏捷,如此熟练,以至于这个家伙在糊里糊涂的情况下就不动弹了。他瞪着一双黑眼睛,把我们一个个都瞧了瞧,突然苦笑起来。

"这次你们赢啦,先生们,似乎是我倒霉了。我接到希尔顿·丘皮特太太的信才来这儿的,这不至于是她设计的吧,或是她央求你为我设下这个圈套?""希尔顿·丘皮特太太受了重伤,现在快要死了。"这人发出一声响彻全屋的叫喊。"你胡说!"他拼命嚷着说,"受伤的是希尔

顿,不是她。谁忍心伤害小埃尔茜?我可能威胁过她,但绝不会碰她一根毫毛,你快收回你说的,告诉我她根本没有受一点儿伤!"

"发现她的时候,她已经伤得很严重,就倒在她丈夫的旁边。"他悲伤地呻吟着往长椅上一跌,用被铐着的双手遮住了脸,一言不发,大约五分钟后,他绝望地抬起头说:"我没有什么要瞒你们的。如果有人先向我开枪而我回击,那我就不是谋杀。如果你们认为我会伤害埃尔茜,那就说明你们不了解我,也不了解她。我是世界上最爱她的男人,只有我有权娶她,多年以前,她就向我保证过。这个英国人凭什么分开我们?我是第一个有权娶她的,我要求的只是自己的权利。"

"她躲开你是因为她发现了你是一个什么样的人。"福尔摩斯严厉地说,"她为了躲开你而逃出美国,并且同一位体面的英国绅士结婚。你的如影随形使她非常痛苦,你的目的是诱使她抛弃她心心相印的丈夫,跟你这个讨厌的人逃走。结果你使一个贵族死于非命,又逼得他的妻子自杀了。这就是你干的这件事的记录,阿贝·斯兰尼先生。你将受到法律的惩处。"

"要是埃尔茜死了,那么对于我来说什么都无所谓了。"这个美国人说。他伸开一只手,看了看团在手心里的一张信纸。"哎,先生,"他大声说,眼睛中带着一丝疑惑,"您不是在吓唬我吧?如果她真像您说的伤得那么重的话,写这封信的人又是谁呢?"他把信朝着桌子扔了过来。

"是我写的,就为了把你叫来。""你写的?这是帮内的秘密,从来没有外人知道它,你是如何写出来的?""只要有人发明,就有人能看懂。"福尔摩斯说,"会有一辆马车来把你押到诺威奇去,阿贝·斯兰尼先生。现在你还有机会对你所造成的一切加以弥补,你知道丘皮特太太已经使自己蒙受了杀死丈夫的重大嫌疑。只是凑巧我在这儿并且掌握点儿材料,才使她的名声不致蒙羞。为了她你至少应该向大众承认:对她丈夫的惨死,她没有任何直接或间接的责任。"

"你的话正合我意,"这个美国人说,"我相信最能证明我自己有理的办法,就是把全部事实都说出来。"

归来记

"我有义务告诉你这么做对你本人可能不利。"警长本着英国刑法公平对待的严肃精神高声地说。斯兰尼耸了耸肩膀。"我愿意冒这个险,"他说,"我首先要对你们几位先生说的是:我和埃尔茜曾是青梅竹马的恋人,当时她的父亲是我们的头儿,一共有七个人结成一伙。老帕特里克是个很聪明的人,他发明了这种秘密文字。除非你懂得这种文字的解法,不然就会当它是小孩乱涂的画。后来,埃尔茜对我们的事情有所耳闻,可是她不能容忍这种行当。她自己还有一些正路来的钱,于是趁我们不备时逃走,来到了伦敦。她本来已经和我订婚了。要是我干的是另外一行,我相信她早就跟我结婚了。她无论如何也不愿意与任何不正派、不体面的生活有关联。在她跟这个英国人结婚以后,我才知道她在什么地方。我给她写过信,但是没有得到回信。之后,我来到了英国,因为写信无效,我就把想说的话写在她能看到的地方。

"我住在那个农庄差不多一个多月了。我租到一间楼下的屋子,每天夜里,我都能够自由进出,谁都不知道。我绞尽脑汁要把埃尔茜骗走。我知道她已经看了我写的那些内容,因为有一次她在其中一句下做了回答,于是我非常着急,就开始威胁她,她就寄来一封信,恳求我快点儿离开,并且说要是真的损害到她丈夫的名誉,那会使她心碎的。她还说只要我许诺离开这儿,以后不再来纠缠她,她就在凌晨三点,当她丈夫睡着的时候,下楼在最后面那扇窗户前跟我叙别情。她下来时带着钱,想买通我让我走,我十分气愤,就一把拽住她的胳膊,想从窗户里把她拉出来。就在这时候,她丈夫手里拿着左轮手枪冲进屋来。埃尔茜瘫倒在地板上,我们两个就面对面了。那个时候我手中握着枪就想用枪把他吓走,然后趁机逃走。他开了枪,但没有打中我,与此同时,我的枪也响了,他应声倒下。我急忙穿过花园逃走,这时还听见背后关窗的声音。先生们,我说的句句属实。后来的事情我都没有听说,一直到那个小伙子骑马送来一封信。我看过信后像个傻瓜似的步行到了这儿,结果把我自己交到你们手里。"

在这个美国人说这番话的时候,两名穿制服的警察已经乘着马车过来了。马丁警长站了起来,用手碰了碰犯人的肩膀。

"我们该走了。"

"我可以先看看她吗?"

"不行,她现在还处于昏迷中。福尔摩斯先生,我希望我还有这种好运气,碰到重大案子时有您在身边。"

我们站在窗前,望着马车驶去。转过身来,我望见犯人团成一团扔在桌子上的信,那是我的朋友用来诱捕他的。

"华生,你看上面写的是什么。"福尔摩斯笑着说。

信上没有字,只有这样一行跳舞的人。

"要是你明白我解释过的那种密码,"福尔摩斯说,"你会发现它的意思不过是'马上到这里来'。当时我确信,他绝不会拒绝这个邀请,因为他没想到除了埃尔茜外,还有人能写出这样的信。所以,我亲爱的华生,瞧我用这些邪恶的跳舞者为我们做了一件好事。我觉得自己既完成了当时的诺言,又给你的记录加上了一些不寻常的材料,我想咱们该乘三点四十分的火车回贝克街吃晚饭了。"

顺便说一说这件案子中当事人各自的结局:在诺威冬季大审判中,美国人阿贝·斯兰尼被判死刑,但是考虑到一些可以减轻罪行的情况和确实是希尔顿·丘皮特先开枪的事实,改判劳役监禁。至于丘皮特太太,后来听说她完全康复,至今仍然孀居,用所有的精力管理她丈夫的产业和帮助穷人。

归来记

孤身骑车人

一八九四年到一九〇一年期间是歇洛克·福尔摩斯先生的繁忙时期。可以说，这八年来各种官办的著名疑难案件，都不曾离开过福尔摩斯的帮助。还有千百件私人案件，其中许多是十分错综复杂并具有特色的，福尔摩斯在其中起了重要作用。许多惊人的成就和一些不可避免的失败是这一漫长时期连续工作的结果。由于我对每件案件都一一记录，其中的许多案件我自己也亲历过，所以可以想象，要弄清我该选择哪些以飨公众绝非易事。然而，我可以一如既往优先选择那些不以犯罪的凶残著称，而是以结案的巧妙和富有戏剧性而引人入胜的案件。因此，我就选择了有关魏奥莱特·史密斯小姐，查灵顿的独自骑车人一事，以及我们调查到的奇怪结局。这个结局以出人意料的悲剧而告终。现在我就把情况介绍给读者。诚然，这些事对我朋友的出色才能并没有增添什么异彩，可是这件案子却有几个地方特色十分鲜明，不同于我收集资料写成的其他长篇犯罪记录。

我翻阅了一八九五年的笔记，查出那是四月二十三日，星期六，我们第一次听魏奥莱特·史密斯谈自己的事。我隐约记得福尔摩斯对她的来访极为不悦，因为当时他正埋头于一件十分复杂的难题：这个问题涉及到著名烟草大王约翰·温森特·哈登所遭遇的难题。我的朋友最喜欢的事就是全神贯注于手头正做的事，最讨厌外人打扰他。尽管如此，由于并不十分固执生硬的个性，他不可能拒绝那位身材苗条、仪态大方、神色庄重的美貌姑娘来叙述她的遭遇，何况，她又是在如此晚的时间亲临贝克街恳求他指点迷津。尽管福尔摩斯事先声明时间已经排满，但什么用都没有，因为那位姑娘下决心非讲不可。很显然，她不达到目的，要想使她离开除非动武。福尔摩斯露出无可奈何的神情，敷衍地笑了笑，请那位美丽的不速之客坐下，如实地讲她遇到的麻烦事。

福尔摩斯探案全集

"至少,我想不会是一件有碍您健康的事,"福尔摩斯用那双敏锐的眼睛把她周身打量了一番说道,"像你这样爱骑车的人,一定是精力充沛的。"她吃了一惊,然后瞅向自己的双脚,我也发现了她鞋底一边被脚蹬子边缘磨得起毛了。"是的,我经常骑自行车,福尔摩斯先生,我今天要跟你讲的事正是与骑车有关的事情。"我的朋友拿起这姑娘没戴手套的那只手,像科学家看标本那样,全神贯注而不动声色地检查着。

"我知道你会原谅我的冒昧,这是我的业务。"福尔摩斯把姑娘的手放下,说道,"我几乎错把你当成打字员了。显然,你应该是一位音乐家。华生,你是否注意到了那两种职业所共有的勺形指端。不过,她脸上别有一番神韵与风采,"那女子娴静地把脸转向亮处,"那是打字员所不具备的。所以,这位女士是音乐家。"

"是的,福尔摩斯先生,我是教音乐的。"

"从你的脸色来看,我猜想你是在乡下教音乐。"

"是的,先生,接近法纳姆,在萨里边界。"

"是一个使人能联想到许多有趣的事情的地方。华生,你一定记得我们就是在那附近捕获伪造货币犯阿尔奇·斯坦福德的。嗯,魏奥莱特小姐,你碰见什么麻烦事了?"

那位姑娘十分清晰、镇静自若地说出下面这一段古怪离奇的事情来:"福尔摩斯先生,我的父亲叫詹姆斯·史密斯,他已经去世了,他生前是老帝国剧院的乐队指挥。我和我的母亲相依为命,我只有一个叔父,他名叫拉尔夫·史密斯,自二十五年前到非洲去后,便音信全无。父亲死后,我们非常穷困,艰难求生,但有一天有人说《泰晤士报》登了一则广告,有人在查询我们母女二人的下落。你可以想象我们是多么激动啊,因为我们想这是有人给我们留下遗产了。我们立即按报上登的姓名去找那位律师,在那里遇到两位从南非回来探家的先生:卡拉瑟斯和伍德利。他们说我叔父是他们的朋友,几个月以前叔父在十分贫困中死于约翰内斯堡。我叔父临终时嘱托他们务必找到我们,使他的亲属不在贫穷中继续生活。这使我们很奇怪,我叔父拉尔夫活着的时候,并不关心我们,而在他死时却那么细心地关照我们。但是卡拉瑟斯先生说,由于刚刚听到他哥哥的死

讯，我的叔父感到对我们母女的生活负有重大责任。"

"请原谅，"福尔摩斯说道，"你们是什么时候见面的？"

"去年十二月，已有四个月了。"

"请继续讲下去吧。"

"伍德利先生是个很令人讨厌的人，他面部虚胖、一脸红胡子，年轻而粗暴，头发披散在额头两边，总是向我挤眉弄眼。我觉得他面目可憎，西里尔一定也不喜欢我和这个人认识。"

"噢，西里尔是他的名字！"福尔摩斯笑容满面地说道。那姑娘满面通红，笑了笑。"是的，福尔摩斯先生，西里尔·莫顿，是一个电气工程师，我们希望在夏末结婚。哎呀，我怎么提起他来了，我原想说虽然伍德利先生十分讨厌，但那位老成的卡拉瑟斯先生却较为有礼貌。他脸色土黄，脸刮得光光的，不喜多言，但举止彬彬有礼，笑容可掬，他得知我们非常穷困后，便要我到他那里教他那十岁的独生女儿。我声称不愿意离开母亲，他说在周末时我可以回家去探望她，并答应年薪一百镑，当然这是十分优厚而诱人的报酬，因此我答应他，随他去距法纳姆六英里左右的奇尔特恩农庄。卡拉瑟斯先生丧妻鳏居，他雇用了一个叫狄克逊太太的女管家来照料家事，这是一位厚道诚实、令人肃然起敬的老妇人。他十岁的女儿也很可爱，一切都很如意。卡拉瑟斯先生十分友善，热衷于音乐，我们晚上在一起过得很高兴，每到周末我就回城里家中看望母亲。

"在新的生活中，最令我不快的事就是一脸红胡子的伍德利先生的到来。他来访一个星期，对我来说简直就是一年。他是一个令人极其厌烦的人，一向横行霸道，对我更肆无忌惮。他不仅丑态频出地向我示爱，而且还吹嘘他的富有，说要是我答应嫁给他便可得到全伦敦最漂亮的宝石。我始终躲闪着他，但有一天饭后他抓住我把我抱在怀里，他发誓说如果我不吻他，他就不放手。正好赶上卡拉瑟斯先生进屋来，卡拉瑟斯把我拉开，两人因此发生了争吵，卡拉瑟斯被伍德利打倒在地，脸被划出个大口子。伍德利的来访至此结束，第二天卡拉瑟斯先生向我道歉，并保证不让我再受这样的凌辱。从那以后我再没见到伍德利先生。

归来记

"现在，福尔摩斯先生，我们步入正题，说说我向您请教的具体问题。您知道，每周六上午我骑车去法纳姆车站，以便赶上十二点二十二分的火车进城去。从奇尔特恩农庄出来的那条路很偏僻，有一段特别荒凉，这一段有一英里多长，一边是查林顿石南灌木地带，另一边是查林顿在园外圈的树林。你不能找出比这路更荒凉的地方了。尤其在到达靠近克鲁克斯伯里山公路之前的路段，人烟稀少。两星期以前，我从这地方经过，无意中回头，发现有个男人在两百码左右的地方骑车，他看起来似乎是个中年人，短短的黑胡子。在到法纳姆前，我再回头时，那人已经不见了，所以我也没把这件事放在心上。不过，福尔摩斯先生，星期一返回时我又碰见了他，您可以想象我是何等惊奇。而下一个周六和周一，又同上次丝毫不差，这件事的重演，使我心里更加惊讶。虽然那个人始终和我保持一段距离，从不打扰我，但这件事终究十分蹊跷。我把这事告诉了卡拉瑟斯先生，他看来十分重视我说的事，告诉我他已经订购了一匹马和一辆轻便马车，所以将来我再过那段偏僻道路时，就不愁没有伴侣了。

"本来马和轻便马车应该在这个星期就到，可不知什么原因，卖主没有交货，我只好还是骑车到火车站。今天早晨，我骑到查林顿石南灌木地带，向远处一望，那个人仍在老地方，和两个星期以前一样：总是离我很远，但从并不清晰的脸庞中，我敢肯定他绝不是我认识的人。他穿一身黑衣服，戴布帽。我只能看清他脸上的黑胡子。今天我心里没害怕，却是满腹疑惑，我下定决心，查清他的身份，看他究竟要做什么，于是我放慢了车速，他也慢了下来。刚好路上有一处急拐弯，我心生一计，快速拐过弯道，然后停下车等他。我以为他会很快拐过弯来，并且来不及停车，超到我前面去。但他根本没露面。我就又返回去，向转弯处四处张望，在那儿可以看见一英里以内的路程，但却不见了他的踪影，特别令人吃惊的是，这地方并没有岔路，他根本无法走开。"福尔摩斯轻声一笑，搓着双手。"这件事的确很有意思，"他说道，"从你转过弯去到你发现路上无人，这中间有多久？"

"两三分钟吧。""那他来不及从原路退走，你说那里没有岔路吗？"

"没有。""那他一定是从路旁人行小径走开的。""从石南灌木地段那一侧?不可能,否则我就早看见他了。""那么,按照排除推理法,我们就查清了一个事实,他向查林顿庄园那一侧去了,你刚才说,查林顿庄园宅基就在大路一侧。还有其他情况吗?""没有了,福尔摩斯先生,只是我迷惑不解,所以才来见你,恳请你指点迷津。"福尔摩斯默默不语地坐了一会儿。"和你订婚的那位先生在什么地方?"福尔摩斯最后问道。"他在考文垂的米得兰电气公司。""他不会出乎意料地来看你吧?""噢,福尔摩斯先生!难道我还不认识他!""还有其他仰慕你的男人吗?""在西里尔之前有几个。""从那以后呢?""要是你把伍德利也算做一个爱慕我的人的话,那就是那个讨厌的人了。""没有别的人吗?"

我们那位美丽的委托人好像有点难为情。

"他是谁呢?"福尔摩斯问道。"噢,也有可能我在胡猜,可是我总觉得我的主人卡拉瑟斯先生对我十分倾心。我们经常见面,晚上他常给我伴奏,但他从来没表达什么。他是一个很好的人。可一个姑娘心里总是十分敏感的。"福尔摩斯显得十分严肃地问:"他靠什么谋生呢?"

"他是一个富有的人。"

"他没有四轮马车或者马匹吗?""啊,至少他的生活还是相当富裕的。他每星期进城两三次,特别在意南非的黄金股票。""史密斯小姐,你一有新情况就立刻告诉我,虽然我很忙,但一定抽空办你的事。此间,没有我的授意不要贸然行动。再见,我相信不久会有你的好消息。"

"像这样一位姑娘有人爱慕是十分自然的事,"福尔摩斯沉思地抽着烟斗说道,"但也不要选偏僻山路骑自行车的方式嘛。无疑这是一个偷偷喜欢上她的人,可其中还有一些令人惊讶和引人深思的细节问题,华生。"

"你是说他居然只在那个地方出现吗?""不错。首先我们要查出谁租用了查林顿庄园,其次查明卡拉瑟斯和伍德利到底是什么关系,因为他们是两种完全不同类型的人。为什么他们急于寻访拉尔夫·史密斯的亲属呢?还有一点疑问,卡拉瑟斯的治家之道令人怀疑,家境富有,离

归来记

车站六英里远,却连马车都不买,但肯出两倍价钱雇用一名家庭女教师……奇怪,华生,十分奇怪!"

"你要亲自去调查吗?""不,我亲爱的朋友,你去调查好了。这可能是一件无足挂齿的小阴谋,我不能因为它而中断了其他更需要我的工作。你可以在星期一早晨去法纳姆,躲在查林顿石南地带附近亲眼看看这件事,然后伺机而动,查清是谁住在查林顿庄园,回来向我报告。现在,华生,我们手头没有可靠的证据,在你把它们弄来之前,对这件事的讨论就到此为止吧。"

那姑娘告诉我们她星期一九点五十分从滑铁卢车站乘车出发,所以我便提早出发赶乘九点十三分的火车。到了法纳姆车站,不费吹灰之力我就查明了查林顿地带,那姑娘的奇遇地带是不可能错过的,因为那段路一边是气势开阔的石南灌木地带,另一边是老紫杉树篱,环绕着一个有参天大树的花园。庄园有条布满地衣的石子路,大门两侧的石柱上是碎裂的纹章图案,除了中间可行车的石子路外,我看见几处树篱有豁口,显然有小路穿进,在路上看不见宅院,周围环境阴暗而衰颓。在春天灿烂的阳光下,石南地带盛开的一丛丛黄色金雀花闪闪发光。我找了一个既能观察庄园大门又能看到两边一大段路的地方藏好身。在我离开大路时,路上空荡荡地没有一个人,现在却有个人蹬着车从对面向我的方向驶过来,黑色服装,黑胡子。他来到查林顿宅地尽头,跳下车来,把车推进树篱的一处豁口,便消失在我的视野中。

过了一刻钟,第二个骑自行车的人出现了。这次是那位姑娘从火车站来。我见她骑到查林顿树篱时向四周张望。不久,先前那个男人从藏身之处走出来,跳上自行车后尾随着她,在那一望无际的如画风光中只有这两个人在动。那位仪态端庄的姑娘挺拔地骑在车上,她身后的男人却低伏在车把上,举止鬼祟。她回头看到他,便放慢了速度。他也放慢了速度。姑娘下了车,他也马上下车,始终与她保持二百码的距离。那姑娘的下一步动作出奇不意地迅猛:她忽然扭转车头紧蹬一阵,径直向他冲了过来。然而,他也像那姑娘一样迅速,不顾一切拼命地逃脱了。当那姑娘不屑再理会他,返过身昂头傲然又骑车赶路时,他也回过身

来,保持原距离,最后转过大路直到我再也看不见他们为止。

我依然藏在那儿,并认为这样做十分恰当,因为那个男人立刻又出现了,他不慌不忙地骑了回来。他拐进庄园大门,下了车。我看他在树丛中站了几分钟,举起双手,好像在整理他的领带。然后又上车从我身旁路过,向对着庄园的车道骑去。我跑出石南灌木地带,透过树林缝隙,可以隐约看到远处那座古老的灰楼和它那些矗立着的都铎式烟囱,可惜那条车道穿过一片浓密的灌木丛,我再也看不到那个人了。我自认为干得十分漂亮,便兴高采烈地徒步返回法纳姆。关于查林顿庄园,当地房产经纪人什么也说不出来,只好把我介绍到帕尔马尔的一家著名的公司。在回家途中,我在那儿逗留了一会,经纪人殷勤地接待了我,但却告诉我不能租用查林顿庄园避暑了,太晚了,那儿一个月前已经被租下了,租给了一个叫威廉森的体面的老先生,颇有礼貌的经纪人客气地说他不能再为我提供什么了,因为他不能在背后议论他雇主的事。

那天晚上,福尔摩斯耐心地听了我长篇大论的报告。原以为可以得到称赞,而且在心中也十分重视他这种称赞,可是他却连一句赞许的话也没有说。与此相反的是,在他评论我的所得所失时,他严峻的面容比平时更为严肃。

"我亲爱的华生,你那藏身之地是非常不妥的。你本来应该藏在树篱后面,仔细看看那位有趣的人。事实上,你藏的地方离那儿有几百码,告诉我的情况甚至比史密斯小姐的还要少。她以为她对那个人不认识,但我相信他们一定互相认识,否则,为什么他会那样担心姑娘走近他,看清他的面容呢?你说他伏身在自行车把上,你看,这样做的目的不也是为了隐藏真面目吗?你确实做得十分不妙。他回到了那所宅院,你要查清他是谁,却跑到一个伦敦房产经纪人那里!"

"那我该怎么办呢?"我有点头脑晕乎乎地高声喊道。"到最近的酒店里去,那里是村上扯闲话的中心。人家会告诉你每一个人的名字,从主人到帮厨的女仆。至于威廉森吗,我一点印象也没有。如果他是个老年人,那么他就和那个灵活机敏的骑车人搭不上边,不是在姑娘敏捷迅速的追赶中迅速逃掉的人。你这一次远行只能证明那姑娘所言不虚,这

归来记

一点我从来没有怀疑。了解到了骑车人和查林顿有关系,这点我也同样不曾怀疑。知道了那庄园是由威廉森租用的,谁又能为这作证呢?好了,好了,我亲爱的华生,不要显得那么沮丧。星期六以前我们还有很多时间可以干点事,这段时间我还可以亲自做一两次调查。"第二天早晨,我们接到史密斯小姐的一封短信,简明扼要地重述了我亲眼所见的那件事,可是信的主旨却在后面。

当我向您吐露我心中的秘密时,您一定会了解我在这里所处的艰难处境,这是由我的雇主已经向我求婚这样一个事实造成,我相信他拥有十分深厚和高尚的感情。当时,我当然把我已经订婚的事告诉了他。他很难接受我的拒绝。然而,你可以理解,我的处境有些尴尬。

"看起来我们年轻漂亮的朋友似乎陷入了困境,"福尔摩斯看完信后,若有所思地说道,"这件事一定比原来我设想的要有趣得多,事态发展也有多重可能性。看来我应当到乡下去过一天安静太平的日子,我打算今天下午就去,也验证一下我的一些想法。"

福尔摩斯乡下之行的结局是滑稽可笑的,因为那晚他很晚才回到贝克街寓所,嘴唇被划破了,额头上还有好大一块又青又肿的疱,那种狼狈的样子,足可和苏格兰场调查的对象相媲美。他对自己的历险感到非常高兴,一边陈述,一边开怀大笑。

"积极的锻炼总是有好处的,可惜我不常锻炼。"福尔摩斯说道,"你知道我精通一些优秀的英国旧式拳击术,偶尔可以派上用场,比如说在今天,要是不会它,那我的模样会更惨。"

我问他出了什么事。他答道:"我到了跟你提过的那个乡村酒店,开始了我细致的调查。在酒吧间里,多嘴多舌的店主将我准备知道的一切都说了出来。威廉森是一个白胡子老头,他的庄园里还有几个仆人。据说他当过牧师,或者现在就是牧师。可是虽然我在那儿的时间很短,我却觉得他并不像个牧师。我走访了一个牧师机构,他们说,的确有一个牧师叫这个名字，但他有着极不光彩的过去。那店主接着告诉我，庄园里每到周末总有一些来客——是一伙下流痞，尤其是一个蓄红胡子、名叫伍德利的人，总少不了去。我们正谈的时候，没想到伍德利不知什么时候走了进来，在旁边一直喝着啤酒，并把我们的谈话全听到了。他问我是什么人，我要干什么，我问这些问题是什么意思，他口若悬河，满口都是修饰语。最后他大骂了一通，在我没来得及躲闪的情况下给了我凶狠的一击。后来的几分钟就更有趣了，我给那凶恶的暴徒一连串的打击。我就成了你看到的这种样子。伍德利先生乘车走了。我这次乡村旅行也就这样结束了。但必须承认的是，无论多么有趣，我在萨里边界之行一日里的收获并不比你大。"

星期四那天我们又收到史密斯小姐的一封信。她写道：

福尔摩斯先生，当你听说我要向卡拉瑟斯先生提出辞职，您一定不会感到惊讶吧。即使报酬再优厚，我也不愿处在这样的一种尴尬之中。卡拉瑟斯先生已备好一辆马车，因此，如果说过去路上有什么危险的话，那么现在偏僻车路上的危险已经不存在了。

说到我辞职的具体原因，不单是我和卡拉瑟斯先生的尴尬处境，而且那个令人厌烦的伍德利先生又来了，他本来就面目可憎，现在更是吓人，似乎他出了什么事，所以比以前更不检点。我是从窗子里面看到他的，我很高兴我并没有碰上他。他和卡拉瑟斯先生谈了很长时间的话，从那时起卡拉瑟斯先生就极其激动。顺便说一句，伍德利好像居住在附近，因为他并未留宿在卡拉瑟斯家里。今天早晨我又看到他在灌木丛中鬼鬼祟祟地活动。不久我就将在这地方碰到这个野兽一般的家伙，我简直说不出是多么憎恨和害怕。卡拉瑟斯先生竟能同这种人往来，如果是我，一刻钟也忍受不了。但是，我的一切麻烦到星期六就要结束了。

归来记

"我相信她,华生,我相信她,"福尔摩斯严肃地说道,"这个姑娘这些天陷入了一场极为隐秘的阴谋之中,我们有责任去一趟,让她在最后一次旅行中不受到任何人骚扰。华生,我想周六早晨我们一定抽时间一起去,以确保我们这次奇异而广泛的调查有一个圆满的结局。"

说实话,直到现在我还没有十分在意这个案子,依我看来其中并没有什么危险可言,无非有点荒诞古怪罢了。有个男人埋伏着等待漂亮的女人并且尾随她,这并不是什么闻所未闻的事,而且看来他很胆小,不仅不敢向她示爱,而且在她接近他的时候,反而逃跑,可见他不是一个特别可怕的暴徒。那个恶棍伍德利则又当别论。可是,除此之外,他再没有骚扰过我们的委托人,近来他到过卡拉瑟斯家,可再没有闯到她面前。那个骑车人无疑是酒店老板所说的周末聚会的成员。可他是谁?他要干什么呢?这很令人费解。我的朋友表情严肃,在离开房间时将一把手枪塞进衣袋里,这一切都使我感到这件事的非比寻常。

一夜雨过,早晨阳光灿烂,长满石南灌木丛的乡村,被一丛丛盛开的金雀花点缀着,闪闪的金光对于厌倦了伦敦那阴郁灰暗的暗色调的人来说格外美丽,令人耳目一新。福尔摩斯和我漫步在宽阔而多沙的道路上,呼吸着清晨的新鲜空气,体会着欣欣向荣的春意。我们从克鲁克斯伯里山巅的大路高处,能够看到那座不祥的庄园耸立在古老的橡树丛中。古老的橡树和被它环抱的建筑物相比,却显得极为年轻。福尔摩斯手指着一条长路,它掩映在棕褐色的石南灌木丛和一片嫩绿的树林之间,像一朵红黄色的带子。远处,出现了一个小黑点,可以看出是一辆单马马车在向我们这个方向移动。福尔摩斯焦急地惊呼了一声。

"我差了半个小时,"福尔摩斯说道,"假如这是她的马车,她一定是在赶乘早些的列车。华生,恐怕我们赶不上会她,她早就经过查林顿了。"这时,我们走过大路高处,已经看不到那辆马车了,可是我们接着加快速度向前赶路,相比之下我露出平日安坐为生的弊端,因而不得不被福尔摩斯落下。福尔摩斯平素一直锻炼,这使他有取之不尽的旺盛精力,因此,他一直保持着轻快的脚步。突然,在前面大约一百码的地方,他停住了脚步。我看见他举起一只手做了一个失败而绝望的手势。

与此同时，一辆空车拐过大路的转弯处吱吱嘎嘎地向我们迎面驶来，那匹马缰绳拖地，慢步小跑着。

"完了，华生，太晚了！"在我喘着粗气跑到福尔摩斯身旁时，他大声喊道，"我真愚蠢，怎么没有想到她要赶那趟早些的列车！一定是劫持，华生，是劫持！是谋杀！天知道是什么！把路挡上！把马拦住！这就对了。喂，跳上车，看看能否为我们酿成的大错而做些挽救。"我们跳上马车，福尔摩斯调过马头，狠狠给了那马一鞭子，我们便顺大路往回疾驰。在我们转过弯时，庄园和石南地段间的整个大路都呈现在眼前。我抓住了福尔摩斯的胳膊。

"就是那个人！"我气喘吁吁地说。一个孤身骑车的人向我们低着头冲过来，他双肩滚圆，把全身力气都用在脚上，像一个赛车的人蹬得飞快。突然，他抬起满是胡子的脸，黑胡子和苍白的脸色形成鲜明的对比，见到我们，他停了下来，从自行车上跳了下来。他双目闪亮，仿佛正在极度兴奋之中。他瞪眼看着我们和马车，然后，脸上露出惊讶的神情。

"喂，停下！"他大声喊道，并用他的自行车把我们的路拦住，"你们在哪儿弄到这辆马车的？我叫你们停下！"他从侧面口袋中掏出手枪大声吼道，"告诉你，快停下，否则，我可真的要送你那匹马一颗子弹了。"

福尔摩斯把缰绳甩给我，跳下马车。"你正是我们想找的人，魏奥莱特·史密斯小姐在哪里？"福尔摩斯连忙急切地问道。

"我正要问你们呢，你们坐的是她的马车，一定知道她在哪儿。""我们刚在路上拦住这辆马车，但是辆空车，我们想把车赶回来去救那位姑娘。""噢，天哪！这可怎么办？"那个陌生人绝望地喊道，"他们把她抓走了，是那个该死的伍德利和那个恶棍牧师！快来，先生，要是你们真是她的朋友，那就快来。帮助我一同救她吧，我横尸查林顿森林也在所不惜！"他提着手枪向树篱中的一个豁口发疯似的跑过去，福尔摩斯紧随其后，我把马放开任它去路边吃草，也紧跟着跑了过去。

"他们是从这儿穿过去的，"陌生人指着泥泞小路上的足迹说道，

归来记

"喂,停一下!灌木丛里是什么人?"那是个十七八岁的小伙子,衣着像马夫,穿着皮裤,打着绑腿。他面朝天躺着,双膝蜷起,头上有一道伤口,似乎还有气,我简单看了一眼他的伤口,就知道他无性命之忧。"这就是马夫彼得!"陌生人喊道,"他就是替那姑娘赶车的,那些杂种把他打昏了!让他先在这里吧,反正我们现在也救不了他。可是我们却可能来得及去搭救可怜的史密斯小姐。"

我们发疯一般顺着林中蜿蜒曲折的小径奔去,一直到环绕着宅院的灌木丛,福尔摩斯立刻就站住了。

"他们没有进宅院。他们的脚印在左边,在这儿,在月桂树丛旁边。啊!我说得不错。"他正说着,从我们前面一片浓密的绿色灌木丛中传出一阵女人的尖声哀叫,那是一种带着极度恐惧的颤声狂呼。忽然尖声高叫戛然而止,接着是一阵窒息的咯咯声。"这边!这边!他们在滚球场,"那陌生人闯过灌木丛,说道,"啊,这些胆小鬼!跟我来,先生们!哎呀,晚了!太晚了!"我们贸然闯入被古树环绕的一片林间草地,草地那一端,在一棵大橡树的树阴下有三个人,一个是我们的女委托人,她垂着头,半昏厥过去,嘴被手帕蒙着,而对面站着一个面貌凶恶的红胡子年轻人,腿上扎着绑腿,腿大咧咧地叉开着,一只手叉腰,另一只手里摇动一支马鞭,他脸上露着一种洋洋得意的神情。一个花白胡子的老家伙站在他们中间,他身着浅色花呢衣服,外罩白色短法衣,似乎刚刚做完结婚仪式,因为他刚把一本祈祷书收起来并拍着那红胡子新郎的背,向他说着一些祝福的话。

"他们在举行婚礼!"我气喘吁吁地说道。"来!"我们的领路人喊道,"来!"他冲出林中空地,我们两人紧随其后,在我们冲到姑娘面前时,她正摇摇晃晃地靠在树干上喘息,前牧师威廉森嘲弄地向我们鞠了一躬,而暴徒伍德利却像个野人似的大吼一声,得意忘形地笑着,向我们冲了过来。

"你为什么不把你的胡子摘掉,鲍勃?"他说道,"我认识你,一点不含糊。喂,你和你的同伙来的正是时候,我正要给你们介绍一下伍德利夫人。"我们的带路人回答的方式极其特别,他先是一把扯掉伪装的

黑胡子扔在地上，露出刮得光光的浅黄色长脸，然后举枪对着那个暴徒。此时，那个暴徒正好挥动着马鞭向他抽来。

"不错，"我们的带路人说道，"我就是鲍勃·卡拉瑟斯，看到这姑娘安然无恙我就别无所求了，否则我只好去上吊。我警告过你，如果你对她有所骚扰，我一定对你不客气，苍天在上，我言出必行。"

"你太晚了，她已经是我的妻子了。"

"错了，她是你的寡妻。"枪响了，我看到血从伍德利前心喷出来。他尖叫一声转了一下身子就面朝上倒下了，那丑陋的红脸顿时变得更加斑驳而又苍白，十分吓人。那个老头子依然披着白色法衣，此刻他破口大骂，那不绝于口的污言秽语，是我前所未闻的。他从衣袋里掏出他自己的手枪来，但还没来得及举枪，福尔摩斯的枪口已经对准他了。

"够了，"我的朋友冷冷地说道，"把枪扔下！华生，请把枪捡起来对准他的头！谢谢你。还有你，卡拉瑟斯，把你的枪也给我。我们用不着再动武了。来，把枪给我！"

"那么，你是谁？"

"我是歇洛克·福尔摩斯。"

"哎呀！"

"看来，你们早听过我的名字了。在官方警探到来以前，我只好代做他们的事了。喂，你！"福尔摩斯冲着林中空地那边那个吓坏了的马夫喊道，"到这儿来。马上骑马把这张条子送到法纳姆去。"福尔摩斯从笔记本上撕下一页纸，草草写了几句话，"把这送到警察署交给警长。在他到来之前，由我负责监护你们。"

福尔摩斯那主宰一切的性格在驾驭着这幕惨剧的场面，所有的人乖乖地听从他的吩咐。威廉森和卡拉瑟斯把受伤的伍德利抬进屋去，我也扶着那受惊的姑娘。伤者被放在床上后，福尔摩斯要我为伤者进行了检查。当我向他报告我的检查结果时，他正在挂有壁毯的老式饭厅里端坐着。

"他死不了。"我报告说。

"什么！"卡拉瑟斯高声喊道，从椅子上跳下来，"那我现在去楼上

归来记

把他送进地狱再说！这不等于告诉我，那天使般纯洁的姑娘要被伍德利控制一辈子吗？"

"这里无须你多言，"福尔摩斯说道，"她根本不能成为他的妻子，这有两条极其充分的理由。第一，我们完全有理由怀疑威廉森主持婚礼的权利。"

"我受任过圣职！"那老无赖喊道。

"别忘了你早已经被免去了圣职。"

"一旦做牧师，终身是牧师。"

"我看不行。那么结婚证书呢？"

"有。就在我衣袋里。"

"由此看来，你们是互相串通好的，无论怎么办，反正强迫婚姻绝对不是真正的婚姻，而是一种严重的罪行。在你们垮掉之前，你会明白这一点的。如果没搞错，在今后的十年里你有足够的时间来搞通这一点。至于你，卡拉瑟斯先生，如果你不从口袋里拿出枪来，本来你可以干得更出色一些。"

"我现在也这样想，福尔摩斯先生，可是因为我爱着那个姑娘，愿意为她做一切事情。福尔摩斯先生，有生以来，我第一次知道什么叫爱，如果她落入那个南非最残忍的暴徒——从金伯利到约翰内斯堡人人惧怕的人手中，会使我发疯的。福尔摩斯先生，你很难相信这些。我知道这群无赖埋伏在这所宅子四周。自从那姑娘受聘来我这儿以来，每次回城时，我都骑车护送她，以免她受伤害。我和她保持着一定距离，我戴上了胡子，使她认不出我来，因为她是一位品质高贵的姑娘，如果她想到是我在村路上尾随她，她就不会长期受聘于我了。"

"你为什么不告诉她她身处险境呢？""因为那样一来，她可能会离开我，那将是我十分不愿意的事情。即使她不爱我，只要我能在家里看到她那秀丽的容貌，听到她的声音，我也就心满意足了。""喂，"我说道，"你把这叫做爱，卡拉瑟斯先生。可是我却把这叫做利己主义。"

"也可能二者都有吧。无论如何，我不能让她离开我。再说，她身边有这伙人，最好还是有人能在她身边照应她一下。后来，接到电报，

我就肯定他们一定有所行动了。"

"什么电报？"

卡拉瑟斯从口袋里拿出一份电报来。

"就是它。"他说道。

电文非常简单：

　　老儿已死。

"哼！"福尔摩斯说道，"我想我明白是怎么回事了，并且我也明白，像你所说的，这封电报会引导他们走向罪恶的极点。你们可以一边等，一边把你所知道的全部告诉我。"

一连串肮脏话立刻从那个穿白色法衣的老恶棍口里吐出来。"苍天在上！"他说道，"假如你泄露我们的秘密，鲍勃，我就要用你对付杰克·伍德利的手段来对付你。你可以随你所愿地把姑娘的事说出来，那是你们自己的事，可是要是你把你的朋友出卖给这个便衣，那就是你自讨苦吃了！"

"尊敬的牧师阁下，用不着激动，"福尔摩斯点燃香烟说道，"显而易见，这件案子对你们十分不利。我无非出于个人的好奇心，问几个细节问题而已。不过，要是你们不方便告知，那么就由我来说一说，然后你们就会明白你们还能隐藏什么。首先，你们三个人从南非来玩这场游戏——你威廉森，你卡拉瑟斯，还有伍德利。"

"天底下最大的谎言，"那老家伙说道，"两个月以前，我见也没见过他们，而且我生平从来未到过非洲，所以你可以把这谎言放进烟斗里一起烧掉，爱管闲事的福尔摩斯先生。"

"他说的句句属实。"卡拉瑟斯说道。

"好了，好了，你们两个是从远方来的。这位尊敬的牧师是我们自己的本国货。你们在南非认识了拉尔夫·史密斯，你们相信他命不久矣，而且发现他的侄女将要继承他的遗产，我说得怎么样？嗯？"

卡拉瑟斯点点头，威廉森仍然咒骂不止。"毫无疑问，她是直系亲属，你们知道那个老人不会留下遗嘱。""他大字不识一个。"卡拉瑟斯

归来记

说道。"所以你们两个人不远万里到了英国，四处查访这位姑娘。你们打的主意是：一个人娶了她，另一个人分一笔遗产。不知什么原因，伍德利被选上做丈夫，那是什么原因呢？"

"我们在途中打牌，用那个姑娘做赌注，伍德利赢了。"

"我明白了，你把姑娘聘到你家里，好让伍德利有机会向她求爱，可偏偏她看出伍德利是个酗酒的恶棍，不愿和他有丝毫关系。而此时，你已经爱上了这位姑娘，你不愿让那个恶棍占有她。这样，你们的计划便被打乱了。"

"对，的确，我无法容忍他对她的亵渎。"

"于是你们争吵起来。他一怒之下就走了，把你撇在一边，自己打主意了。"

"威廉森，你看，我们要说的这位先生都说了，已经所剩无几了。"卡拉瑟斯苦笑着大声喊道，"对，我们吵过架，他把我给打了，无论如何在打架方面，我和他是不相上下的，后来我就再也见不到他了，原来他已经结识了这个被免职的牧师。两天以前伍德利带着这封电报到我家来，电报说拉尔夫·史密斯已经去世。伍德利问我是不是遵守讲好的交易条件。我说我不愿意，他说我自己娶了那姑娘，然后分给他一些财产也可以。我说我倒是愿意这么办，可是姑娘不答应。伍德利说，'让我们先把她娶到手，过一两周，她就不可能抱着原来的观点了。'我说我不愿意动用武力。所以他就现出他那下流的无赖本色，骂骂咧咧地走了，并且发誓说，一定要把她搞到手。她本打算在这个周末离开我回城，后来，我弄到一辆轻便马车送她赶火车，但心中惴惴不安，所以就骑车赶来了，但她已经起身了，没等我追上，不幸就发生了。一看到你们俩坐着这辆马车，我马上就感到事情不妙。"

福尔摩斯站起来，把烟蒂扔进壁炉。"我的感觉一直很迟钝，华生，"他说道，"你说过你看见骑车人似乎在灌木丛中整理领带，只这一件事就向我说明了一切，但我们还可以庆幸我们碰到这样一桩罕见离奇的、在某方面又独特无双的案子。瞧，车道上有三名警察走来，那个小马夫居然同他们走得一样快。看来，不论是牧师，还是那个好笑的新

郎,由于他们今天早上的不合法行为,他们永无出头的机会了。华生,我想,凭你的医务能力,你可以拜访史密斯小姐,告诉她,假如她恢复了健康,我们就送她回娘家去。如果她还没有完全康复,你可以暗示说,我们准备给米得兰公司的一位年轻电学家打电报,这样她会复原得快些。至于你,卡拉瑟斯先生,我想你对你参加的罪恶阴谋活动,已经尽你所能进行了挽救。这是我的名片,先生,如果在审判你的时候,我的证词对你有帮助的话,请随便使用好了。"

在我们难以计数的活动中,读者可能早发现,我往往对我的记述加以藻饰,并且尽最大可能写出读者喜欢的离奇古怪案件的最后详细情节。每一案件都是另一案件的序幕,而决定性时刻一过,那些登台人物就从我们的忙乱生活中永远退场。然而,在我记述这件案子的手稿上,结尾有一段扼要的记载,上面说,魏奥莱特·史密斯小姐真的继承了一大笔遗产,现在她已经成为莫顿和肯尼迪公司的大股东,是著名的威斯敏斯特电学家里尔·莫顿的妻子。威廉森和伍德利两个都因诱拐和伤害罪受审,威廉森被判七年徒刑,伍德利被判十年徒刑。我不曾得知卡拉瑟斯下场如何,不过我确信,相对于伍德利这个声名狼藉、臭名昭著的恶棍,法庭是不会特别严厉地对待卡拉瑟斯所犯的伤害罪的,几个月的监禁对他来说已经足够了。

归来记

修道院公学

在贝克街这座小小的舞台上,每个人物的出场和谢幕都是极不寻常的,但现在想起来,只有曾经荣获硕士、博士等学位的桑尔尼克夫特·贺克斯塔布尔的首次亮相最为突然,最令人吃惊。那张几乎印不下他的全部学术头衔的小名片刚刚送来几秒钟,他自己就紧跟着进来了。他身材高大,相貌堂堂,气度不凡,神情特别严肃,集冷静与稳重于一身。但是当他进来随手关上门后,他马上靠着桌子摇晃起来,然后浑身软绵绵地瘫倒在地板上,那魁梧的身躯匍匐在壁炉前的熊皮地毯上,没有了知觉。

我们急忙赶上前去。显然他这只庞大船只在自己生命的海洋上遭遇了急剧而致命的风暴。福尔摩斯拿了一个座垫放在他的手下面,我则把白兰地送到他的唇边。在他阴沉而又苍白的脸上,布满了忧愁的皱纹,他双眼紧闭,眼窝发黑,嘴角松弛而下垂,胡须没有修理,显得十分狼狈。他的衣领和衬衣带着长途旅行的灰尘,头发乱蓬蓬的。无疑躺在我们面前的是一个过度忧伤的人。

"华生,他怎么了?"福尔摩斯问道。"极度衰竭,可能是由于饥饿和疲劳所致。"我一面说一面摸着他细微的脉搏,感到他的生命力已经由奔腾的泉源变成了涓涓细流。

福尔摩斯从那人放表的口袋里取出一张火车票,说:"这是从英格兰北部的麦克尔顿到伦敦的往返车票。现在还不到十二点,他一定很早就动身了。"一小会儿后,他紧闭的眼睑开始颤抖,他抬起头来用一双呆滞的灰色眼睛盯着我们,然后他爬起来,脸色因羞愧而发红。

"福尔摩斯先生,我太累了,请原谅我的衰弱,如果您给我一杯牛奶和一块饼干,那样我就会感觉好些。福尔摩斯先生,我亲自到这儿来是为了请您一定跟我走一趟。我怕电报不足以使您相信这个案件的

紧迫。"

"您先恢复一下……"

"我已恢复好了,非常抱歉,我太虚弱了。福尔摩斯先生,我希望您能同我乘下一趟车到麦克尔顿去。"我的朋友摇了摇头。"我们现在很忙,这你可以问我的同事华生大夫。费尔斯文件案等着我处理,还有阿巴加文尼家的谋杀案即将开庭审判。除非你的案件极其重要,否则我不会离开伦敦半步。"

我们的客人摊开双手大声说:"当然重大!您难道一点也没听说霍尔得瑞斯的独生子被劫持的事?"

"什么!就是那位前任内阁大臣吗?"

"就是他,我们尽力不让媒体得知此事,可是昨晚在环球戏院已经有了谣传,我猜或许您已经得知此事。"

福尔摩斯急忙从许多本参考资料中,伸手取出"H"那卷。

"'霍尔得瑞斯,第六世公爵、嘉德勋爵、枢密院顾问……'头衔够多了!'伯维利男爵、卡斯顿伯爵……'天啊,多少头衔!'自一九〇〇年起任哈莱姆郡的郡长。一八八八年同爱迪·查理·爱波多尔爵士的女儿结婚。他系萨尔特尔勋爵的继承人和独生子。拥有土地二十五万英亩,在兰开夏和威尔士有矿产。地址:卡尔顿住宅区;哈莱姆郡,霍尔得瑞斯府邸;威尔士,班戈尔,卡斯顿城堡。一八七二年海军大臣,曾任首席国务大臣……'他当然是国王最伟大的臣民之一喽!""不仅是最伟大的而且或许是最富有的,福尔摩斯先生,我知道您十分热爱您的职业,并且为了您的事业可以鞠躬尽瘁,但不妨告诉您一点,公爵大人亲口和我说,有人如果告诉他他儿子的下落,将会得到五千镑的奖赏,要是还能说出劫持他儿子的人的姓名将会再加一千镑的奖赏。"

福尔摩斯说:"啊,这真是很优厚的报酬!华生,我看我们就同贺克斯塔布尔博士到英格兰北部走一趟吧!贺克斯塔布尔博士,请您先喝点牛奶,然后告诉我发生了什么事情以及在什么时候和怎样发生的。最后的一个问题是,到底您这位修道院公学的博士与此案有什么关系?为什么事过三天——您的胡须长短程度告诉了我——您才到了这里,要求

归来记

我们贡献微薄之力呢?"

我们的客人用过了牛奶和饼干,他的脸颊渐渐红润起来,一双眼睛重新发出光芒,这时他开始有力而清晰地叙述事情的经过。

"先生们,首先声明,修道院公学是所预备学校,本人既是创建人也是校长。《贺克斯塔布尔对贺拉斯之管见》这本书或许会让你们想起我的名字。一般说来修道院公学是不错的,在英格兰,这所公学是最优秀、最好的预备学校。布莱克沃特地方的莱瓦斯托克伯爵以及卡其卡特·索姆兹爵士等人都把他们的儿子托付给我。三周前,霍尔得瑞斯公爵委托他的秘书王尔德先生来告诉我,他要把他的独子和继承人——十岁的萨尔特尔勋爵交给我管教,当时我认为我的学校已经到达了高峰时期,谁料到,天有不测风云,没想到这竟成为我一生中最悲惨命运的前奏。

"五月一号这个孩子来到了学校,那时正是夏季学期的开始。他是一个令人一见就喜欢的少年,而他自己也很快地适应了我们这里的生活。我相信我说话一直是谨慎的,可是出了这件不幸的事后,我便不宜再把一些情况留在心中了——公爵的家庭生活并不和睦,公爵的婚后生活并不美满,这是众所周知的事实。后来夫妻双方同意分居,公爵夫人现在定居于法国南部。这事是在不久以前发生的。我们了解到他们母子间的感情特别深厚,自从他的母亲离开霍尔得瑞斯府后,孩子一直闷闷不乐,因此公爵才同意把他送到我这儿来。他到校才两周,便和我们很熟悉了,而且似乎十分快乐。

"最后一次见到他是星期一——也就是五月十三日夜晚,他的房间在二楼,要穿过另一间两个孩子合住的较大的房间才能走到那个里间,这两个孩子在当天晚上毫无察觉,所以可以肯定小萨尔特尔并没有从这里走出去。他的窗户是开着的,有一棵常青藤从窗上直连到地面。事后我们在地面上并未找到足迹,但除了这扇窗子再不能有别的出路。

"星期二上午七点发现他已经不见了,他的床是睡过的。临走以前,他完全穿好了衣服,就是他常穿的衣服——黑色伊顿上衣和深灰色的裤子。没有迹象说明有人进过屋子,如果有喊叫和厮打的声音别人一定听

得到,因为住在外面一间的年纪较大的孩子康特睡觉向来是很轻的。

"发现萨尔特尔勋爵失踪后,我马上召集全校人员点名,其中包括所有的学生、教师和仆人。这时我们才确定了萨尔特尔不是独自出走的,因为德语教师黑底格也不见了。他的房间在二楼末端,和萨尔特尔勋爵的房间朝着一个方向。他的床铺表明他在上面睡过,但显然他在匆忙之间穿上衣服就走了——衬衣和袜子还放在地板上,毫无疑问他是顺着常青藤下去的,因为他的足迹清楚地印在下面的草地上。他平日放在草地旁小棚子里的自行车也不见了。

"黑底格和我在一起已经有两年了,他来时所带来的介绍信给他的评语非常好,但他平时忧郁寡言,教师和学生都不太喜欢他。逃亡者的踪迹全无,直至现在,已经是星期四的下午了,还是一无所知。当然事发后我们马上到霍尔得瑞斯府上寻查,府邸离学校不到八英里,我以为他或许由于想家就突然回家了,但我们在那儿一无所获。公爵万分焦虑,而我自己,您二位已经亲眼所见,我因为这件事的责任和由此所引起的忧虑已经心力交瘁。福尔摩斯先生,我恳求您用您的智慧解决它,在您的一生中不会常碰到能给你带来如此大好处的案子。"

歇洛克·福尔摩斯聚精会神地听着这位不幸的校长的叙述。他的眉头紧锁,这表明他正在对案子聚精会神地思考,根本不需要我的劝说了。因为除了报酬优厚以外,这个案子也引起了他对于复杂的、不寻常的案件的兴趣。他拿出笔记本写了几句话。

他严厉地说:"您太大意了,没有及时来找我,直到时过境迁仍束手无策后才想起来请教我。难以想象一个行家在常青藤和草地那儿竟看不出线索。"

"福尔摩斯先生,责任不全在我,公爵大人不想让流言蜚语包围他,他担心这会使公众对他家庭的不幸刨根问底,他一向对于流言蜚语深恶痛绝。"

"官方已经做了一些调查了吧?""是的,先生,但结果非常令人失望,明显的线索得到得极快,这是因为有人报告说,在邻近的火车站有人看见一个孩子和一个青年乘早班车,这两个人被跟踪到利物浦,结果

归来记

查清他们和此案毫无瓜葛，这是昨晚我们得知的。我的心情是这样的沮丧和失望，一夜未眠，所以今天就乘早班火车径直来到了您这儿。"

"我想在追踪这个虚假线索的时候，当地的调查有所放松吧？"

"完全没有进行。"

"有三天时间徒而无劳。这个案件处理得太不妥善了。"

"我也承认这一点。"

"这个案子应该得到妥当处理，我很愿意接手这个案件，您知道那孩子和那位德语教师之间的关系吗？"

"一点也不了解。"

"这孩子是他班上的吗？"

"不是，而且我听说，这个孩子从来也没有和他说过一句话。"

"这种情况倒是少见。这孩子有自行车吗？"

"没有。"

"还有其他自行车丢失吗？"

"也没有。"

"确实吗？"

"确实。"

"那么，你的意思是，这个德国人并未在深夜挟持这个孩子骑车逃走，是吗？"

"是的，没有。"

"您想应该怎么解释呢？"

"这可能是个骗局，或许车子被藏在某个地方，然后这两个人徒步走了。"

"极有可能。不过用自行车做幌子似乎有些荒谬。棚子里还有自行车吗？"

"还有几辆。"

"如果他想使人认为他们骑车走掉，难道他不会藏起两辆吗？"

"我想他会的。"

"他当然会，幌子的说法说不通。但是我们可以从这个情节入手调

查。总之,一辆自行车是不容易隐藏或是毁掉的。还有一个问题,这个孩子失踪之前有人来看过他吗?"

"没有。"

"他收到过什么信没有?"

"有一封。"

"谁寄来的?"

"他的父亲。"

"平时您看他的信吗?"

"不。"

"那您凭什么认为是他的父亲寄来的呢?"

"信封上有他家的家徽,笔迹是公爵特有的刚劲笔迹。此外,公爵也记得他写过。"

"在这封信以前他什么时候还收到过信?"

"收到这封的前几天。"

"他收到过从法国来的信吗?"

"从来没有。"

"你当然明白我的问题重点所在,这孩子的失踪有两种可能:一种是被挟持,一种是自愿出走。如果是后者,一般在外界唆使下,小孩子才会做出这种事情;如果没有人来拜访,教唆一定来自信中。所以我急于弄清谁和他通过信。"

"在这个问题上恐怕我帮不上什么忙。据我所知,只有他父亲和他通信。"

"他父亲恰巧就在他失踪的那天给他写了信。他们父子俩很亲近吗?"

"无论是谁,公爵和他都不亲近,他的心思完全被国家大事和公众事业占据着。一般的情感,他基本上是无动于衷的,但对于这个孩子来说,公爵本人对他相当好。"

"孩子与他母亲的感情更好吧?"

"是的。"

归来记

"孩子这样说过吗?"

"没有。"

"那么,公爵呢?"

"唉!他也没有。"

"您怎么知道的呢?"

"公爵大人的秘书詹姆士·王尔德先生和我私下谈过,是他给我描述了这孩子的感情。"

"我明白了。还要问一下,公爵最后送来的那封信——孩子走了以后在他的屋中找到没有?"

"没有,他把信带走了。福尔摩斯先生,我看我们该去尤斯顿车站了。"

"我要叫一辆四轮马车。过一刻钟我们就会再见到您。贺克斯塔布尔先生,如果您要往回打电报,最好让您周围的人误以为调查在利物浦继续进行,或是由这个假线索使你们想到的任何地方。同时我打算在您的学校附近秘密地做点工作,或许痕迹尚未完全消失,华生和我这两只老猎狗还可能找到一点痕迹。"

当晚我们就到了贺克斯塔布尔先生著名学校的所在地皮克镇,这里空气清凉,给人一种爽快的感觉。当我们到达时,天色已暗,一张名片放在大厅的桌子上。管家向主人耳语后,博士转过身来,表情十分激动。他说:"公爵在这儿,公爵和王尔德先生在书房。先生们请进来,我要把你们向他做介绍。"

我们当然熟悉这位著名政治家的照片了,但他本人和照片大相径庭,他是一个身材高大、神态庄严的人,他衣着考究,脸型瘦长,鼻子长得有些出奇,又带点弯儿,苍白的脸色如死人一样,又长又稀的红润胡须使这张脸更为可怕。胡须飘到白色背心上,背心前表链的链坠闪闪发光。公爵就是这样庄严地出现在我们面前,他站在地毯中央冷眼打量着我们。在他旁边站着一个年轻人,我猜他就是那位私人秘书王尔德,他身材不高,机警而又紧张,一双淡蓝色的眼睛显得很聪明,面孔易流露出感情。他用尖刻而又肯定的语调立即开始讲话。

"贺克斯塔布尔博士,我今天上午来过,但是已经晚了,不能阻止您去伦敦了。我听说您的目的是请歇洛克·福尔摩斯先生来承办这个案子。贺克斯塔布尔博士,您在没和公爵大人商量的情况下,竟贸然采取这一行动,是大人始料不及的。"

"是在我了解到警察已经无法……"

"公爵大人相信警察完全有能力办理。"

"可是王尔德先生,那……"

"贺克斯塔布尔博士,您不是不了解,大人尤其担心这事会传播到公众中去,他的本意是知道这事的人越少越好。"

受到威吓的博士说:"要挽回这件事并不难。歇洛克·福尔摩斯先生明天可以乘早车回到伦敦。"

福尔摩斯毫不介意地说:"我想不必,博士,不必。北部地区的空气使人神清气爽,所以我预备在你们草原上住几天,好好地用一下我的头脑,至于我住学校还是村中旅店,由您决定好了。"

我看得出不幸的博士十分犹豫,但是红胡须公爵的低沉响亮的声音帮了他的忙。

"贺克斯塔布尔博士,我同意王尔德先生的意见,您如果先和我商量一下就好了,既然福尔摩斯先生已经得知此事,我们就不能不麻烦他帮忙。福尔摩斯先生,您一定不要住到旅店里,我将十分荣幸您来到霍尔得瑞斯和我住在一起。"

"谢谢公爵大人。为了便于调查,我想我留在事情发生的现场更适合一些。"

"福尔摩斯先生,那您请便。如果您想向王尔德先生或者是我了解什么情况的话,只管提出。"

福尔摩斯说:"我将来可能到您府中去拜访您,但现在有一个疑问,对于您儿子的神秘失踪,您有没有想到什么别的原因?"

"没有,先生。"

"首先请您原谅我又勾起了您的痛苦回忆,但是同时也是我无法避免的,您认为公爵夫人是否和此事有什么关系?"

归来记

可以看出这位大人物迟疑不决。

他终于说:"我想不会。"

"另一个明显的原因是劫持这个孩子以索取赎金,有没有发生向您勒索的事呢?"

"没有,先生。"

"公爵,还有一个问题。我了解到在事件发生的那天您给他写过信。"

"不是在那天,是前一天。"

"正是如此,可是,他是在那天收到的,是吗?"

"是的。"

"在您的信中说没说什么让他心神不安、导致他出走的话呢?"

"没有,先生,肯定没有。"

"信是不是您亲自寄出的?"

公爵正要答话,王尔德却抢先说:"公爵自己从来不寄信,这封信和其他的信一起摆在书房的桌子上,是由我亲自搁在邮袋里的。"

"您可以肯定在这些信中有这样一封?"

"是的,我看到了。"

"那一天公爵写了多少封信?"

"二十或三十封,我的书信往来一向是大量的。可是这不会与本案有什么相干吧?"

福尔摩斯说:"也不是完全无关。"

公爵接着说:"我已经向警方建议让他们把注意力放在法国南部。我说过,我认为公爵夫人不会让这孩子做出如此荒唐的行为,但这个孩子极其刚愎自用,在那个德国人的唆使和帮助下,他完全有可能到公爵夫人那儿去。贺克斯塔布尔博士,我们该回霍尔得瑞斯府去了。"

我发现福尔摩斯还有一些问题想问,可是这位贵族突然表示结束会见,显而易见他认为和一个陌生人谈论他的私事,是与他浓厚的贵族气质相互抵触的,并且他不想随着一连串问题的提出,使他细心掩盖的个人私事被无情地揭出。这位贵族和他的秘书走后,我的朋友马上开始紧急的侦查,他一贯是这样急迫的。我们认真检查了孩子的房间,可是一无所获,不过我们更加相信,他只能从窗户逃走。德语教师的房间和财物也没有向我们提供更多的线索。他窗前的一个常青藤枝杈因承受不住他的体重而折断了。在灯光下我们看到,油绿的草地上他落下的地方有一个足跟的痕迹。这个足迹证明德语教师在夜晚走掉了。福尔摩斯独自离开住处,直到十一点才回来,他弄到一张这个地区的较大的官方地图。他把地图拿到我的屋子里,在床上铺开,并把灯放在地图正中,然后他一面看一面抽烟,偶尔用烟味浓烈的烟斗指点着一些地方让我注意。

他说:"华生,对于这个案子我很感兴趣,从案情上看,可以肯定的是有些地点是值得注意的。趁着这个案件刚开始,我想让你了解的是:特殊的地形和我们的侦查有密切关系。

"你看地图上这块颜色较深的地方是修道院公学,我插上一根针。这一条是大路,它是东西走向的,经过学校门前。你还可以看到在学校的东西两面一英里内没有小路。如果这两个人是沿着大路走掉的话,那么只有这一条路。"

"正是这样。"

"我们极其幸运,可以大致查明,没有人在出事的那天晚上走过这条路,瞧我放烟斗的地方从十二点到六点有一个乡村警察站岗。可以发现,这是东面的第一个交叉路口,这个警察一直没离开过他的岗位,并且肯定,无论是谁,只要走过这条马路他就一定会看见。今天晚上我和这个警察谈过话,依我看他是一个完全可靠的人。那么东边就不用怀疑了,现在看西边,这儿有一个叫'红牛'的旅店,女店主生了病。她派人去麦克尔顿请医生,但大夫去别的地方出诊了,所以第二天上午才到。旅店的人一夜都很留心,等待大夫到来,并且一直有个人望着大路。他们说没有人走过。要是他们的话可靠,我们可以认为西面也没有事,由此可见,逃跑的人根本没有走大路。"

我反问道:"那么自行车呢?"

"是的,我们从自行车上继续我们的推论,如果他们没有走大路,

归来记

那无疑是穿过乡村向学校的北面或南面去了。我们衡量一下这两种情况。你看,学校的南面是一大片耕地,分成小片,中间有石头墙。我以为在这样的地方是无法骑自行车的。我们可以不考虑南面了。从北面看,这儿有一片叫'萧岗'的小树林,再远一点儿有一大片起伏的荒野叫夏吉尔荒原,绵延十英里,地势渐陡。霍尔得瑞斯府位于这片荒野的一边,如果从大路走有十英里,穿过荒野仅六英里,那是一片极其荒凉的平原。有几座农民的小棚子,他们在那儿养牛羊等家畜,还有雎鸠和麻鹬。除此之外,在你走到柴斯特菲尔德大路之前你什么也看不见,另一边有几间农舍、一座旅店和一个教堂。再往远处去,山变陡了,显然我们应该把目标放在北面。"

我再次说:"那自行车呢?"福尔摩斯不耐烦地说:"一个车技好的人,不一定非在大路上才能骑,再说那时月亮正圆,荒原上有许多小路交错。喔,什么声音?"随着一阵急促的敲门声,进来了贺克斯塔布尔博士。他手里拿着一顶蓝色的板球帽,帽顶上有白色的V形花纹。

他喊道:"重大发现,感谢上帝,至少现在我们知道这位少年从哪儿走的,瞧,这是他的帽子。"

"在哪儿发现的?""吉卜赛人的大篷车上,他们在这片荒原宿过营。他们是星期二走的。今天警察追上了他们并逐一检查了他们的车,发现了这顶帽子。"

"他们怎么解释呢?""他们支支吾吾的,说是星期二早晨在荒原上拾到了这顶帽子。哼,他们一定知道孩子在哪儿!感谢上帝,现在他们已被关起来了。他们早晚会说出真相的,我们有法律的威力,还有公爵的金钱。"博士离开之后,福尔摩斯说:"这很好,至少已经证实了我们的设想,必须在夏吉尔荒原这一边才能有所发现,警察一无所获,除了逮捕了那些吉卜赛人。华生,你瞧!横穿荒原有一条水道。地图上已经标出来了。有的地方已经由水道变为沼泽地,特别是霍尔得瑞斯府和学校之间的这片地方,如此干燥的天气,到别的地方去寻找是徒劳无功的,但是在这一带,有可能找到留下的痕迹。明天早晨我来叫你,我们俩一起出去试试,看能否给这个神秘的案件找出一线希望。"

第二天一大早,我一醒来发现福尔摩斯已站在我床边等着我了。他已经穿戴整齐,而且很显然他已经出去过。

他说:"我已经检查过那片窗前的草地和自行车车棚,还在'萧岗'随便逛了逛。华生,可可已经煮好,在里屋放着,请你必须快些,因为我们今天有很多事要做。"他神采奕奕,两颊由于兴奋而变得十分红润,就像一位高超的技工看到他的呕心沥血之作即将完成一样。这个机警、灵活的福尔摩斯和贝克街的那个内向、终日思考、面色惨白的福尔摩斯大相径庭。当我看到他灵活的身体、跃跃欲试的样子,我预感到我们迎来的一天将会十分劳累。然而这一天的起点却令人感到非常失望,当我们满怀希望地大踏步穿过泥炭众多的黄褐色的荒原,经过无数的羊肠小路,终于来到一片地势开阔的绿色沼泽地上。如果这个孩子回家了,他一定要经过这儿,而且他不可能经过后不留下任何痕迹,但是无论是这个孩子还是那个德语教师的足迹都一点也没看到。我的朋友带着阴沉的面容在湿地的边缘踱来踱去,急切地观察着湿地上的每片污泥。那上面到处是羊群的蹄痕,在一二英里以外的一片地方有牛的蹄印,此外再无其他。福尔摩斯担忧地看着起伏的广阔荒原说:"前面还有一片湿地,我们去查看一下。瞧,快瞧!这是什么?"

走上一条窄窄的黑油油的小路,我们看到在小路中间湿润的泥土上,有明显的自行车的轨迹。

我喊道:"啊!我们找到了。"但是福尔摩斯晃了晃头,显得并不高兴,反而露出迷惑不解的样子,像是期望着什么似的。他说:"当然是一辆自行车,但是肯定不是那辆自行车。我一共熟悉四十二种轮胎的轨迹,可以看出这是邓禄普牌轮胎,而且外胎是加厚的,数学老师艾维林非常了解黑底格的车胎是帕默牌,有条状花纹。所以这不是黑底格的自行车走过的痕迹。"

"那么,这是那个孩子的?""有可能,如果我们能够证明这个孩子有车。可是我们根本不能证明,你看,从自行车的轨迹来看骑车人是从学校方向而来。"

"或许正相反?""不,不,亲爱的华生。两个轮相比,承担大多数

归来记

重量的一定是后轮，压出的痕迹当然比前轮深。这里有几处后轮的痕迹和前轮的交叉处，前轮的痕迹较浅被埋住了。无疑是从学校这边来的。这和我们的侦查也可能有关，也可能无关，不过在我们离开之前，还是顺着车轮痕迹看一看吧。"

我们往回走了几百码，来到一片沼泽地上，自行车的痕迹居然不见了。我们沿着小道继续走，到了一处有泉水滴答作响的地方。这里又出现自行车的轨迹，可是差不多被牛蹄印抹掉了，再往前又不见了，那条小道一直通向"萧岗"，也就是学校后面的那片小树林。车子一定是从小树林里骑出来的。福尔摩斯坐在一块大石头上，用手托住下巴。我抽了两支烟，他则一动未动。

过了一会儿，他说："也许是一个狡猾的家伙把自行车的外胎换了，使我们不能轻易跟踪他的车痕。这种聪明的罪犯我是愿意与之打交道的。我们先把这个问题放一放，还是去那片湿地，那儿还有不少地方我们没有仔细查看。"在湿地边上，我们继续系统地有条理地进行查看，不久就收到了效果。在这片湿地低洼处有一条泥泞的小路，福尔摩斯走近小路时，兴奋地喊出了声。在小道的正中像是一捆电线摩擦地面留下的痕迹，这正是帕默轮胎的痕迹。福尔摩斯喜悦地喊道："这一定是黑底格留下的！华生，我的推论是完全正确的。"

"我祝贺你。""可这只是开始，劳驾请不要走在小路上。现在沿着轨迹走，我想这不会很远了。"我们接着向前走，发现许多小块湿地穿插在这片荒原上，自行车的轨迹时而出现时而消失。福尔摩斯说："毋庸置疑，骑车人一定是加快了速度，你看这里车的痕迹，前后胎的一样清楚，一样深浅，这只能说明骑车人把全身重量都加在车把上，如比赛一样骑完最后的一段路程。啊，他摔倒了。"在自行车留下的痕迹上，有些宽的、形状不规则的斑点延续几码远，然后有几个脚印，随后轮胎的轨迹又出现了。

我提醒他："车向一边跌倒。"福尔摩斯举起一束被压坏的金雀花，朵朵黄花上溅满了紫红色的污点，使我极为吃惊的是在小道的石南草上也结满了血点。

福尔摩斯说:"华生,站开,不要乱踩!我面对的是什么情景呢?他受伤后摔倒,然后站了起来又上车继续骑,可是没有另外一辆车的痕迹。牛羊蹄痕在另一边的小道上。他不会被公牛顶死吧?不,不可能!这儿看不见另外任何人的脚印。华生,我们还要向前走。我们要紧随血迹和自行车的轨迹,这个人一定逃脱不了。"

我们接着追踪,不久就看到了轮胎在潮湿而光滑的小路上打弯的痕迹。突然我发现在密密的荆豆丛中有一件金属物品在闪闪发光。我们急速地跑过去,原来那是一辆自行车,轮胎是帕默牌的,有一只脚蹬子弯着,车的前部满是血点和一道道的血痕,很是吓人。在矮树丛的另一边有一只鞋露了出来,我们立刻跑过去,发现了这个不幸的人躺在那儿:他身材高大,满面胡须,戴着眼镜,一个镜片已经找不到了,他死于头部受到重击,一部分颅骨粉碎。受到如此重伤后他仍能继续骑车,说明这个人勇气、精力可嘉。他穿着鞋但没穿袜子,上衣敞开着,里面露出一种睡觉时穿的衬衣。毫无疑问他就是那位德语教师了。福尔摩斯恭敬地把尸体翻转过来,进行仔细的检查。然后他坐下沉思了片刻。我看出,他皱起的眉头表明,他认为这具目不忍睹的尸体,对我们的调查没有太大的帮助。他终于开了口:"华生,下一步怎么做,是有些困难,我想应该继续调查下去,我们已经用了这么多的时间和精力,所以不能再白白浪费哪怕是一小时的时间。另外,我们要将尸体被发现这件事报告给警察,并且处理好这个可怜人的尸体。"

"我可以去报告。""可我需要你的做伴和帮助。啊,你瞧,那儿有一个人在挖泥煤。把他叫来,让他去找警察。"

我把这个农民叫过来,福尔摩斯交给这个受了惊的人一张便条,让他交给贺克斯塔布尔博士。然后他说:"华生,今天上午我们有两个发现。一个是安装着帕默牌轮胎的自行车,而且这辆车使我们发现了刚才的情况。另一线索是安装着邓禄普牌加厚轮胎的自行车。在我们调查这一情况之前,让我们仔细想想,哪些事情是我们该掌握的,以利于我们充分利用所掌握的情况把本质的事物和偶然的现象区分开。

"首先我肯定这个孩子一定是自愿走掉的,从窗口滑下后,不是他

归来记

一个人便是和另外一个人一起走的,在这一点上毫无疑问。"

我同意他的意见。"然后,我们再考虑一下那个不幸的德语教师。这个孩子是在穿戴整齐的情况下跑掉的,所以可以得知他预先知道他自己要做什么,但这位德语教师是匆忙套上衣服的,他一定是因为紧急情况不得不这样做。"

"这是无疑的了。""他为什么出去呢?因为他从卧室的窗户看见这个孩子跑掉了,因为他想追上他把他带回来。他骑上他的自行车去追这个孩子,但在追赶的路上遭到了不幸。"

"似乎是这样的。""现在我谈我推断的最为关键的部分。依照常理,一个成人追一个孩子自然是跑着去追就可以的,但这个德语教师为什么骑了自行车呢?虽然他的自行车骑得很好,如果他没有看到这个孩子能够迅速跑掉,他是不会这样做的。"

"这涉及到另外那辆自行车。""我们继续设想当时的情况:离开学校五英里处他遭到袭击,请注意不是中弹身亡——开枪是一个孩子都会的事。他是被一只强壮的手臂给予了致命的一击。那么这个孩子在逃跑过程中一定有人陪同。逃跑的过程是相当快的,以至于一位善于骑车的人骑了五英里才追上他们。查看过惨案发生的现场,我们发现了什么呢?是牛羊蹄痕,除此之外一无所有。在现场周围我绕了一个很大的圈子,五十码之内没有小道。另一个骑车的人可能不会与这件谋杀案有什么关系,而且那里也没有人的足迹。"

"福尔摩斯,这是不可能的事。"我喊道。他说:"对极了!你的看法很正确。事情并非像我所叙述的那样,所以一定是某些地方我说得不准,你已经发现这一点了,但究竟是哪个地方错了呢?"

"他会不会由于摔倒而碰碎了颅骨?"

"在湿地上能有这种情况发生吗?"

"那我就不知道了。"

"不要这样说,比这件案子难得多的问题我们都解决过。至少我们掌握了许多情况,问题是我们要会利用它。既然已经充分利用了那辆装有帕默车胎的自行车所提供的材料,我们现在再来看看安装着邓禄普加

厚车胎的自行车能够告诉我们什么东西。"

我们找到自行车的痕迹并且顺着它走了一段路,地势渐陡,斜坡上挤满了丛生的石南草,我们还过了一条水道。痕迹没有给我们提供更多的材料。在邓禄普车胎轨迹终止的地方,一条路指向霍尔得瑞斯府邸,府邸楼房的雄伟尖顶在我们左方几英里外耸立,另一头通到前方一座地势较低的影影绰绰的农村。这正是地图上标志着柴斯特菲尔德大路的地方。我们来到一家门面可憎又龌龊不堪的旅店,旅店门上挂着正在搏斗的一只公鸡的招牌。这时,福尔摩斯出人意料地呻吟一声,并且扶住我的肩头以免跌倒在地——这种毫无前兆的踝骨扭伤,以前他有过一次。他步履蹒跚地走到门前,那里蹲着一个人,年纪较大,皮肤黝黑,一个黑色的泥制烟斗叼在他的嘴里。

福尔摩斯说:"你好,卢宾·黑斯先生。"

这个乡下人抬起一双狡猾的眼睛,射出怀疑的目光,他问道:"你是谁,怎么会知道我的名字?""你头上的招牌不是写着嘛,再说看出谁是一店之主也不难。我想你的马厩里大概没有马车之类的东西吧?"

"没有。"

"我的脚连地都不能落。"

"那就别落地。"

"可是我连路也不能走啊。"

"那么你就跳。"

卢宾·黑斯先生的态度绝非彬彬有礼,但是福尔摩斯却和他和颜悦色。他说:"朋友,你瞧,我的确陷入困境。只要能往前就行,怎么走我都不在意。"

乖僻的店主说:"我也不在意。"

"我有十分重要的事,如果你能借给我一辆自行车,我愿意付给你一镑金币。"

店主人竖起了他的耳朵。

"你要上哪儿去?"

"到霍尔得瑞斯府。"店主人用讥讽的眼光看着我们沾满泥土的衣

归来记

服说:"或许是公爵的人吧?"

福尔摩斯和蔼地笑着说:"无论如何他会十分高兴见到我们的。"

"为什么?"

"因为我们将为他带去有关他失踪的儿子的消息。"

店主人吃了一惊。

"什么?你们知道他儿子的下落了?"

"有人说他在利物浦,警察每时每刻都可能找到他。"

店主人未理胡须的阴沉的面孔上神情再次迅速地变化着,他的态度突然温和了。

他说:"我不像别人那样祝福他是有原因的,我曾经当过他的马车夫的头儿,他对我非常不好,他连句像样的理由都没有就把我给解雇了。但当我听到将能在利物浦找到小公爵的时候,我还是由衷地感到高兴的,我可以帮助你们把消息送到公爵府。"

福尔摩斯说:"我们想先吃些饭,然后你把自行车拿来。""我没有自行车。"福尔摩斯拿出一镑金币。"我告诉过你,我没有自行车。我可以给你们两匹马骑到公爵府。"

福尔摩斯说:"好,好,我们吃完东西再谈论这件事。"在石板构成的厨房里,只剩下我们两个人时,那曾经"扭伤"的踝骨痊愈的速度之快令我吃惊。夜色降临,然而我们自早晨以来滴米未进,所以吃饭花了我们一些时间。然后福尔摩斯陷入沉思之中。有时他走到窗边,眼睛呆呆地凝视着外边。窗户对着一个肮脏的院子。在远处的角落有座铁匠炉,一个非常肮脏的孩子正在工作,马厩就在另外一边。有次福尔摩斯刚从窗户边走回来坐下,马上又从椅子上弹起来,一面大喊着:"天啊,我相信我弄清楚了!是的,一定是这样的。华生,你记得今天看见过牛蹄的痕迹吗?"

"是的,有不少。"

"在哪儿?"

"喔,好多地方。湿地上,小道上,以及可怜的黑底格遇难的附近。"

"正是这样。那么，华生，在荒原上你看见了多少牛呢？"

"我好像没看见过牛。"

"真怪，华生，一路上我们看见许多牛蹄印，可是在整个荒原上却没有碰到一条牛，多么奇怪啊！"

"是的，是很怪。"

"华生，现在你好好想一下，你在小路上看过这些痕迹吗？"

"不错！看见了。"

"你能想起痕迹有时是这样的吗？"他把一些面包屑排列成不同形状的双行点阵图形，一边问："是这样吗？"

"不，我记不太清了。"

"但是我可以，我可以发誓是这样，有时间的时候，我们回去证实一下。我太轻率了，当时没有做出结论。"

"什么结论？""只能说那是一头既可走路又可飞驰的怪牛。华生，我敢说一个乡村客店老板的头脑想不出这样一个骗局。看来这个问题比较容易解决了，只是那个孩子还在铁匠炉那里。我们溜出去，看看能找到什么。"

在那个稍一用力就会倾倒的马棚里有两匹鬃毛蓬乱、未经梳理的马，福尔摩斯抬起其中一匹的前蹄看了看，爆发出一阵大笑。"马掌是旧的，却是新钉上去的，掌钉还是新的。这的确是个典型案例。让我们到铁匠炉那儿去看看。"

我们走了过去，但那个男孩并不理睬我们，依旧在干活。我发现福尔摩斯的眼睛从右到左扫视着地上的一堆木块和烂铁，突然背后传来了脚步声，原来是店主人到了。

他喊道："你们两个该死的侦探在这儿干什么？"他的浓眉紧锁，凶狠的目光似乎能将人钉死，黝黑的面孔由于气恼而发涨。他手里拿着一根包着铁头的棍子，气势汹汹地朝我们冲来，我下意识地去摸我口袋里的枪。福尔摩斯冷淡地说："怎么，卢宾·黑斯先生，大概是怕我们发现什么吧。"店主人竭力控制住自己，狰狞的嘴角松弛下来，露出假笑。这比紧闭的时候还要吓人。他说："在我的铁匠炉这儿你随便搜查，

归来记

不过,先生,不经我的同意在这儿探头探脑可不行,所以我希望您最好快点付账,从我这儿离开,越早越好。"福尔摩斯说:"好吧,黑斯先生,我没有任何歹意,只不过想看一看您的马,我看我们还是走着去,好在路不太远。"

"到公爵府的大门不超过两英里。走左边那条路。"他用气愤的目光盯着我们,直到我们离开他的店。在路上我们没走多远,福尔摩斯就马上停下来,因为转过一个弯,店主人就看不到我们了。

他说:"正如人们常说的,住在旅店里才是温暖的。好像我每离开这个旅店一步都感觉更冷一点。不,我绝不能离开这个旅店。"

我说:"我确信这个卢宾·黑斯知道整个事件的真相,在我遇到过的恶棍里,他是最坏的。""喔,他给你这样的印象吗?还有那些马,那个铁匠炉。是的,这个'斗鸡'旅店是个有意思的地方。我们还是悄悄地再观察它一下吧。"

我们的背后是一个斜长的山坡,一大块一大块的石灰石散落在上面,我们离开大路往山上的方向走,无意中我向霍尔得瑞斯府方向瞄了一眼,恰巧发现一个骑车人飞驰而来。福尔摩斯一只手用力按下我的肩膀,一面说:"华生,蹲下。"还没来得及躲起来,这个人在大路上已经疾驰而过,透过扬起的灰尘,一瞬间我发现一张苍白激动的面孔——每一条皱纹都写着恐惧,嘴张着,眼睛茫然地注视前方。这个人像是我们昨天晚上见到的衣冠楚楚的王尔德的一幅漫画肖像。福尔摩斯喊道:"公爵的秘书!华生,我们看看他要干什么。"

我们连忙越过一块块石头,很快我们就找到一处可以清楚看见旅店前门的地方,王尔德的自行车正在门边的墙上靠着。没有人在旅店里走动,从窗户向里看也看不清任何面孔。太阳已落到公爵府的高高尖顶的后面了,时渐黄昏,朦胧中我们依稀看到,在旅店的马厩那儿挂起两盏连通的汽灯。过了一会儿听到马蹄"嗒嗒"的响声,声音转到大路上,随即迅猛地沿着柴斯特菲尔德大路奔驰而去。

福尔摩斯低声说:"华生,你看见什么了?""我看见是一个人乘着单匹马车。肯定不是王尔德先生,他还在门那儿。"黑暗中突然出现一

片红色灯光，灯光下闪出秘书的身影，他伸头伸脑地向黑暗中打量着，显而易见他在等待着什么人。不一会儿，路上响起了脚步声，借着灯光我们又看到两个身影一闪，门关上了，又是一片黑暗。五分钟以后，楼下的一个房间里，一盏灯点亮了。福尔摩斯说："'斗鸡'旅店的习惯真是很怪。"

"酒吧间设在另一面。""是的，这些人是人们说的私人住客。在这样的深夜，王尔德先生在那个黑窝里究竟干什么，和谁接头？华生，我们必须冒点险，尽力把这件事调查得更清楚些。"我们偷偷地下了山坡来到大路上，然后猫下腰来到旅店的门前，自行车仍然在墙上靠着。福尔摩斯点燃一根火柴照亮后轮，是加厚的邓禄普牌车胎，我听到他轻轻地嗤笑了一下。我们的头上就是闪着灯光的窗户。

"华生，我必须往里看看，要是你弯下腰并且扶着墙，我想我可以看到。"不一会儿他的两只脚已经蹬在我的肩膀上，但是他还没有站直又立即下来了。他说："华生，我们这一天所做的工作太多了，我想我能够弄到的情况都弄到手了。到学校还要走很远，我们越快动身越好。"

当我们疲劳地穿过荒原时，他极少出声，但到了学校后他却没进去，而是向麦克尔顿车站走去，并在那儿发了几封电报。回到学校后，他又去安慰贺克斯塔布尔博士，贺克斯塔布尔博士正为德语教师的死亡而悲恸不已。最后他进到我屋里，一如早晨出发时那副精力充沛的样子。他说："我的朋友，一切顺利，我保证明天晚上以前我们就可以解决这个神秘的案件。"

第二天上午十一点钟，我的朋友和我出现在霍尔得瑞斯府闻名于世的紫杉的林阴道上。仆人引导我们经过伊丽莎白式的门厅，进入公爵的书房。我们见到彬彬有礼的王尔德先生，但是从他的诡秘的眼睛和颤动的面容中，我们仍能读到昨天夜里那种极度恐惧的痕迹。

"您是来拜访公爵的吧？非常抱歉，公爵一直身体不适，不幸的消息使他陷入痛苦之中。我们昨天下午收到贺克斯塔布尔博士打来的电报，告诉了我们您发现的事情。"

"王尔德先生，我必须见公爵。"

归来记

"但是他在卧室。"

"我到卧室去见他。"福尔摩斯以不容拒绝的态度向这位秘书表明,劝阻对他来说是无效的。

"好吧,福尔摩斯先生,我去通告他。"大约一个小时后,这位伟大的人物才出现,他耸着双肩,面如死灰。我觉得他似乎比前天上午苍老了许多。他郑重地和我们寒暄后,就坐在桌旁,红色的胡子垂落在桌上。但是我朋友的眼睛却盯在秘书身上,他正站在公爵的椅子旁边。

"公爵,要是我们能和您单独谈谈,我可以较为随便一些。"秘书的脸色变得更苍白了,并且恶狠狠地看了福尔摩斯一眼。

"公爵您……"

"是的,是的,你最好走开。福尔摩斯先生,您有什么要说的呢?"我的朋友等退出去的秘书把门完全关好后才说:"公爵,事情是这样的,我的朋友华生和我得到贺克斯塔布尔博士的许诺:查明这个案件的真相是有偿的,我希望您能亲口证实这件事。"

"当然了,福尔摩斯先生。"

"如果他没说错的话,有谁得知您儿子的消息,将能得到五千镑。"

"对"

"如果讲出扣留您儿子的人的名字可再获得一千镑。"

"不错。"

"这一项不但包括带走您儿子的人的名字,同时也包括共谋扣留他的同伙的名字,是吗?"公爵不耐烦地说:"是的,是的,歇洛克·福尔摩斯先生,要是你的侦查工作做好了,你便没有理由抱怨待遇低。"我的朋友搓着手显出一副贪婪的样子,这令我非常吃惊,因为我知道他一直索费很低。他说:"公爵,我想您的支票本就在桌子上吧,您给我开一张六千镑的支票,我会特别高兴。最好您再签一下字。我的代理银行是'城乡银行牛津街支行'。"公爵严肃而又僵直地坐在椅子上,冷淡地看着我的朋友。

"福尔摩斯先生,你在说笑话吗?这可不是开玩笑的事。""公爵,一点也没有。我现在是十分认真的。""那么,你的意思是什么呢?"

"我的意思是我可以得到这笔报酬,我现在知道贵少爷在何处,至少已知几个拘留他的人的名字。"公爵的红胡须在苍白可怕的面孔的衬托下更为吓人。他气喘吁吁地问:"他在哪儿?""他昨天晚上在'斗鸡'旅店,距离您的花园大门两英里。"公爵倚在了椅子上。"你要控告谁?"歇洛克·福尔摩斯的回答令我大惊失色,他快步走上前去按着公爵的双肩。

他说:"我控告的就是您。公爵,现在麻烦你开支票吧!"

我永远不能忘记公爵当时的行为,他从椅子上弹起来,双手紧握,如一个掉进万丈深渊的人。然后他以贵族的极大自控能力使自己坐了下来,把双手蒙在脸上,好几分钟一言不发。

他终于开口了,但是没有抬头:"你都知道了吗?"

"昨天晚上我看见您和他们在一起。"

"除去你的朋友,还有别人知道吗?"

"没有。"公爵颤抖着拿起钢笔,并且打开了他的支票本。

"福尔摩斯先生,我说话算话,即使你提供的情况不利于我,我还是要为你开支票。当初规定赏金的时候,我没有想到事情会是这样的,福尔摩斯先生,你和你的朋友都是小心谨慎的人,对吧?"

"我很难理解公爵的意思。"

"福尔摩斯先生,坦白地讲,如果只是你们两人知道此事,那么没有理由将它传出去,我付给你们的总数应该是一万二千镑,对吗?"福尔摩斯微笑着摇摇头。

"公爵,恐怕事情并非那么简单。你要考虑到学校教师的死亡。"

"但詹姆士对此毫不知晓,你不能让他负这个责任,这是那雇佣的恶棍干的。他的不幸在于并不知晓此人的底细。"

"公爵,我是这样看的。当一个人犯下一桩罪行的时候,对于由此而引发的另一罪行,他也有道义上的责任。"

"福尔摩斯,从道义上讲,无疑你是正确的,但绝对不能从法律的角度议论此事。在一件谋杀案中,一个不在现场的人不该受到刑罚,更何况他极其憎恶害人。一听说此事,王尔德便完全对我坦白了,而且他

归来记

是如此懊悔,不足一个小时,他就和杀人犯断绝了来往。喔,福尔摩斯先生,你一定要救救他,一定救救他!我跟你说,你一定要救救他!"公爵再也压抑不住自己了,他面部痉挛起来,在屋里走来走去,而且两手握成拳在空中挥舞着。后来他好不容易才使自己安静下来,坐在书桌旁,他说:"我感谢你没有将此事告诉别人,而是先来到我这儿,至少我们可以商量一下,如何在最小范围内制止流言的传播。"福尔摩斯说:"是的,公爵,我们之间只有坦诚才可能互相帮助。我希望尽我所能来帮助您,但是首先我必须仔细地了解事情的情况。我明白您说的是王尔德先生,并且知道他不是杀人犯。"

"杀人犯已经逃跑了。"歇洛克·福尔摩斯拘谨地微笑了一下,说:"公爵,您可能不知道我享有的名声是不太小的,否则您不会认为可以轻易地瞒住我。据我所知,昨天晚上卢宾·黑斯已经落网。今早我离校之前,收到了当地警长的电报。"公爵仰身靠在椅背上,并且惊异地看着我的朋友。

他说:"你似乎有不凡的能力。卢宾·黑斯已经抓到了?知道这件事我很高兴,但愿不会影响詹姆士的命运。"

"您的秘书?"

"不,先生,我的儿子。"现在是福尔摩斯露出吃惊的样子了。

"坦率地讲,对这件事我不是完全知晓,请公爵说得更明白一些。"

"我对您毫不隐瞒,我同意您的说法,在这样的困境中,无论我多么痛苦,只有坦诚才是最好的方法。是詹姆士的愚蠢和妒忌把我引到这样的绝境中。福尔摩斯先生,当我还年轻的时候,我以一生只有一次的热恋爱着一位女士,我向她求婚,遭到拒绝,原因是我们之间的结合会妨碍我的前途。假如她还活着的话,我肯定不会和任何人结婚的。但是,她死了并且留下了这个孩子,为了她,我抚育和培养这个孩子。但我不能让人知道我们是父子关系,于是我让他受到最好的教育,并且在他成人以后,把他留在身边。没想到,他在无意中了解到真相,从此以后便为所欲为并滥用我给他的权利,我极其厌恶他无休止地制造流言蜚语。我的婚姻的不幸和他留在府里有些关系,尤其是他一直憎恨我的年

幼的合法继承人。您一定会问为什么在这样的情况下我仍然收留他,因为我无法忘却他的母亲,从他酷似他母亲的面庞中我得到了一些安慰,同时也承受着痛苦。詹姆士使我联想和回忆起了她所有的可爱之处。我不能让他走。我非常担心他会伤害阿瑟,就是萨尔特尔勋爵,为了安全,我把他送到贺克斯塔布尔博士的学校。

"詹姆士和黑斯这家伙有来往,因为黑斯是我的佃户,詹姆士是收租人。黑斯是个恶棍,说来也奇怪,詹姆士居然和他臭味相投。詹姆士决定劫持萨尔特尔勋爵的时候找到黑斯。你记得在肇事的前一天我给阿瑟写过信。詹姆士打开了这封信,并且塞进一张便条,要阿瑟在学校附近的小林子'萧岗'见他。他以公爵夫人的名义把那孩子引来,那晚詹姆士是骑自行车去的,在小林子中等着阿瑟,这些情况都是他亲口向我供认的。他对阿瑟说,他母亲很想念并渴望见他,并且正在荒原上等候他,只要他半夜再到小林子去,便有一个人骑着马把他带到他母亲那儿。可怜的阿瑟落入了圈套。阿瑟如约前往,看见黑斯这家伙,还牵着一匹小马。阿瑟上马后同他们一齐出发了。事实上,没想到有人追赶他们,这些是詹姆士昨天才听说的,黑斯用他的棍子狠打了追赶的人,使他因伤重而死去。黑斯把阿瑟带到他的旅店,关在楼上的一间屋中,由他太太照料。虽然她是个善良的女人,但完全服从于她凶残的丈夫。

"福尔摩斯先生,这就是两天前首次见到你时的情况,当时我知道的也并不比你多。你会问詹姆士这样做的目的是什么。我只能说,詹姆士心中有一种无法解释和难以想象的对我合法继承人的憎恨。他恨自己不能得到我的全部财产,恨那不能助他一臂之力的法律。他希望我能不顾法律的约束,在遗嘱上写明把财产留给他。他想方设法不使阿瑟成为继承人。他清楚地知道,我绝不会把他出卖给警察。我肯定他准会那样要挟我,但事实上不是那样,因为事情发展之快也是他始料不及的。

"你发现了黑底格的尸体,这使他大为惊恐,也打破了他的邪恶计划。当听到这一消息时,我们二人正坐在书房里。贺克斯塔布尔博士拍来一封电报,詹姆士忐忑不安,所以我由怀疑马上变为肯定。他彻底地承认了一切,然后他哀求我把这个秘密再保持三天,以便给他罪恶的同

归来记

谋保住性命的机会。对他的哀求我让步了，我对他总是妥协的，他马上赶到旅店警告黑斯，并且资助他逃跑。我白天去那儿一定会引起议论的，所以夜晚一到，我便匆忙地去看我亲爱的阿瑟。好在他安然无恙，但显然暴力事件使他受惊了。为了遵守我的诺言，我答应把孩子再留在那儿三天，由黑斯太太照顾。显而易见，向警察报告孩子在那儿而不说出谁是元凶是不大可能的，而且相当清楚的是，元凶受到惩罚不会不牵扯到我可怜的詹姆士。福尔摩斯先生，你希望我坦诚相告，我相信你的话，所以我毫无保留地告诉了你一切。你是不是也会像我一样坦率呢？"

福尔摩斯说："会的，公爵，我首先告知您，在法律上您处于一种极其不利的地位，您宽恕了罪犯，并且协助杀人犯逃脱——因为我不能不怀疑，王尔德给他同伙用于逃跑的钱是从您那儿得到的。"公爵点头表示承认。

"这件事的确很严重，尤其令人不安的是，您居然同意把您的儿子继续留在虎穴里，而且是长达三天的时间。"

"他们严肃地做了保证……"

"你居然相信他们那种人的诺言和保证！您能保证他不会再被拐走？为了给长子隐瞒犯罪事实而使您无辜的幼子处于危险之中，这是不公平的。"傲慢的霍尔得瑞斯根本不习惯在自己的家里受到如此批评，他的脸从前额红到下巴，可是理亏使他沉默。

"我会帮助您的，可是要有一个条件。这就是您把您的佣人叫来，我要按照我的意愿发出命令。"公爵一言不发，按了一下电铃。一个仆人进来了。

福尔摩斯说："你一定很高兴你的小主人找到了。公爵希望你立刻驾驶马车到'斗鸡'旅店把萨尔特尔勋爵接回家来。"

仆人高兴地走出去后，福尔摩斯说："既然我们已经掌握了主动权，对于过去的事可以不深究。我处在私人地位，只希望正义得到伸张，没理由把所知道的事情泄露出去。谈到黑斯，等着他的只有绞刑架，我不愿拯救他。我不知道他会说什么，但是毫无疑问，公爵您可以使他明白，沉默对他是有好处的。从警方的观点看，他劫持这个孩子是为了得到您的赎金,要是警察他们找不到更多的问题,我没有理由将此事复杂化。然而我警告您,公爵,詹姆士·王尔德先生继续留在您的家中只会招致不幸。"

"福尔摩斯先生,我非常明白这一点儿。已经说好,他将永远离开我,去澳大利亚自己谋生。"

"公爵,事情果真如此的话,我建议您和公爵夫人冰释前嫌,恢复你们之间的关系。您自己也曾说过,您婚后的不幸是由詹姆士直接造成的。"

"福尔摩斯先生,这件事我也安排了,今天上午我给公爵夫人写了信。"

福尔摩斯先生站起身来说:"这样的话,我想我的朋友和我可以庆幸,我们在这里短短的停留取得了良好的成绩。我希望弄明白的还有一件小事。黑斯这家伙给马钉上了铁掌冒充牛的蹄迹,是不是从王尔德那里学来的这样不寻常的一招?"

公爵站在那里想了一会,露出一种十分吃惊的神情,然后打开一个屋门,把我们引进一间装饰得如博物馆一样的屋子里。他带我们走到一个角落里,那儿有个玻璃柜,并且指给我们看上面的铭文:

> 此铁掌从霍尔得瑞斯府邸的护城壕中挖出。供马使用,但打成连趾形状使追赶者不能辨别方向,大概是中世纪霍尔得瑞斯经常出征的男爵的。

福尔摩斯打开了柜子盖,抚摸了一下铁掌,他的手指上留下了一层薄薄的新泥土。他关上玻璃柜说:"谢谢您,这是我在英格兰北部看到的第二件最有意义的东西。""那么第一件呢?"福尔摩斯折起他的支票,小心翼翼地放进笔记本。他珍惜地轻拍一下笔记本,接着说,"我是一个穷人。"然后把笔记本放进他内衣口袋里。

归来记

黑彼得

　　一八九五年是我的朋友福尔摩斯精神振奋、身体健壮的一年。他与日俱增的声望使他有无数的案件要办理,到我们贝克街来访的有不少著名人物。哪怕只是暗示一下他们中的一两个人是谁,我也会受到责备,被人认为不够慎重。正如所有伟大的艺术家为艺术而生存一样,福尔摩斯一直不因劳苦功高的成绩而索取优厚的报酬,只有霍尔得瑞斯公爵的案件除外。他是那样清高,也可以说是那样任性,如果当事人不值得同情,那么,无论他怎样有钱有势,福尔摩斯也会断然拒绝他的。可是有时为了一个普普通通的当事人,福尔摩斯却可以一连用上几个星期的时间,专心致志地研究案情,但前提是案件离奇曲折,能够充分发挥他的想象力和智谋。

　　这一年,我朋友的全部精力都投入到了一系列怪诞奇异的案件当中。其中包括依照神圣教皇的特别指示对红衣主教托斯卡意外身亡案件的调查和臭名昭著的养金丝雀的威尔逊的捕获。紧随其后有乌德曼李庄园的惨案,这是有关彼得·加里船长之死的离奇故事。如果不记述一下这件离奇的案子,歇洛克·福尔摩斯先生的破案记录就不够完善。七月的第一个星期,我的朋友常常外出,而且时间较长,我知道他在办理一桩案件。在此期间有几个粗俗的人来访,并且询问巴斯尔上尉,这使我了解到我的朋友正用假名在某处工作。他有很多假名,用来隐瞒他的令人生畏的身份。他在伦敦各处至少有五个临时住所,在每个住所各使用不同的姓名和职业。可他在调查什么事情,却没有和我说,我对此也像平时一样不追问。可是看上去,他这回调查的案子是极其特殊的。早饭前他就出去了,当我坐下来吃饭时,他大步流星地回到屋内,戴着帽子,腋下夹着一根倒刺的伞状短矛。

　　我喊道:"天啊!福尔摩斯,难道你带着这个东西在伦敦四处

走吗?"

"我去了一家肉店。"

"肉店?"

"现在我胃口好极了。亲爱的华生,早饭前锻炼身体是很有意义的。但你一定猜不出我做了什么工作,我敢打赌你猜不出来。""我并不想猜。"他一面为自己倒咖啡一面微笑着说:"如果你刚才到阿拉尔代斯肉店的后面,你会看到在天花板下挂着一头死猪晃来晃去,还有一位绅士穿着衬衣用这件武器奋力地戳它。这个很有力气的绅士就是我,我十分高兴没花多大力气就一下子把猪刺穿了,或许你也想试试?"

"绝对不想。你为什么要这么做呢?"

"因为这跟乌德曼李的离奇案件大概有点关系。啊,霍普金,我昨天晚上收到你的电报,一直盼望见到你。请一起吃早饭吧。"福尔摩斯突然转向刚进来的客人说道。

我们这位刚进来的客人看上去十分机智,大概三十岁,素雅的花呢衣服掩饰不住常穿官方制服笔挺的派头。我马上认出他就是年轻的警长斯坦莱·霍普金。他与福尔摩斯惺惺相惜,前者因后者运用科学的方法进行侦破而对其怀着学生般的仰慕和尊重,而福尔摩斯则认为他是个大有前途的青年。霍普金面露愁容,十分沮丧地坐下来。"谢谢您,先生。来您这儿之前我已吃过早饭,我在市里过的夜。我昨天来汇报。"

"你汇报什么呢?"

"失败,先生,彻底的失败。"

"一点进展也没有吗?"

"没有。"

"哎呀,我很想来侦查一下这个案件。"

"福尔摩斯先生,我真愿意您那样做,这是我所遇到的第一个重大案件,可我却束手无策,看在上帝的分儿上,请您帮我一下吧。"

"好的,我仔细读过了目前所有的材料,包括那份侦查报告。顺便问一下,你怎样看那个在犯罪现场发现的烟丝袋,那上面有线索吗?"

霍普金好像吃了一惊。"那是他自己的烟丝袋,袋子里面有他姓名

归来记

的第一个字母作为标志,海豹皮的,因为他本人是一个猎海豹的老手。"

"可是他没有烟斗吧?"

"没有,先生,我们没有找到烟斗。他的确很少抽烟,也许那烟是他为朋友准备的。"

"或许有这种可能。我之所以提到烟丝袋,是因为我将接手这桩案子,我觉得最好将这个袋子作为调查的开始。我的朋友华生对此案毫无所知,至于我,再听一次事件的经过并无妨碍,所以请你给我们简短地叙述一下主要情况。"

斯坦莱·霍普金从口袋中拿出一张纸条。"这是彼得·加里船长一生的简历。他生于一八四五年,现年五十岁。他善于捕海豹和鲸鱼。一八八三年他成为丹迪港的捕海豹船'海上独角兽'号的船长。他连续出航了数次,卓有成效。第二年,也就是一八八四年,他退休了。他旅行了几年,后在苏塞克斯郡靠近弗里斯特住宅区买下一小块地方,叫乌德曼李。他在这里住了六年,直到上周被害死。

"这个人有一些特别的地方。日常生活中,他过的生活是严格的清教徒式的,他个性沉默、抑郁,家里有妻子、一个二十多岁的女儿和两个女佣人。因为环境使人感到不愉快,甚至不能忍受,所以佣人常常更换。这个人经常喝醉,一喝醉就成了一个地地道道的恶魔。人们都知道他有时半夜把妻子和女儿赶出屋门,打得她们满园子跑,直到全村的人被尖叫声惊醒。

"有一次,教区的牧师去他家里指责他行为不端,被他大骂,因而他被传讯。总之,福尔摩斯先生,要找到一个比他更蛮横无礼的人可不太容易。海员们都叫他黑彼得,给他起这个名字,不仅因为他的面孔以及大胡子是黑色的,而且因为他周围的人都怕他的坏脾气。不用说,每个邻居都厌烦他且避而远之,他惨死后没有一个人说一句表示惋惜的话。

"福尔摩斯先生,您一定在那份调查报告中读到过,这个人有一间小木屋,也许您的这位朋友还没有听说过这点。他在他家的外面造了一间木头小屋,他叫它'小船舱',离他家几百码,他每天晚上在那儿睡

觉。这是一个长十六英尺、宽十英尺的小单间,他自己收拾被褥自己洗,自己把钥匙放在口袋里,任何人都不准踏进他的门槛一步。屋子每面都有小窗户,上面挂着窗帘,窗户一向紧闭。有一个窗户对着大路,每当夜幕降临,屋内灯亮起时,人们都好奇地望着这间木屋,并且猜想他在做什么。福尔摩斯先生,调查所能得到的,不过是这间木屋的窗户所提供的几点情况。

"您是否记得,在出事前两天,清晨一点钟的时候,有个叫斯雷特的石匠,从弗里斯特住宅区走过。当路过这个房子时,他停下脚步,看到窗户内散发出的光照在外面的几棵树上。石匠发誓说:'从窗帘上清楚地看见一个人的头左右摆动,并且这个影子一定不是彼得·加里的,因为他很熟悉彼得。这是一个满脸胡须的人的头像,但同那位船长的胡子不同的是,这个人胡须短而翘。'石匠是这样说的,他在小酒店呆了两个小时,酒店设在大路上,离木屋的窗户有一段距离。这是星期一的事,谋杀则是在星期三发生的。

"星期二彼得喝得酩酊大醉后又闹了起来,暴躁得像一头吃人的猛兽。他在家附近逡巡,他的妻子和女儿听见他的动静便匆忙跑开了。晚上很晚,他才回到他的木屋。第二天清晨约在两点钟的时候,他的女儿听到木屋的方向传来吓人的惨叫,因为他女儿总是开着窗户睡觉。他醉的时候时常大叫大吵,因此没有人留意他。一个女佣人在七点起来的时候,看到木屋的门开着,但是黑彼得过于让人害怕了,所以直到中午才有人敢去看,看到底出了什么事。门是开着的,看见屋里景象的人吓得面色全无,急忙往村里跑。很快我就赶到了现场。

"福尔摩斯先生,您知道我的意志是十分坚强的,但是我跟您说,当我把头探进这个木屋的时候,我也吓了一跳。成群的苍蝇、绿豆蝇嗡嗡叫个不停,地上和墙上看上去简直就像个屠宰场。他把自己的木屋叫小船舱,的确,那像一间小船舱,呆在房间里如置身于船上。屋子的一头儿有一个床铺,一个贮物箱,地图和图表,一张'海上独角兽'号的油画,在一个架子上还有一排航海日志,完全像是我们在船长的舱中所看到的那样。他本人就死在木屋里墙的正中间,面孔因死时极为痛苦

归来记

而痉挛着,他的胡子也痛苦地向上翘着。一支捕鱼钢叉直透他宽阔的胸膛,又深插进后面木墙上,他像是一只被钉在硬纸盒上的甲虫,显而易见在发出那声痛苦的最后嚎叫后,他便死去了。

"先生,我知道您在这时会怎么办,我也这样做了。我仔细地检查过屋外的地面以及屋内的地板以后,才允许移动东西,但没有发现足迹。"

"你的意思是没有看见足迹?""先生,肯定没有足迹。""我亲爱的霍普金,我侦破过无数案件,从来没有一件是飞行动物作案,只要罪犯有腿,就一定会有痕迹——蹲过的痕迹以及不明显的移动痕迹,如果运用科学方法完全可以看得出来。令人难以置信的是一个血迹斑斑的现场竟没有发现痕迹,从你的描述中我可以看出,你并未仔细检查过。"

听完我朋友讽刺的话,我们这位年轻的警长有些发窘。"福尔摩斯先生,我当时没来请您去是太傻了,可是这无法挽回了。屋子里值得关注的还有一些物品。一件是那把谋杀用的鱼叉,当时凶手是从墙上的工具架上抓到的;还有两把仍然在那儿,有一个位置是空的。这把鱼叉的木柄上刻着'SS,海上独角兽号,丹迪'。可以肯定鱼叉是凶手在盛怒之下随手抛出的,杀人犯是顺手抓到了这个武器。凶杀是在早晨两点钟发生的,并且彼得·加里是穿好衣服的,这说明他和杀人犯有约会,桌子上那瓶罗姆酒和两个用过的杯子也可以证明这一点。"福尔摩斯说:"我想这两个推论都是合情合理的,屋子里除去罗姆酒外还有别的酒吗?"

"有的,在贮物箱上有个小酒柜,摆着白兰地和威士忌。可是这对于我们来说并不重要,因为细颈瓶中盛满了酒,柜子中的酒纹丝未动。"福尔摩斯说:"尽管如此,柜子中的酒一定有奥妙,不过,请你先谈谈和本案有关的其他物品。"

"桌子上有那个烟丝袋。"

"在桌子边上吗?"

"在桌子的正中。烟丝袋是用未经过加工的带毛的海豹皮做的,有个皮绳捆着。烟丝袋盖儿的里边有'P.C.'字样。袋里有半盎斯海员

用的烈性烟丝。""很好！还有什么吗？"斯坦莱·霍普金从他的口袋里掏出一本外表粗旧、边缘有点脏的黄褐色外皮的笔记本。第一页写有字首"J. H. N."及日期"一八八三"。福尔摩斯把笔记本放在桌上，进行仔细检查，霍普金和我站在他身后从两边看着。在第二页上有印刷体字母"C. P. R."，以后的几页全是数字。接着有"阿根廷"、"哥斯达黎加"、"圣保罗"等标题，每项之后均附有几页符号和数字。福尔摩斯问道："这些说明什么问题呢？"

"这些像是交易所证券的表报。我想'J. H. N.'是经纪人的名字的字首，'C. P. R.'也许是他的顾客。"

福尔摩斯说："你看'C. P. R.'是不是加拿大太平洋铁路？"

斯坦莱·霍普金一面用拳头敲着大腿，一面低声责骂自己。

霍普金接着喊道："我太笨了！毫无疑问你是对的。那么我们要解决的只有'J. H. N.'这几个字首了。我检查过这些证券交易所的旧报表，我没找到在一八八三年任何经纪人的名字的开头字母和它一样，但我觉得它是全部线索中的关键所在。福尔摩斯先生，你或许认同这种可能性，这几个字首是现场的第二个人的名字的缩写，换句话说就是凶手的。我还认为，这本记载有大笔值钱证券的笔记本，告诉了我们谋杀的动机。"

歇洛克·福尔摩斯的面部表情说明案件的这一发展完全出乎他的意料。他说："你的观点我完全赞同。我承认这本在最初调查中没有提到的笔记改变了我原来的看法。我起初对于这一案件的推论没有考虑到这本笔记的内容。你有没有去查明笔记中提到的证券？"

"已在交易所调查，但是我认为南美康采恩的股份持有者名单多数在南美，所以几星期后我们才能得到准确信息。"福尔摩斯用放大镜检查笔记本的外皮。

他说："这儿有些弄脏了。"

"是的，先生，那是血迹。我告诉过您我是从地上捡起来的。"

"血点是在本子的上面呢？还是下面？"

"是在贴着地板的那一面。"

归来记

"这说明笔记本是在谋杀以后掉的。"

"福尔摩斯先生,正是如此,我明白这一点。我猜想是杀人犯在匆忙逃跑时掉的,就掉在门的旁边。"

"我想这些证券里没有一份是死者的财产,对吗?"

"没有,先生。"

"死者的东西有没有遭到抢劫呢?"

"没有,先生。好像别的东西没被动过。"

"啊,这是件很值得探索的案子,那儿有一把刀,是吗?"

"有一把带鞘的刀,刀还在刀鞘里,掉在死者的脚旁。加里太太证明那是她丈夫的东西。"

福尔摩斯冥思了一会儿。他终于开口说:"我想我必须去看看。"

斯坦莱·霍普金高兴地喊出声来:"谢谢您,先生。这会使我松口气。"福尔摩斯对着这位警长摆摆手。

他说:"一周以前这本来是件极其简单的工作。现在去,可能还会有所帮助。华生,如果你有时间,我很高兴你同我一起去。霍普金,请你叫一辆四轮马车,过一刻钟后我们出发到弗里斯特住宅区。"

我们在路旁的一个小驿站下了马车,匆匆穿过一片广阔森林的遗址。这片森林有几英里长,是防御了萨克逊侵略者有六十年之久的大森林——号称不可入侵的"森林地带",英国的堡垒——的一部分。森林的大部分已经被砍伐,因为这里是英国第一个钢铁厂的厂址,树被伐去炼铁。如今钢厂已经迁往北部矿产丰富的地区,唯有荒凉的小树林和坑洼不平的地面还在一定程度上显示出这里曾经有个钢铁厂。在一座小山绿色斜坡上的空旷处,有一所长而低的石头房屋,从那里延伸出一条小道曲折地穿过田野。靠近大路的那间木屋就是谋杀现场。它三面被矮树丛围着,屋门和一扇窗户对着我们。斯坦莱·霍普金领着我们走进这所房子,把我们介绍给一位面容憔悴、灰色头发的妇女——被害人的遗孀。她瘦削的面孔,深深的皱纹,红红的眼圈,眼睛深处仍含有恐惧——一种长年经受苦难和虐待而形成的恐惧。陪同她的是她的女儿,一个苍白面孔、金色头发的姑娘,对父亲的死她很高兴,当她声称要祝

福凶手时,一种反抗的光芒从她的眼中兴奋地射出。我们走出他家来到日光下时,有重新获释的感觉。然后我们沿着一条穿过田野的小路向前走,这条小路是死者用脚踩出来的。这木屋是间极其简单的住房,所有的材料都是木材,两个窗户一个靠门,一个在尽头。从口袋里拿出钥匙,霍普金俯身对准锁孔,忽然他停下来,脸上露出惊奇的神情。他说:"有人撬过锁。"

这个事实是毋庸置疑的。木框部分有刀痕,上面的油漆被刮得发白了,似乎刚刚撬过门。福尔摩斯一直在检查窗户。

"有人还企图从窗子进去。无论他是谁,反正他失败了,没有得逞。这个强盗看来很笨。"警长说:"这是件极不寻常的事情。我可以发誓,昨天晚上这里没有这些痕迹。"我提醒说:"也许村子里有些好事的人来过。"

"不太可能,他们没有几个人敢来这儿,更不用说闯进屋去。福尔摩斯先生,您怎样看这件事?"

"我认为我们很幸运。"

"您的意思是说这个人不会就此停手?"

"很有可能。他这次来的时候没有想到门关着,所以,他要用小折刀弄开门进去。他没能进到屋里,他会怎么办呢?"

"再来时带着更合手的工具。"

"我也这样认为,我们要是不在这儿等着他,那就是我们的错误。让我看看木屋里面的情形。"

谋杀痕迹被巧妙地处理掉了,室内一切家具如旧。福尔摩斯全神贯注地检查了两个小时,却一无所获,但他仍耐心检查着。一次,他停了一小会儿。"霍普金,你从这个架子上拿走了什么东西没有?"

"我什么也没动。"

"一定有什么东西被拿走了,瞧,架子的这个角落的灰尘比别处少,可能是一本书平放着,或者是一个小箱子之类的,好,没有什么需要做的了。华生,我们在美丽的小树林里走走吧,享受一下鸟语花香。霍普金,我们今天晚上在这儿见面,看看是否能和这位昨夜来过的绅士见

归来记

上面。"

我们布置好小小的埋伏的时候,已经过了十一点。霍普金主张打开木屋的门,福尔摩斯认为这会引起这位陌生来访者的怀疑。锁是较简单的,只要一张结实的小铁片就可弄开锁。福尔摩斯还建议,我们不能在屋内而应在屋外等候,在屋角附近的短树丛里。如果这个人点灯,我们就能看见他,看看他到底要干些什么。

守候的时间漫长而乏味,但是给人一种历险的刺激感觉,好似猎人在水池旁伺机捕获前来饮水的动物一样。在黑暗中偷偷摸摸地来到我们这儿的是什么样的野兽呢?是一只只有奋力与之搏斗才能捕获的凶残的猛虎呢,还是一只畏缩不前、对于真正的勇者来说没什么可怕的狼呢?我们潜伏在矮树丛中,静静地等候着。

最初有回村很晚的人的脚步声和村中传来的人声,引起我们的警惕,但这些无关的声音慢慢地消失了。我们的四周一片寂静,只是偶尔传来远方教堂的钟声告诉我们是什么时辰,还有细雨落在我们头顶树叶上的簌簌声。时钟已经敲过了两点半,黎明前最黑暗的时刻到来了,忽然一声低沉而清晰的脚步声从大门那里传来了,我们都大吃一惊。有人走上小道。然后又有较长时间的寂静,我正猜想那个声音也许是场虚惊,这时从木屋的另一边传来慢慢的脚步声,过一会儿有了金属制品的摩擦声和碰撞声。这个人正用尽心机开木屋的锁。这次他的技术娴熟了些或是工具好了些,因为忽然听到"啪嗒"一声和门枢的嘎吱声。然后一根火柴被划亮了,紧接着蜡烛的灯光照亮了木屋的内部。透过薄纱窗帘,我们看到了屋内的情景。

这位不速之客是个瘦弱的年轻人,下巴上的黑胡须衬得他的脸像死人一样苍白。他仿佛刚过二十岁的模样。我从未见过这样又惊又怕的人,他的牙齿显而易见地在打着冷战,四肢颤抖不已。他的衣着像个绅士,穿着诺福克式的上衣和灯笼裤,头戴便帽。我们看他惊恐地环顾着四周,然后他把蜡烛头放在桌子上,走到一个角落里就见不到他了。他拿着一个大本子——这是架子上排列的航海日志中的一本——又回到桌旁,逐页地快速查阅,直到翻出他要找的项目。他紧握着拳做了一个愤

怒的手势,然后合上本子,仍放到原处,并且吹灭了蜡烛。他还没来得及走出这个屋子,霍普金的手已经揪住了他的衣领。当他明白是怎么一回事时,我听到他长叹一声。蜡烛又点上了,在侦探的监视下他浑身颤抖着蜷缩起来。他坐在贮物箱上,不知所措地看看这个又看看那个。斯坦莱·霍普金说:"告诉我,你是谁?来这儿干什么?"这个人提了一下神,用尽力量保持着冷静,然后看着我们。他说:"我想你们是侦探吧?不要以为我和加里船长的死有关。我向你们保证,我是无辜的。"

霍普金说:"我们会弄清楚的,先说说你的名字。""约翰·霍普莱·耐尔根。"我看见福尔摩斯和霍普金迅速交换了一下眼色。"我有极其秘密的事情,能够托付给你们吗?""不,不用。""那么我为什么要告诉你们呢?""如果你不回答,在审问你的时候可能对你不利。"这个年轻人有些窘迫不安。他说:"好吧,我告诉你们。没有瞒着的必要了,但是我不愿意听到流言蜚语重新流传。你们听说过道生和耐尔根公司吗?"霍普金脸上现出茫然的神情,但是福尔摩斯却显得很感兴趣。他说:"你是说西部银行家们吗?他们亏损了一百万镑,康沃尔郡一半的家庭全破了产,耐尔根也失了踪。"

"是的,耐尔根是家父。"我们终于获得了一点肯定的答案,可是一个避债潜逃的银行家与一个被自己的鱼叉钉在墙上的彼得·加里船长之间看起来并无什么联系,我们都全神贯注地听这个年轻人讲着。

"事情主要牵扯到我父亲。道生已经退休了。那时我刚刚十岁,但那时我深切地感受到了此事所带来的耻辱和恐惧。外面传言我父亲卷了全部证券逃跑了,这不是真的。我父亲确信如果给他一些时间把证券转为现款,一切都会好起来,并可以偿清全部债务。在传票刚发出要逮捕我父亲之前,他乘他的小游艇动身去了挪威。他在临走前的晚上向我母亲告别的情景我至今记忆犹新。他给我们留下一张他带走的证券的清单,并且发誓说他会回来挽回他的名誉,信任他的人是不会受连累的。可是从那以后他和他的游艇音信全无。我母亲和我认为他和游艇以及他所带的全部证券都沉到了海底。我们有一位可靠的朋友,他也是一个商人。他不久以前发现,伦敦市场上出现了我父亲带走的证券。我们当时

归来记

惊讶的程度你们可以想象出来。我花费了几个月的时间去查询那些证券的来源,历经重重困难,我查到最早卖出证券的人正是这间木屋的主人——彼得·加里船长。

"于是我着手对他进行了调查。我发现他曾掌管过一艘捕鲸船,而且返航的时候正是我父亲渡海去挪威的时候。看来很有可能在那多风的季节,我父亲的船被吹得偏离了航向,碰上了加里船长的船。如果事情属实的话,我父亲后来如何了?不管怎样,如果我可以从彼得·加里的谈话中弄清证券是怎样出现在市场上的,这便会证明我父亲没有出售这些证券,他拿走这些证券时,也不是为了自己要发财。

"我来苏塞克斯预备见这位船长,就在这个时候发生了这件谋杀案。我从验尸报告中得知这间木屋的情况。报告说这只船的航海日志仍然保存在木屋里。我突然想到,如果我能看到一八八三年八月在"海上独角兽"号上所发生的事,便可以解开我父亲的失踪之谜。我昨天晚上想要弄到这些航海日志,但是没能打开门。今晚又来打开门,找到了航海日志,但却失望地发现八月份那些页都被撕掉了。就在这时我被你们抓住了。"

霍普金问:"你说的可都是实话?"

"是的,这都是事实。"他说的时候,眼光躲在了别处。

"你没有别的事情要补充吗?"

他迟疑了一下。

"没有。"

"昨天晚上以前,你没有来过吗?"

"没有。"

霍普金举着那本作为物证的笔记本,本子的外皮有血迹,第一页有这个人名字的字首。他喊道:"那么,对于这个你如何解释呢?"

这位可怜的人沮丧到了极点,他全身颤抖,双手遮着脸。他痛苦地道:"你是从哪儿弄到这本子的?我不知道。我以为我是在旅馆里丢掉的。"霍普金严厉地说:"够了。看来你得到法庭上去解释了。你现在和我一同去警察局。福尔摩斯先生,我非常感谢你和你的朋友到这儿来

帮助我。事实说明,即使你不来,此案在我的办理下也会得到圆满解决。尽管如此,我仍十分感谢。我在勃兰布莱特旅店给你们订下了房间,现在我们可以一起到村子里去了。"

第二天早晨我们乘马车回伦敦的时候,福尔摩斯问:"华生,你怎么看这件事?"

"我看你不大满意。"

"不,亲爱的华生,我是很满意的。可是斯坦莱·霍普金的方法我不能苟同。我对霍普金感到失望。我原来以为他会处理得好一些。侦查的首要原则是:一个侦探一定要发掘第二种可能性的存在,并且为这种可能性出现做准备。"

"那么什么是此案的第二种可能性呢?"

"就是我自己一直在调查的线索,可能它也未必能得到结果。我很难说。可是至少我一定要把它完成。"在贝克街有几封信正等待着福尔摩斯。他抓起一封信就拆开了,随即发出一阵轻轻的胜利的笑声。

"华生,好极了!另一种可能性有了进展。你有电报纸吗?请替我写两封:'瑞特克利夫大街,海运公司,色姆那。派三个人来,明早十点到。——巴斯尔。'这是我另一个名字。另外一封是:'布芮斯顿区,洛得街46号,警长斯坦莱·霍普金。明日九点半来吃早饭。紧要。如不能来,回电。——歇洛克·福尔摩斯。'华生,这件令人厌烦的案子十天来让我一直不安。从此以后我要它完全从心中除掉,相信明天我们将会得到最后的结果。"

那位警长如约前来,我们一起坐下吃哈德森太太准备的丰盛早餐。这位年轻人因为办案成功而喜形于色。福尔摩斯问:"你果真觉得你的做法是正确的吗?"

"我想不会有更完满的解决办法了。"

"在我看来,案子没有得到最后的解决。"

"福尔摩斯先生,您的意见很令我吃惊。还有什么可以进一步查询的呢?"

"你的解释能够说清事情的所有方面吗?"

归来记

　　"毫无疑问。我查清这个耐尔根就在出事的那一天装做来玩高尔夫球到了勃兰布莱特旅店。他的房间在一楼，因此出入极为方便。那天晚上他去乌德曼李和彼得·加里在木屋中见面，他们争吵起来，他就用鱼叉戳死了他。他十分害怕自己的所作所为，所以逃跑时丢失了笔记本，他本来是想用笔记本来追询船长有关各种证券的疑问。您也许发现了其中一些证券是做了记号的，而大部分则没有，标出来的恰恰是在伦敦市场发现的。其他的可能还在加里手中。按照本人的推理，年轻的耐尔根急着要使这些证券仍归他父亲所有，以归还债主。他跑掉以后，一段时期内根本不敢走进木屋。但为了得到他所需要的情况，最后他不得不再一次来到木屋，事情难道不是非常明显吗？"

　　福尔摩斯笑着摇摇头，"我只肯定一点，就是他根本不可能去害人。你用鱼叉叉过动物的身体吗？没有？亲爱的先生，你要对这些细小的事特别注意。我的朋友华生可以告诉你，我用了整整一早上做这个练习。那不是一件简单的事，需要有力的手臂，很准的投掷，才能做到钢叉掷出去时非常凶猛，以致钢叉头插进了墙壁。你想这个瘦弱的青年可能做到这样凶猛的一击吗？你认为是他和黑彼得半夜共饮吗？你能肯定在窗帘上看到的侧影是他的吗？不，不，霍普金，一定是一个强壮有力的人，我们必须找到这个人。"

　　在福尔摩斯讲话的时候，这位警长的脸拉得愈来愈长。他的希望和雄心全粉碎了，但是他不会轻易放弃他的阵地。

　　"福尔摩斯先生，您不能否认那天晚上耐尔根在场。笔记本就是证据。即使您挑出了毛病，我的证明仍然能令陪审团满意。此外您的那位可怕的罪犯在哪儿呢？"福尔摩斯安详地说："我估计他就在楼梯那边呢。华生，你最好将枪放在容易拿起的地方。"他站起来把一张有字的纸放到一张靠墙的桌子上，并说："我们准备好了。"我们刚一听到外面有粗野的谈话声，哈德森太太便开了门，说是有三个人要见巴斯尔船长。福尔摩斯说："让他们一个一个地进来。"第一个进来的人，个子矮小，样子滑稽可笑，面颊红润，长着斑白蓬松的络腮胡子。福尔摩斯从口袋中拿出一封信，问："什么名字？"

"詹姆士·兰开斯特。"

"对不起,兰开斯特,铺位已经满了。给你半个金镑,麻烦你了。到那间屋子去等一会儿。"

第二个人细长干瘦,平直的头发,两颊凹陷,他叫休·帕廷斯。他也没有被雇用,同样获得半个金镑,并且让他等着。

第三个申请人的外貌同样令人惊讶,一副哈叭狗似的面孔,蓬乱的头发和胡须,浓重的、成簇的眉毛下垂着,两只蛮横的黑眼睛镶在下面。他敬了个礼后,似水手一样地站在一旁,两手不停地转动他的帽子。

福尔摩斯说:"你的名字?"

"帕特里克·凯恩兹。"

"叉鱼手?"

"是的,先生。出过二十六次海。"

"我猜是在丹迪港?"

"是的,先生。"

"工资是多少?"

"每月八镑。"

"你能立刻同探险队出海吗?"

"只要我准备好我的东西。"

"你有证明吗?"

"有,先生。"他从口袋里拿出一卷单子,那单子已被揉搓过且带着油渍。福尔摩斯看了看就还给了他。

他说:"你正是我要找的人,合同在靠墙的桌子上。你签个字,事情就行了。"

福尔摩斯边说边靠住他的肩膀,并把两只手伸过他的脖子。

他说:"这就行了。"

金属撞击声和吼叫声传入我的耳中,那吼叫让人想起被激怒的公牛。紧接着这个海员和福尔摩斯在地上滚打起来。虽然福尔摩斯已迅速地给他戴上了手铐,但他力气太大了,如果不是霍普金和我赶紧帮忙,

归来记

福尔摩斯会很快被这个海员制伏。当我把冰冷的手枪对准他的太阳穴的时候，他才明白再厮打也是徒劳的，我们将他的踝骨绑住，然后气喘吁吁地站起身来。

歇洛克·福尔摩斯说："霍普金，我很抱歉，炒鸡蛋怕是已经凉了。不过当你想到案子已经胜利地结束了的时候，你的早餐吃起来会更香。"斯坦莱·霍普金惊讶得说不出话来。

他红着脸，还未想好就说："福尔摩斯先生，我不知道该怎么说，似乎从一开头我就使自己迷糊了，现在我明白了：老师就是老师。虽然我刚才亲眼看见了你所做的一切，可是我还是不明白是怎么一回事。"

福尔摩斯高兴地说："好！吃一堑长一智。这次给你的教训是破案不能死守一种方法。你的注意力全部集中在年轻的耐尔根身上，一点儿也没给帕特里克·凯恩兹这个真正谋杀彼得·加里的人。"

这个海员沙哑的声音打断了我们的话。

他说："先生，你这样待我，我没有埋怨的话，但是我希望你们说话要确切。你们说我谋杀了彼得·加里，我说我杀了彼得·加里，这里差距很大，或许你们不相信我说的话，或许你们认为我在给你们编造故事。"

福尔摩斯说："不是这样的。我们还是听听你说些什么吧。"

"马上就能说完，并且每句话都是真的，我敢对上帝发誓。我极其了解黑彼得，当他拔出刀子的时候，我知道不是鱼死就是网破，所以我抄起鱼叉对准他掷去，他就死了。你们说是谋杀，我却不这么认为，反正黑彼得的刀插在我的心脏上和绞绳套在我脖子上的结果是一样的。"福尔摩斯问："你怎么到这儿来的？""听我从头说起。让我坐坐，这样讲话方便些。事情发生在一八八三年的八月。彼得·加里是'海上独角兽'号的船长，我是后备叉鱼手。我们正躲避北冰洋的大块碎冰往回行驶，是顶风航行。从海上我们救起一只小船，因为一星期的猛烈南风把它吹到北方，船上只有一个新水手。我们船上的水手们以为大船已经沉没在海底，这个人乘这只小船去挪威海岸。我猜其他船员都死于海难。总之我们把这个人搭救到我们的船上，在舱里他和船长谈了很长时间。

福尔摩斯探案全集

随着这个人打捞上来的行李只有一只铁箱子。从来没有人提到过这个人的名字，至少我是不知道，而且第二天夜晚他就不见了，好像他没来过船上一样。后来有人说，这个人不是自己跳海便是当时的坏天气把他卷到海里去了。只有一个人知道事情真相，那就是我。因为在深夜第二班时，我亲眼看见船长将他的两只脚捆上，扔到船栏外，两天后，我们就看见瑟特兰灯塔了。

"这件事我对谁也没说，等着看会有什么结果。我们到了苏格兰的时候，没人再提起这件事。一个生人出了事故死了，谁都没有必要去问。后来加里不再出海，好几年以后我才知道他去了哪儿。我猜到他害那人是为了铁箱子里的东西。我想如果我告诉他我知道事情的真相，他会给我一大笔钱。

"在伦敦有一个水手遇见过他，通过他我知道了黑彼得住在哪儿，我立刻找他要钱。第一个晚上他很通情达理，说要送给我一笔钱，让我今后不再出海。我们说好，过两个晚上就把事情办完。我再去的时候，见他已半醉，并且脾气很坏。我们坐在桌旁喝酒，还聊起往事。他喝得越多，我越觉得他的脸色不对。我后来看见了挂在墙上的鱼叉，我想也许在危难中会用得着它，后来他发起怒来，对我又唾又骂，露出凶光，手里拿着一把大折刀。在他没来得及把大折刀从鞘里拔出来时，我的鱼叉已经穿透了他。天啊！他那一声尖叫！他的面孔在我眼前模糊起来，我站在那儿，浑身溅满了他的血。等了一会儿，四周仍静悄悄的，没有任何动静。于是我又有了勇气，打量四周，发现那个铁箱子就放在架子上。可以说我和彼得·加里都有权要这只箱子，于是我拿着它离开了屋子。我真傻，把我的烟丝袋忘在桌子上了。

"现在我向你讲一件怪事。我刚出屋时，听见有动静，我马上躲到树丛里，看见一个人鬼鬼祟祟走来，进了屋里，尖叫一声立刻像见鬼了一样撒腿就跑。他是谁，要干什么，我没法说。我呢，步行了十英里，在顿布芝威尔兹上了火车，到了伦敦。

"我检查了这只箱子，发现里面并没有钱，只有一些证券，可是我不敢卖。我没能驾驭黑彼得，现在被困在伦敦，一文不名，除了有点手

归来记

艺。我看到雇叉鱼人的广告，给钱很多，所以我去了海运公司，他们把我派到这儿来。这是全部事实。我再说一遍，我杀了黑彼得，法律应当感谢我，因为我给他们省了一条麻绳。"福尔摩斯站起身来点上烟斗说："说得很清楚。霍普金，我看您应该尽快将犯人送到可靠的地方，他身材如此魁梧，在屋里占的空间太大了，这房间显然不适合做监牢。"霍普金说："福尔摩斯先生，我不知道怎样感谢您才好。甚至到现在我也不明白您是怎样使犯人自投罗网的。"

"只不过起初我就幸运地抓住了要点，如果我早知道那本笔记本，我的思路可能就会走了岔路，如同你原来的看法一样。可是种种迹象集于一点：惊人的力气、使用鱼叉的技巧、罗姆酒、装着粗制烟丝的海豹皮烟丝袋，这些全使人想到有一个海员，而且是个捕过鲸鱼的人。我肯定烟丝袋上的字首'P. C.'不过是巧合而已，而不是彼得·加里，因为他极少吸烟，并且在屋里也未发现烟斗。你记得我曾问过，屋内是不是有威士忌和白兰地，你说有。有多少不出海的人在能弄到这些酒的时候，却要喝罗姆酒呢？所以我肯定杀人者是一个海员。"

"您怎么找到他的呢？""亲爱的华生，这个问题就简单了。要是个海员，一定是'海上独角兽'号上的海员。据我所知，彼得·加里没有登过别的船。我往丹迪打了电报，三天后我就掌握了一八八三年'海上独角兽'号全部水手的名字。我看到叉鱼手中有帕特里克·凯恩兹的名字的时候，我的侦查便即将完成，我推想他可能在伦敦，并且想要离开英国一个时期。所以我到伦敦东区住了几天，设置了一个北冰洋探险队，提出丰厚的条件聘用叉鱼手，在船长巴斯尔手下工作，你看，他就来了！"霍普金喊道："妙极了！妙极了！"

福尔摩斯说："你得尽快地释放耐尔根，而且我认为你应该向他道歉。铁箱子一定还给他，当然彼得·加里卖掉的证券我们是无能为力了。霍普金，外面有出租马车，你把这个人带走。要是你要我参加审判，我们的地址在挪威的某个地方，以后我再把详细地址写信告诉你。"

米尔沃顿

故事发生在多年以前，尽管如此，我现在回忆起来仍然是心有余悸。因为在很长一段时期里，即使是最谨慎小心、最低限度地把事实说出来，都是不可能的。现在因为主要参与者已不会再受到人间法律的约束，所以才可在有保留的情况下进行讲述，而不至于损害任何人的任何声誉。这件事是歇洛克·福尔摩斯先生和我平生所经历的最为奇特的案件。如果我略去了日期或其他，能够使人追溯到事情真相的情节，敬请读者原谅。

那是一个寒冷的冬天的晚上，我们两个出去散步，大约六点钟时回来。福尔摩斯打开了灯，在灯光下我们看到桌子上有一张名片。他扫了名片一眼，不禁哼了一声，随手把名片扔在地板上。我捡起来读道：

查尔斯·奥格斯特斯·米尔沃顿

阿倍尔多塔

韩姆斯德区代理人

我问："他是谁？""伦敦最臭名昭著的人。"福尔摩斯答道，然后坐下来把腿伸到壁炉前，"名片后面没写什么字吗？"我翻过名片念道："六点半来访——C. A. M."

"哼，他就要来了。华生，当你在动物园里看到蛇时，看着这种蜿蜒爬行的带毒动物，看着它吓人的眼睛和邪恶的扁脸，你一定会产生一种厌烦的感觉并且想要避开吧？这就是米尔沃顿给我的感觉。我和不少于五十个杀人犯接触过，即使其中最坏的也没有像他那样令我如此厌烦，可是，我又不得不和他在事务上交往，是我约他到这儿来的。"

"他究竟是个什么样的人呢？""华生，别急，听我告诉你。他在诈

归来记

骗犯的圈子里可是颇有名气的。上帝帮他的忙,使他总能掌握许多女人的把柄和秘密,从而去对她们敲诈和勒索。虽然他有一颗铁石般的心肠,但他干起事来,却带着魔鬼般的笑容。不把她们的血吸干他是不会罢休的。这个家伙有特殊的本领,本来是可以在更体面的行业中发迹的。他的方法是:不惜血本收买有权有势而又富有的人的信件。他有时从他们不忠诚的男女佣人手中弄到这些东西,有时又借助于经常流连于上流社会的流氓之手——这些流氓可是非常容易骗得一些单纯女人的芳心和信任的。他做交易非常大方,有一次我听说他用七百镑向一个仆人买了一张只有两行字的便条,结果毁灭了一个贵族家庭。市面上的很多事情全会传到米尔沃顿那里,有成百上千的人一听到他的名字便吓得脸色发白。谁也无法预料哪一天他会找他们的茬儿,因为他既有钱又有心机,胡作非为。他还能把一张牌留下好几年,等到可以赢得最大的赌注的时候才打出去。我说过,他是伦敦最坏的人。你想,一个发脾气时打老婆的暴徒怎么能和他相提并论呢?为了满足自己对金钱的追求,他能够有步骤地、残忍地折磨别人。"

我极少听到我朋友如此感情强烈地谈论某个人。我说:"那么这个人应该受到法律制裁。"

"从法律角度讲是应该的,但事实上根本不可能。例如,控告他让他坐几个月牢,可是随之自己也将身败名裂,这对于一个女人有什么好处呢?所以,受害者不敢回击。如果他敲诈一个无辜的人,我们一定要抓住他,但是他狡猾得像魔鬼一样。不,我们一定要找出别的方法刺激他。"

"他干嘛要到我们这儿来呢?"

"因为一位当事人把她的不幸遭遇委托给了我。这个人很有名气,她就是贵族小姐依娃·布莱克维尔,初登社交界的最美丽的女士。两周后她将和德温考伯爵结婚。但这个恶魔弄到了几封她写的轻率的信——轻率的,华生,没有更坏的事——信是写给一个穷年轻乡绅的。但是,这些信足以毁掉这个婚姻。要是不给他一大笔钱,米尔沃顿就会把信送给伯爵。我受委托见他,尽量把价压低。"

福尔摩斯探案全集

马蹄声和车轮声从街上传来，我向窗外望去，只见楼前停着一辆富丽堂皇的双驾马车，车上明亮的灯光照着一对栗色骏马的光润腰腿。仆人打开门，一个矮小而强壮、身着粗糙的黑色卷毛羊皮大衣的人下了车，一分钟后他来到屋子里。

查尔斯·奥格斯特斯·米尔沃顿年纪约在五十岁左右，脑袋挺大，看起来很聪明的样子，脸又圆又胖，皮肤光滑，两只灰眼睛灵活地在金边大眼镜后闪闪发光，脸上带点仁慈，堆着假笑，眼神锐利而且一副不耐烦的样子。他的声音也像他的表情那样，既温和又稳重。他一面向前走着，一面伸出又小又胖的手，嘴里低声说他第一次来没有见到我们很遗憾。福尔摩斯不理会那只伸出的手，只是冷冰冰地看着他。米尔沃顿的嘴微笑着咧开一些，耸耸后肩，脱下他的大衣，精心叠好放在一个椅背上，然后坐下来。

他用手向我坐的方向一指，说道："这位先生贵姓？这样讲话慎重吗？行吗？""华生大夫是我的朋友和同事。""很好，福尔摩斯先生。我这样问，是为了您的当事人好。事情是很细微的——"

"华生大夫已经听说过了。""那么，我们就谈交易。您说您是依娃女士的代理，是不是她已经同意接受我的条件了？"

"你的条件是什么？"

"七千镑。"

"不能改变吗？"

"亲爱的先生，我很不高兴您和我讨价还价。总之，要是在十四号之前不交款，十八号的婚礼便一定没人看到。"他挤出令人难以忍受的微笑，脸上是一副洋洋得意的神情。

福尔摩斯想了一会儿，说道："你似乎把事情看成定局了，我当然知道这些信的内容。我的当事人也许会考虑我的建议。我要劝她把全部事情告诉她未来的丈夫，相信他的胸怀宽广。"

米尔沃顿格格地笑了。他说："显然，你不了解这位伯爵。"

从福尔摩斯疑问的面容上，我明白地看出福尔摩斯是不了解的。

他问："这些信有什么害处吗？"米尔沃顿回答："害处极其大，因

归来记

为这位女士写的信很有情调。但是我可以向你保证,德温考伯爵是不会喜欢这些信的。道不同,不相为谋。如果你认为这些信到伯爵手中对你当事人的利益没有多大损坏,那么只有傻瓜才会出这样一个大价钱买它。"他站起来去拿他的黑色卷毛羊皮大衣。福尔摩斯气得脸色发灰。他说:"等一下,不必这么着急。在这样一个微妙的问题上,我们当然应该尽力避免流言蜚语。"

米尔沃顿又坐到座位上。

他嘟哝着说:"这个问题你别无选择,这是在我意料之中的。"

福尔摩斯继续说:"可是依娃女士并不富有。我发誓,她的财产不超过两千镑,你要的数目是她无能为力的。所以,我代替她请求你降低数目,按照我定的数目交钱退信,我保证你不可能弄到更多的钱了。"米尔沃顿似笑非笑,嘴角咧开了一些,并且狡黠地眨着眼睛。

他说:"我知道,你所说的这位女士的财产情况是属实的。可是你要知道,她的朋友和亲属会非常愿意在她结婚时为她解囊的。要买一件贵重的结婚礼品,他们也许犹豫不决。可是买这些信,我向他们保证,这一沓信带给他们的快乐,要比伦敦的全部宴会所给的还要多。"福尔摩斯说:"那是不可能的。"米尔沃顿拿出厚厚一本东西,喊道:"唉呀呀,太不幸了!请看这个!如果这些女士们不做些努力,我只能认为她们太不明智了。"他举着一封便笺,信封上印着家徽。"这在明天早晨以前是不该说出名字的。可是如果她不愿将钻石换成纸币,拿出一些钱来,那么这封信将会落到这位女士的丈夫手中。这真是太可惜了!你记得贵族麦尔兹女士和中尉多尔金的订婚趣闻吗?在婚礼举行的前两天,《晨报》报道婚礼取消。为什么?说起来使人难以相信,只要拿出一千二百镑这样小小的一笔钱,问题就可以圆满解决的。难道这不令人痛惜吗?我没料到你是个不通情达理的人,竟然置当事人的前途和荣誉于不顾,在这儿讨价还价。福尔摩斯先生,你实在让我感到意外。"

福尔摩斯回答:"我所言不虚,她实在没办法弄到这笔钱。毁坏这位妇女的一生对你没有什么好处,况且我开的价也不低,对你难道没有好处吗?""你错了,福尔摩斯先生,消息传出去对我将会间接地有很

福尔摩斯探案全集

大好处。我手下有八九件事已到办理的时候了。如果在这些人中传开依娃因为不愿付钱而失去了一位好丈夫，我想她们会更聪明一些。你明白我的意思吗？"

福尔摩斯突地从椅子上站起来。"华生，到他后面去，不要让他出去！先生，现在让我们看看你本子里有什么？"米尔沃顿像老鼠一样一下子溜到屋子旁边，背靠墙站着。

随后他掀开上衣的前襟，一支手枪柄露了出来，然后说："福尔摩斯先生，福尔摩斯先生，我早已料到你会做出些不寻常的事来。这种威胁我不是没碰到过，可谁也没从我这儿得到好处。老实告诉你吧，我可是全副武装，别忘了，法律是允许自卫的。除此之外，如果你以为我会把全部信件随身携带，那就大错特错了，我从来不做那种事的。先生们，我今天晚上还要见一两个人，何况回韩姆斯德区又很远。"他走近前来，拿起他的大衣，手放在枪上，转身走向门口。我抄起一把椅子，福尔摩斯摇了摇头，我又放下了。米尔沃顿鞠了一个躬，眨眨眼，微笑一下，然后走出屋去。不一会儿我们听到砰的关门声和嘎拉嘎拉的车轮声，马车走远了。

福尔摩斯坐在火旁一动不动，他的手深深地插在裤子口袋里，下巴垂到胸前，眼睛盯着发光的余烬。足足有半小时他默然不动并且一言不发，然后他似乎打定了什么主意，走进他的卧室。过了一会儿，走出来的却是一个俏皮的青年工人，长着山羊胡须，一副得意洋洋的样子。他在灯旁点燃泥制烟斗，对我说："华生，我过些时候回来。"接着他就消失在夜色中。我知道他已经准备同查尔斯·奥格斯特斯·米尔沃顿一决雌雄，但做梦我也没有猜到这场战斗会以那样一种特殊的形式进行。那些日子里福尔摩斯整天穿着这身衣服出出进进，不用说，他这些天一直呆在韩姆斯德区，而且卓有成绩。至于他所做的具体的事情，我却毫无所知。终于，在一个狂风暴雨的夜晚，他出征归来了。他除掉了化装，坐在火前，并且以他特有的方式得意地笑了起来。

"华生，你不会觉得我是要结婚了吧？"

"不，的确不。"

归来记

"告诉你一件高兴事,我已经订婚了。"
"亲爱的朋友,你……"
"和米尔沃顿的女仆。"
"唉呀,福尔摩斯!"
"华生,我需要情况。"
"你做得过分了吧?"
"这是关键的一步。我装扮成一个生意兴隆的管子工,名字是埃斯柯特。每天晚上我们都约会,谈个不停,天啊,都谈什么了?但我搞到了我所要的情况。我对米尔沃顿了若指掌。"

"福尔摩斯,可是这个女孩子呢?"他耸耸肩:"亲爱的华生,没有别的办法。在赌注已定的情况下,只有尽力出对牌。我庆幸的是有个情敌,我一疏忽他就立刻会把我挤掉。今晚的天气多好!"

"你喜欢这种天气?""它和我的计划相关。华生,我的意思是今天晚上会闯入米尔沃顿的家。"听到这句语气十分坚决的话,我不由得浑身打颤,简直窒息了。如同夜间天空中一瞬而过的闪电,照亮野外的每个角落,我一下子就明白这个行动将会出现的后果——被擒、被捕、受尊重的事业以不可挽回的失败与屈辱告终,我的朋友将会受到可恶的米尔沃顿的摆布。我大声说:"看在上帝的份儿上,思考一下你所做的事的后果吧!"

"我亲爱的朋友,我已经仔细地考虑过了。我从来不贸然行事,要是有别的办法可想,我是不会采用这样无退路的行动的。我们仔细地想一下,我想你会同意这样做在道义上是无可厚非的,虽然从法律上说是犯罪。我闯进他的家不过是强行拿走他的本子——拿本子的事你会赞同的。"我心里暗自衡量着。我说:"不错,我们这样做在道义上是正当的,因为我们不过是去拿那些用于非法目的的物品。"

"既然在道义上是正当的,那么我要考虑的只有个人风险的问题。要是一个女士迫切需要帮助,作为一个绅士不应过多考虑个人安危。"

"你将被误解。"

"是的,这是一种冒险。可是除去拿回这些信以外没有其他办法可

行。这位不幸的女人一无钱二无可信的亲人,明天是最后限期,今天晚上如果我得不到那些信,等待这位女士的将会是身败名裂。所以,我不想让我的委托人听天由命,便打出这最后一张牌。华生,告诉你,这是我和米尔沃顿间的最后决斗,你知道他已经在首个回合中赢了,为了我的自尊和荣誉,我一定要战斗到最后一刻。"

我说:"虽然我不太赞成去冒险,但我们没有其他的办法。我们何时出发?"

"你不必去。"我说:"除非你也不去,我绝不改口。如果你不让我和你一同去冒这个险,我就要到警察局去告你。""你无能为力。"

"你怎么知道?将来发生的事谁也无法预料。无论如何,我的主意已定。除你以外,别人也有自尊和荣誉。"福尔摩斯露出一丝不耐烦,但是终于舒展开了眉头,他拍了拍我的肩膀。

"好吧,好吧,我亲爱的朋友,就这样做。我们几年来生死与共,如果有幸死于同一把手枪,那将会很有意思。华生,我坦率地对你说吧,我一向有个念头,就是要犯一次收效很高的罪。从这点来说,这真是一次难得的机会。你看!"他从一个抽屉里拿出一个整洁的皮套子,套子里有一些发亮的工具。"这是上等的、最好的盗窃工具,镀镍的撬棒,镶着金刚石的玻璃刀,万能钥匙等等,还有在黑暗中用的灯,完全能够对付各种情况。所有的东西都齐备了。你有走路不出声的鞋吗?"

"我有橡胶底的网球鞋。"

"好极了!有面罩吗?"

"我有黑绸子,可以做两个。"

"我相信你有做这种事的天赋,很好,你做假面具。走前我们吃点现成的东西。现在是九点半。十一点我们会赶到车尔赤住宅区,然后再到阿陪尔多塔,要走一刻钟。半夜以前我们要开始正式行动,无论如何,在两点以前我们口袋里一定要装着依娃女士的信回来。"福尔摩斯和我穿上夜礼服,装做两个喜欢看戏的人正往家走。在牛津街我们叫了一辆两轮马车去韩姆斯德区的一个地方。到了地方付了车钱后,我们扣紧外衣,沿着荒地的边缘走着,天很冷,风好像刀子一样割脸。

归来记

福尔摩斯说:"这件事需要十分谨慎。那些信件锁在这个家伙书房的保险柜里,他的书房就是他卧室的前厅。不过,正如所有会自我照料的人一样,他睡觉很实。据我的未婚妻阿格萨说,在仆人的房间里,主人睡觉叫不醒的事一直被当做笑话。他有一个忠心耿耿的秘书,白天从不离开书房,这正是我们在夜间行动的原因。他还有一条凶猛的狗,总在花园里走来走去。最近两个晚上我和阿格萨约会到很晚,她把狗锁住了,好让我从容地走掉。我们到了,看见院子里的那栋大房子了吗?进大门——向右穿过月桂树。我们在这儿戴上面具吧!你看,没有一丝光亮,一切都很顺利。"蒙上黑色面具,我们仿佛成了伦敦城里那些最争强好斗的人中的一员了。我们慢慢地走近这所寂静而又阴暗的房子。房子的一边有一个带瓦顶的阳台,并且有两扇门和几个窗户。

福尔摩斯低低地说:"那是他的卧室,这扇门正对着书房。这儿对我们最合适,可是门有闩有锁,要想不弄出动静来可不容易。到这边来。这儿有间花房,门对着客厅。"

花房上着锁,福尔摩斯划掉一圈玻璃,从里面把锁打开。我们进去,他随手关上门。从法律角度来看,我们无疑成了犯罪者。花房里温暖的空气和异国花草浓郁的芳香迎面袭来,简直使我们窒息。黑暗中他抓住我的手,领着我沿着一些灌木迅速走过,灌木不时擦拂着我们的脸。福尔摩斯有黑夜辨物的能力,这是苦练下培养出来的。他拉着我打开了一扇门。我隐约地感觉到我们进入了一个大房间,并且刚才在这个房间里有人吸过雪茄烟。在家具中他摸索前进,又开了一扇门,我们走过去随后又关上。我伸出手,摸到几件上衣挂在墙上,我知道我是在过道里。我们穿过这间过道以后,福尔摩斯又轻轻地开了右手边的一扇门。

正在这个时候,什么东西向我们冲过来,我的心提到了嗓子眼。可是,当我发现那不过是一只猫时,差点笑了出来。这间房里,也充满浓浓的烟草味,炉火正在燃烧着。福尔摩斯踮着脚尖走进去,等我进去以后,他轻轻地关上门。我们此时已经进入了米尔沃顿的书房,那么和他的卧室只隔一个门帘。火烧得很旺,以至于照亮了全屋。我看见靠近门有个电灯开关，可是没有必要开灯。有个门在壁炉的另一旁通向阳台。屋子中间摆着一张书桌，后面有把用红色皮革包裹的转椅。雅典娜的半身大理石像放在对面的书柜上。在书柜和墙中间的一个角落里，有一个高高的绿色保险柜，柜门上的光亮铜把映着壁炉的火光。福尔摩斯悄悄地走过去，看了看保险柜。然后他又溜到卧室的门前，歪着头站在那儿屏息地听了一会儿，听不到里面有什么声音。这时，我突然想到通往外边的门很适合做退身之路，所以我检查了这扇门，高兴地发现门既未上闩也未上锁。我碰了一下福尔摩斯的手臂示意，他转过带着面具的脸向门的方向看。我看出，他被我吓了一下，对我的行为感到意外，而他的反应也使我感到意外。

他把嘴放在我的耳边说："不要这样，不过我还没有完全搞明白你的意思。无论如何，我们要抓紧时间。""我做什么？"

"站在门旁。如果听见声响，从里面上上门闩，我们可以从原路退出。如果他们从那条道儿来，我们的事办完可以从这个门走，如果没有办完我们可以藏在凸窗的窗帘后面，你明白吗？"

我点了点头，站在门旁。刚才的恐惧感消失了，一种强烈的感觉在我心中摇荡，这在我们以前捍卫法律时是没有过的，可是今晚我们却是在践踏法律。我们的使命具有一种崇高的骑士精神，毫无自私可言，因为我们的敌人具有丑恶的本性。这些令我们这次冒险更为有趣，使我一丝犯罪感都没有，反而对于我们的险境感到高兴和振奋。我羡慕地看着福尔摩斯打开他的工具袋，如一个外科医生正在进行复杂手术一样，冷静地、科学地、准确地选择他的工具。我了解面前的这个绿色怪物带给他的兴奋，正是它糟踏了许多漂亮女士的名声，这更激发了福尔摩斯打开保险柜的那种特别嗜好。他把大衣放在一把椅子上，卷上夜礼服的袖口，拿出两把手钻，一根撬棒和几把万能钥匙。我站在中间的一个门旁，两眼不住地盯着其他两个门，以防不测。尽管如此，遇到阻挠时应该做些什么，我并不清楚。福尔摩斯全神贯注地干了半小时左右，像个熟练的机械师一样放下一件工具，又拿起另一件。终于听到喀的一声，保险柜的绿门被他打开了，我看见里面有许多纸包分别捆着，用火漆封

归来记

着,上面还写着字。福尔摩斯挑出一包,但是在闪烁的火光下看不清字迹,他拿出他在黑暗中使用的小灯,因为米尔沃顿就在旁边的屋内,开电灯太危险了。突然他停下来,全神贯注地听了听,然后马上关上保险柜的门,拿起大衣,把工具塞进口袋中,示意我同他隐藏到凸窗的窗帘后面。

我躲进去后才知道他刚才那些举动的原因,远处传来关门和越来越近的脚步声,这声音当中还依稀有低低的模糊的沙沙声。脚步声在门前停了下来。然后门开了,电灯也啪的一声亮了。门又关上了,一股强烈的雪茄烟味弥漫开来。然后在几码远处传来走动的脚步声,显然有人在踱步。最后脚步声停下来,可是又听到"嘎吱"的椅子声,然后又听到钥匙在锁中转动的声音,还有沙沙的纸张声。刚才我一直不敢看,但是现在我轻轻地分开我前面的窗帘往里窥视。我感觉福尔摩斯的肩压着我的肩,所以我知道他也在看。米尔沃顿又宽又圆的后背正对着我们,几乎伸手就能够着。显然,他今天的行为反常,并未一直呆在卧室里,而是坐在房子另一侧吸烟室或台球室里吸烟,那儿的窗户我们刚才没有看见。他的头又圆又大,头发已经灰白,头上还有一块因秃了而发亮,这些都在我们视线的正前方。他穿着一件紫色军服式的吸烟装,领子是黑绒的,仰靠在椅子里,两腿伸出,嘴上斜叼着一支雪茄。他手里拿着一沓很厚的法律文件,懒散地读着,嘴里吐着烟圈儿。看不出他会很快改变他那平静和舒适的姿势。

我觉得我的朋友抓住我的手,用力地握了一下表示信心,像是告诉我他很稳定,这种情况他有把握处理。从我这儿能看见,我不知道他是否也看到了:保险柜的门没有完全关好,米尔沃顿随时能发现这点。我心中拿定主意,要是米尔沃顿有所警觉,我就立刻冲出去,用大衣蒙住他的头,把他制伏,剩下的事就交给福尔摩斯去办。但是米尔沃顿没有抬头看。他懒散地拿着文件,逐页地翻阅一份律师的申辩词。后来我想他看完文件抽完烟,会到卧室去,但是还没到这个时候,情况就有了意外的发展,这把我们的思路引到另一面。我发现米尔沃顿极其不耐烦地站起来又坐下,还看了好几次表。要不是我听到外面阳台上传来微弱的

声音,我真想不到在这样的时间里他还有约会。米尔沃顿放下了文件坐等着。不一会儿,传来轻轻的敲门声,米尔沃顿起身去开了门。他不客气地说:"嗯,你迟到了差不多半小时。"

这就是没有锁门和米尔沃顿深夜不寐的原因,我耳旁传来妇女衣服的沙沙声。刚才当米尔沃顿的脸转向我们这边的时候,我已经把窗帘中间的缝合上了,但是这时我又小心翼翼地再次打开。现在他又坐在椅子上,嘴角上仍然叼着雪茄烟。他对面站着一位妇女,在明亮的灯光下,她的身材显得又高又瘦,微黑色的皮肤,蒙着黑色面纱,下巴的地方系着斗篷。她的呼吸急促,柔软身躯的每个部位都因感情激荡而颤动。

米尔沃顿说:"亲爱的,你让我一夜没有好好休息。我希望你不会辜负这一夜。你在别的时候来不行吗?"

这个妇女摇了摇头。"好吧,你不能来就不能来吧。如果伯爵夫人是个难应付的角色,你现在有机会和她一争高下了。祝福你,你为什么要战栗?振作起来,我们现在谈买卖吧。"他从书桌的抽屉里取出一个笔记本。"你说你有五封信要卖,其中包括伯爵夫人达尔伯的,我要买。只要是好货——啊,是你?"

这位妇女一言不发地揭开面纱,解开斗篷出现在我们面前的是一副清秀美丽、黑黝黝的面孔,弯曲的鼻梁,又黑又硬的眉毛下是一双坚定的闪闪发光的眼睛,薄薄的嘴唇带着某种危险的微笑。

她说:"是我,正是你毁了我的一生。"米尔沃顿笑了,但是恐惧使他的声音发抖。他说:"你太顽固了。是你逼我那样做的。我不会因为我自己而伤害一只苍蝇,但是每个人都有自己的困难,我又能怎么做呢?我出的价完全是你力所能及的,可是你却不肯。"

"所以你把信送给了我的丈夫,他是世界上最高尚的人,我连给他系鞋带都不配。那些信使他那颗正直的心伤透了,他憔悴而死。你记得那天晚上,我从那个门进来,恳请和哀求你怜悯我。你讥笑我,现在你仍然想讥笑我,不过你有一颗懦夫的心,因为你的嘴唇在发抖。是的,我们在这儿又见面了,但正是那个夜晚告诉了我应当如何单独地与你相见。查尔斯·米尔沃顿,你还有什么要说?"

归来记

他一面站起来一面说:"不要以为你可以威胁我。我只要喊一声,我的仆人就会跑来,马上把你抓起来。但我大人大量,你怎么来的就马上怎么走吧,我不再说什么了。"这位妇女手叉在胸前站在那儿,她的薄薄的嘴唇上仍然带着令人颤抖的微笑。

"你再也没机会像毁坏我的一生一样再去毁坏更多人的生活了。你再也不会像绞杀我的心一样再去绞杀更多人的心了。我要你这个毒兽从世界上消失,你这条恶狗,吃我一枪,一枪,一枪,一枪,再一枪!"她掏出一支发亮的小手枪,子弹一颗一颗地射进米尔沃顿的胸膛,他的前胸离枪口不到两英尺。他痉挛了一下向前倒在书桌上,发出一阵猛烈的咳嗽并且双手在文件中抓挠着。最后他摇晃地站起来,又中了一枪,他跌倒在地板上。他大声说:"你打死我了!"然后就没有声息了。这位妇女目不转睛地看了看他,然后又抬脚跟朝他的脸上踢了一下。她又看了他一眼,仍然不见他有动静。一阵沙沙的衣服摩擦声音响起,接着夜晚的冷空气吹进这间出事的屋子,复仇者已经离开了。要是我们出面干涉,这位复仇者不一定会达到目的。这位妇女一枪又一枪地打在米尔沃顿那蜷缩的身体上的时候,我刚要跳出来,福尔摩斯冰冷的手用力地抓住了我的手腕。

我明白福尔摩斯的意思:这和我们的事无关,是正义在惩罚邪恶,而且不该忘了我们有自己的目的和所担负的责任。这位妇女刚一走出屋去,福尔摩斯便敏捷地轻轻地迈了几步,出现在另一扇门旁。当他转动了一下门锁的钥匙时,我们听到房内有说话的声音和急促的脚步声,显然枪声惊动了这栋房内所有的人。福尔摩斯沉着果断地走到保险柜旁,双手抱起一捆捆的信件投进壁炉里。他反复这样做着,直到保险柜空了才停止。这时有人在转动门把手并且急切地敲门。福尔摩斯迅速地回头向四周望了一下。桌子上放着那封对米尔沃顿来说是死神请帖的信,它溅了他的血迹,福尔摩斯将它投入熊熊炉火之中。他拔出通到外面的一扇门上的钥匙,我们一前一后出了门,又从外面把门锁上。

他说:"华生,跟我从这边走。我们可以越过花园的墙出去。"警报传得极快,这简直让人难以置信。我回头一看,这栋大房子的灯全亮

了。前门开着,一个一个的人影往小道上跑去,整个花园吵吵嚷嚷全是人。当我们从阳台上退出来时,有个家伙一面喊"捉人",一面紧紧地追着我们。福尔摩斯对这里的地形相当了解,他敏捷地穿过小树丛,我紧紧跟在他的后面,在后面追赶我们的那个人气喘吁吁。挡住我们去路的是一座六英尺高的墙,但是福尔摩斯一下子就翻了过去。当我跳的时候,我感到我的踝骨被一只手抓住,但是我踢开了这只手,攀过长满草的墙头,面朝下跌落在矮树丛中,马上被福尔摩斯扶了起来。我们一起飞速向前跑去,穿过韩姆斯德荒地。又跑了两英里我们才停下来,仔细地倾听了一会儿,我们的背后是一片寂静。我们已摆脱掉追赶者,平安无事了。

这件不平常的事发生后的第二天上午,吃过早饭,我们正在抽烟,面容严肃的仆人把苏格兰场的雷斯德先生引进我们简陋的客厅。

他说:"早安,福尔摩斯先生,请问,您现在很忙吗?"

"还不至于忙得没时间听你说话。"

"我想要是你有时间,你或许愿意帮助我们解决一个极其奇怪的案件,这事是昨天夜里发生在韩姆斯德区的。"

福尔摩斯说:"噢?什么案件?"

"谋杀——一件非常惊人的特别的谋杀案。我知道你对于这类案件非常感兴趣,如果你能亲自去阿倍尔多塔一趟,能给我们提些建议,我将十分感激。我们监视这位米尔沃顿先生已经有一段时间了,老实说,他是一个恶棍。人们知道他持有一些书面材料,可以用来勒索。杀人犯们把这些材料全烧了。没有丢失任何值钱的东西,所以罪犯大概是有地位、有身份的人物,他们这么做的目的只是为了防止这些材料流传到社会上。"

福尔摩斯说:"犯人们?你是说不止一个?"

"是的,他们是两个人,差一点当场将他们捕获。我们有他们的足迹,知道他们的外貌,十有八九我们会查清他们是谁。第一个人行动相当敏捷,第二个人被一个花匠的学徒捉住,经过挣扎才逃脱。这个人中等身材,身体强壮,方下颏,脖子较粗,有连鬓胡子,戴着面具。"

归来记

歇洛克·福尔摩斯说:"仍然十分模糊,听起来似乎你在描述华生。"

雷斯德打趣地说:"真的,我是在描述华生。"

福尔摩斯说:"雷斯德,恐怕我无能为力。我知道米尔沃顿这个家伙,我认为他是伦敦最危险的人物之一,并且我认为有些犯罪是法律无法干涉的,所以在一定程度上,私人报复是正当的。不,不用多说了,我下定决心站在犯人的一边,而不是死者的一边,所以我不会受理这个案件。"

关于我们亲眼目睹的这一杀人惨案,那天上午福尔摩斯没有提过一句话。我发现他一直在冥思苦想,从他凄迷的眼神和心不在焉的样子来看,他似乎在努力地回忆着什么。正在用午饭时,他突然站起来,大声说:"天啊!华生,我想起来了!戴上你的帽子,我们快走!"他飞速地走出贝克街,来到牛津街,接着向前走,差不多到了摄政街广场。就在左手边,有一个商店橱窗,里面都是当时著名人物和美人的照片。福尔摩斯的眼睛凝视着其中的一张。顺着他的目光望去,我看到一位穿着朝服、庄严的皇族妇女,头上戴着高高的镶着钻石的冕状头饰。我认真看着那缓缓弯曲的鼻子,那浓浓的眉毛,那端正的嘴,那刚强的小小下巴。当我读到这位妇女的丈夫——一位伟大的政治家和贵族的古老而高贵的头衔的时候,我屏住了呼吸,和福尔摩斯彼此对望了一下。当我们转身离开橱窗时,他做了个手势——把手指放在嘴唇前,暗示我保持沉默。

福尔摩斯探案全集

六尊拿破仑半身像

苏格兰场的雷斯德先生晚上到我们这儿来坐坐，早已经是我们习惯的事情。福尔摩斯欢迎他的到来，因为这能使福尔摩斯了解到警察总部在忙些什么。我的朋友总是仔细倾听他描述的办案的细节问题，同时他以自己渊博的知识和丰富的经验，不时地向对方提出一些意见和建议。

一天晚上雷斯德谈过天气和报纸后，便一言不发，不停地抽着雪茄。福尔摩斯急切地望着他，问道："有什么不寻常的案子正在办吗？"

"啊，福尔摩斯先生，没有——没有什么非常特别的事。"

"那么不妨讲讲。"

雷斯德笑了。"好吧，福尔摩斯先生，我心中的确有事，可是它是如此荒诞，以至于我不敢麻烦你。从另一方面说来，事情虽小，但是奇怪得很。我当然知道你对于一切不平常的事都有兴趣。但是好像这件事和华生大夫的关系比和我们的关系更大。"

"疾病？"我问道。

"起码可以说是疯病，而且是很奇怪的疯病。你能想象出来吗？生活在当代的人却极其仇视拿破仑，一看到他的塑像就想打碎。"

福尔摩斯仰身靠在椅子上说："这不关我的事。"

"是的，我已经说过这不关我们的事。但是，当这个人破门而入去打碎别人的拿破仑像的时候，那就不是大夫能解决的，而是该由警察来处理了。"福尔摩斯又坐直了身子。

"抢劫？这倒很有意思，请你详细谈一下。"雷斯德拿出他的工作日志，打开来，以免讲时有什么遗漏。他说："四天以前第一个人来报案。事情发生在冒斯·贺得逊的商店，他在康宁顿街有个分店出售图片和塑像。店员刚离开柜台一会儿，就仿佛听到什么东西的粉碎声，他马上跑到店铺前，发现柜上一座拿破仑像被击得粉碎。他冲到街上，虽然有几个过路人说他

归来记

们看到有一个人跑出商店，但是他没有找到这个人，也不知道这个流氓是谁。类似的流氓行为经常发生。事情如实地报告了巡警。石膏像顶多值几个先令，这种鸡毛蒜皮的小事，根本不值得专门立案调查。

"但是，第二个案子却严重而特殊得多，就发生在昨天晚上。在康宁顿街离冒斯·贺得逊的商店二三百码的地方，住着一位著名的巴尔尼柯大夫，泰晤士河南岸一带常有很多人去找他看病。他的住宅和主要诊疗所是在康宁顿街，但是在两英里外的下布列克斯顿街还有一个分诊所和药房。这位巴尔柯尼大夫十分崇拜拿破仑，家里收藏了很多关于这位法国皇帝的书籍、绘画以及遗物。前不久他从贺得逊的商店买了两座拿破仑半身像的复制品，这个头像很著名，是法国著名的雕刻家笛万的作品。一座他放在康宁顿街住宅的大厅里，一座放在下布列克斯顿街诊所的壁炉架上。好，今早巴尔尼柯大夫刚一走下楼就大吃一惊，他发现夜里有人潜入他家，但除了大厅里的石膏头像外，别的东西根本没动，他在外面花园的墙下，找到了那座石膏头像的碎片。"

福尔摩斯揉搓着他的手，说道："这的确很奇特。""我想你会对这件事感兴趣的，但是事情还没有结束，巴尔尼柯大夫正午去他的诊所，立刻发现窗户被人打开了，地上撒满了另一个拿破仑半身像的碎片，你可以想象他当时吃惊的样子。半身像的底座也被打成细小的碎块。没有任何迹象可以使我们查到制造这个恶作剧的罪犯，或者说是疯子。福尔摩斯先生，事情经过就是这样。"福尔摩斯说："事情非常奇怪，当然也很荒唐。请问在巴尔尼柯大夫的家里和诊所里打碎的两个半身像和在贺得逊商店打碎的那个，是不是同一模型的复制品？"

"全是用一个模型做的。"

"认为打碎拿破仑像是因为反对这位皇帝的缘故，事实表明这种说法是不对的。我们知道，整个伦敦市内有几万个这位皇帝的塑像，那些反对偶像崇拜的人，无论是谁，都不可能只对这三个复制品下手以表示反对，因此这种看法是不合适的。"

雷斯德说："我也这样想过。可是，冒斯·贺得逊是伦敦那一个区唯一的塑像供应者，这三座像在他的商店里放了很长时间。所以，尽管如你所言在伦敦有几万个塑像，不过很有可能这三个是那一区仅有的。

所以，这个疯子就从这一地区的三个入手。华生大夫，你如何看呢？"

我回答："偏执狂的表现是各种各样、难以预料的。被当代法国心理学家们称为'偏执的意念'的，是指只在某种事上固执，而在别的方面却完全清醒正常。一个人对拿破仑的历史读得太多了，印象深刻，或者他的家族给他带来某种对战争感到厌恶的心理缺陷，便可能形成一种'偏执的意念'。在这种意念的支配下，就会因为幻想而做出许多常人无法想象的行为。"

福尔摩斯摇摇头说："我亲爱的华生，不能这样解释。因为不管'偏执的意念'产生怎样的影响，偏执狂患者也不会去找出这些头像分布在什么地方。"

"那么，你怎么看呢？"

"我暂时说不出什么。我只是发现这位绅士采取这些怪癖行动是有一定原则的。例如，在巴尔尼柯大夫的大厅里，一点声音可以惊醒全家，半身像是先拿到外面再打碎的；而在诊所里，没有惊醒别人的麻烦，半身像在原地就被打碎了。这似乎无关紧要，但我的经验告诉我，任何事情都不是无关紧要的。华生，你还记得阿巴涅特家的那件令人厌烦的事情是怎样引起我注意的吗？不过是由于看出在热天放到黄油里的芹菜会沉多深罢了。雷斯德，所以我不能对你的三个破碎的半身像一笑置之，如果你能随时告知我这一连串奇异事件的新发展，我会深深感谢你的。"

我的朋友想要了解的事情的进展得比他想象得更快，更悲惨。第二天清晨我正在卧室穿衣服，刚听到敲门声，福尔摩斯便过来了，手里拿着一封电报。他大声念给我听：

马上到肯辛顿彼特街131号来。

雷斯德

我问："出了什么事？"

"不知道——什么事都可能发生。但我猜想，可能又是有关半身像的故事。如果是这样的话，我们这位打塑像的朋友已经在伦敦的其他区开始活动了。你先喝点咖啡，华生，我已经叫来了一辆马车，快些！"

半个小时后,我们到达彼特街,这是伦敦最繁华地区附近的一条死气沉沉的小巷。131号是一排整齐漂亮的房屋中的一座,这些房屋也很实用。我们的马车刚抵达那儿,就发现房子前的栅栏外挤满了充满好奇心的人们。福尔摩斯口里发出嘘嘘声才穿过人群。

"天啊!至少这也是谋杀。这回伦敦的报童可是生意兴隆了。瞧,死者蜷缩着肩膀,伸长了脖子,不是暴力行为又是什么呢?华生,这是怎么一回事?上面的台阶冲洗过,而其他的台阶却是干的。哦,脚印倒是不少!喏,雷斯德在前面窗口那儿,我们立刻就会知道一切。"

这位警官神色庄严地迎接了我们,并带我们走进一间起居室。只见一位身穿法兰绒晨衣的略显邋遢的长者,正颤巍巍地来回走着。雷斯德告诉我们,他是中央报刊辛迪加的贺拉斯·哈克先生,是这座房子的主人。雷斯德说:"又是拿破仑半身像的事。福尔摩斯先生,昨晚似乎你对它十分感兴趣。所以我想你会高兴来这儿,现在事态更严重了。"

"到什么程度呢?""谋杀。哈克先生,请你把事情经过如实地告诉这二位先生。"

哈克先生说:"这件事很不平常。我的一生都是在收集别人的新闻,而现在我的身上却发生了一件真正的新闻,现在我稀里糊涂,心情烦躁,一点工作都不能做。如果我是以记者身份来到这里的话,那么我就得自己采访自己,还要在晚报上写出两栏报道。事实上,由于工作的关系,我也的确对许多不同的人都做过重要的报道,可是今天我自己实在毫无办法了。歇洛克·福尔摩斯先生,我听说过你,要是你能帮助我解释这件怪事,就不枉我讲给你听了。"

福尔摩斯坐下来静静地听着。"事情的起因,似乎与那座拿破仑半身像有关。那是我四个月以前从高地街驿站旁边的第二家商店,也就是哈定兄弟商店买来的,价格十分便宜,买来后就一直把它放在这间屋子里。一般情况下我常常从夜里写作到清晨,今天也是如此,三点钟左右我在楼上书房里,突然听到有什么声音从楼下传来。我就注意地听着,可是,声音又没有了。所以我想一定是从外面传来的声音,然而过了五分钟后,一声极其悲惨的吼叫传来,福尔摩斯先生,声音可怕极了,我永远不会忘记它。我当时吓呆了,直愣愣地坐了一两分钟,后来就拿起

归来记

通条走下楼去。我走进这间屋子，立刻就看到窗户大开着，壁炉架上的半身像不见了。我真弄不懂强盗到底为什么要拿这东西，不过是个石膏塑像罢了，并不值多少钱。

"您一定看到了，不管是谁，从这扇开着的窗户那里迈一大步，便可以跨到门前的台阶上。显而易见，罪犯也是这样做的，我打开门，在黑暗中走了出去，却差点被一个死尸绊倒，尸体当时就横在那里。我赶忙回来拿灯，这才看到那个可怜的人躺在地上，脖子上有个大洞，周围是一大摊血。他脸朝天躺着，膝盖弯曲，嘴大张着，样子实在吓人。啊，那一定是我的梦魇。后来我连忙吹了一声警哨，然后就昏倒了，什么事都不知道。等我醒过来时，发现自己在大厅里，身边是这位警察先生。"

福尔摩斯问："被害者是谁呢？"雷斯德说："没有可以表明他身份的任何东西。你要看尸体可以到殡仪馆去，可是直到现在我们没有从尸体上查出任何线索。他身材高大魁梧，黑皮肤，不超过三十岁，穿得极不成体统，但又不像是工人。在身旁的一摊血中有一把牛角柄的折刀，它是凶器还是死者遗物我还不敢肯定。死者的衣服上没有名字，他的口袋里只有一个苹果，一根绳子，一张值一先令的伦敦地图，还有一张照片。这是照片。"照片显而易见是用小照相机快速拍摄的。照片上的人神情机智，眉毛浓重，口鼻都很凸出，而且凸出得十分特别，像是狒狒的面孔。福尔摩斯认真地看过照片以后问："那座半身像呢？"

"你们到来之前我刚刚得知，塑像在堪姆顿街一所空房子的花园里找到了，但已经被打得粉身碎骨，我要去看看，你去吗？""是的，我要去看一下。"福尔摩斯检查了地毯和窗户后说："这人腿不长，但动作敏捷灵活，窗下地势低，要跳上窗台并要打开窗户一定得非常灵活不可。可是跳出去是相当容易的。哈克先生，您要不要和我们一同去看那半身像的残迹呢？"

这位新闻界人士情绪极低地坐在写字台旁。

他说："虽然我确信今天的第一批晚报已经印出来了，上面肯定会详细报道这件事，但是我还是要努力再把这件事写一下。我就是这个命！你还记得顿卡斯特的看台坍塌的事吗？我是那个看台上唯一的记者，我的报纸也是没有登载此事的唯一一家报纸，因为我受的刺激太大

了,不能写了。现在开始写发生在我家门前的这件凶杀案是晚了一些。"我们离开这间屋子的时候,听到他的笔在稿纸上刷刷地写着。发现半身像的地方离这所房子仅仅二三百码远。半身像已经被打得粉碎,细小的碎片散落在草地上。由此可知砸像人心中的仇恨是多么强烈和难以控制。我们还是首次看到这位伟大皇帝落到这种地步。捡起几块碎片,福尔摩斯仔细查看,从他全神贯注的面容和一副充满自信的神情来看,我相信他找到了关键。

雷斯德问:"怎么样?"

福尔摩斯耸了耸肩。

他说:"要做的事情虽然还有很多,但我们已经掌握了一些事实,可以作为调查的线索。对于这个犯人说来,半身像比人的生命值钱得多,这是一点。还有,如果说此人搞到半身像只是为了打碎,而他又不在屋内或是屋子附近打碎,这也是一件令人奇怪的事。"

"或许当时他碰到这个人便慌乱起来。他不知道该怎样对付,便拿出了刀子。"

"极其可能是这样。不过我要请你尤其注意这栋房子的位置,塑像是在这栋房子的花园里被打碎的。"

雷斯德向周围看了看。

"这是一座空房,所以他知道在花园里没有人打搅他。"

"但是在这条街入口不远的地方还有一栋空房子,他一定先路过那一栋才能到这一栋。他拿着半身像走路,每多走一码,被人碰上的危险也就更大些,为什么他不在那一栋空房子那儿打碎呢?"

雷斯德说:"我不知道。"

福尔摩斯指着我们头上的路灯。"在这儿他能看得见,在那儿却不能,就是这个原因。"

雷斯德说:"哎呀,的确如此。我想起来了,巴尔尼柯大夫买的半身像是在离灯光不远的地方打碎的。福尔摩斯先生,怎么处理这种情况呢?""把它记在备案录中,以后我们或许会遇到和这事相关的情况。雷斯德,你认为下一步该怎么做呢?"

"据我看,首先应该先弄清死者身份。这是不难的。这样,我们就

归来记

会有一个好开始,以便查清昨晚死者在彼特街干什么?谁在哈克先生门前台阶上与他相遇并害死了他。你看是这样吗?"

"不错,是这样。但是这和我处理这个案件的方法并不完全一样。"

"那么,你要怎样做呢?"

"噢,你不要受我影响,我建议我们各做各的,以后我们可以交换意见,这样将会彼此取长补短。"

雷斯德说:"好吧。"

"如果你回彼特街,见到哈克先生,请替我转告他,我认为可以肯定,昨天晚上来他家的是一个杀人狂,并且有仇视拿破仑的疯病。这对于他的报道是有用的。"雷斯德凝视着他:"恐怕这并非你的真实意见吧?"

福尔摩斯笑了。"不是吗?或许我不这样认为。但是,我敢说这会引起哈克先生以及中央报刊辛迪加的订户们的兴趣。华生,我们今天还有很多、很复杂的工作要做。雷斯德,我希望今晚六点钟时能在贝克街住所见到你。我想先用一下这张死人口袋里的照片,到晚上再给你。如果我没看错的话,也许要在半夜里麻烦你出来一趟帮助我们。晚上见,祝你顺利!"

歇洛克·福尔摩斯和我一起走到高地街,走进卖半身像的哈定兄弟商店。一个年轻店员告诉我们,他是个新手,不太了解情况,哈定先生在下午才能来。福尔摩斯流露出失望和烦恼的表情。

他说:"好吧,既然如此,我们只能改变计划了。既然哈定先生上午不能来了,我们只好下午再来找他。华生,你一定已经猜到,为什么我要追查这些半身像的来源,目的在于了解有无特别情况,以便正确解释这些半身像被砸的原因。现在,我们先到康宁顿街贺得逊先生的商店,看他能不能给我们一点启发。"

我们乘上马车行驶了大约一个小时后,到了这家商店,贺得逊先生身材不高但很结实,面色红润,但是态度急躁。

他说:"是的,先生,塑像就是在我这个柜台上打碎的。哼!简直是胡闹,既然强盗恣意妄为,那么我们纳税做什么?不错,先生,是我卖给巴尔尼柯大夫两座像。依我看这种事情一定是无政府主义者做的。

只有无政府主义者才会到处去打碎塑像。你问我从哪儿弄到的这些塑像？我可没发现这和那件事有什么关系。不过，要是你确实想知道，我就告诉你，是从斯捷班尼区教堂街盖尔得尔公司弄来的。这个公司近二十年来在石膏雕塑行业中一直很有名。我买了多少？第一次是两个，第二次是一个，共三个。卖给巴尔尼柯大夫两个，第三个在光天化日之下就在柜台上被打碎了。至于照片上这个人吗？不，我不认识。哦，不，也可以说我认识。这不就是倍波吗？他来自意大利，做零活的，他在这里干过活儿。他会点雕刻，会镀金，会做框子，总之会做些零活。这个家伙上周走的，从那以后没人再提起他。我不知道他从何处来，到何处去。他在这儿的时候，干得不错。打碎半身像的时候，他已经走了两天。"

从商店出来之后，福尔摩斯对我说："我们从冒斯·贺得逊这儿得到的就是这么多了。但弄清了在康宁顿街和肯辛顿的两个案件里全有倍波，就凭这一点，我们走了十英里是值得的。华生，我们去斯捷班尼的盖尔得尔公司，这些半身像是在那儿制做的。我想我们在那儿会得到一些情况。"

接着，我们飞快地穿过伦敦的一些繁华地带：旅馆聚集的街道，戏院集中的街道，商店密集的街道，然后通过海运公司林立的地方。最后到了一个有十来万人口聚集的泰晤士河沿岸的市镇。那里的分租房屋里挤满了欧洲涌来的流浪者，到处散发着他们的情调和气味。在伦敦原富商居住的一条宽阔街道上，我们找到了目标——雕塑公司的工厂，厂里有个较大的院子，堆满了石碑等杂物。里面有一间很大的房屋，屋内有五十个工人正在干活。经理是德国人，他身材高大，皮肤白皙，颇有礼貌地对福尔摩斯提出的问题一一作了详细回答。经查账得知，用笛万的大理石拿破仑头像复制的几百座石膏像，大约一年前卖给冒斯·贺得逊的三座和卖给肯辛顿的哈定兄弟公司的三座是一批货。这六座像和其他的任何一座不可能有什么不同。他无法解释有人想要毁坏这些塑像的原因。事实上，所谓"偏执狂"的解释被他讥笑了一顿，塑像批发价格是六先令，但零售时可增到一倍以上。复制品是从大理石头像的前后分别做出模片，再把前后两个模片相扣合，便构成一个完整的头像。这常是意大利人的工作，他们就在这间屋内工作，然后把半身像拿到过道的

归来记

桌子上吹干，再把它们存放好。他能告诉我们的，只有这么多了。

可经理却被那张照片气得满脸通红，他怒目圆睁，蓝眼睛上的眉毛拧成了一团。他大声说："啊，这个恶棍！是的，我知道他的底细。我们公司名声在外，口碑很不错，但这个恶棍却给我们招来了警察！那是一年以前的事。一年前，他有一天刚到车间，警察就追来把他抓走了，原来他在大街上拿刀子把一个意大利人给捅了。他叫倍波，至于他姓什么我就不清楚了。我也真不走运，雇了这么一个不正派的家伙，但是他活儿干的可真不错。"

"给他定个什么罪？""被捅的人没有死，他在监狱里被关了一年就放出来了。我肯定他现在不在监狱里，他不敢在这儿出现。这儿有他的一个表弟，我想他会告诉你他在哪儿。"

福尔摩斯大声说："不，不，半个字都不要对他的表弟说，我请求你一定要保密。事情是很严重的，我越来越觉得严重。你清查账目时，我从旁看到这批塑像是去年六月三日卖出去的，您还记得倍波是在哪天被捕的吗？"

这位经理回答："我得看一下工资账，才可以告诉你大概的日期。"他翻过几页后继续说，"是的，他最后一次领工资是在五月二十号。"

福尔摩斯说："谢谢您，给您添了不少麻烦，而且耽误了您的时间，我想我们该走了。"他最后再次嘱咐经理一定要守口如瓶，我们便起身往回走了。直到下午四五点钟，我们才匆忙在一家饭馆吃了午饭。在饭馆门口，报童叫喊着："肯辛顿凶杀案，疯子杀人。"这说明，哈克先生的报道已经刊登出来了。报道足足占了两栏，文章辞藻华丽并且令人震惊，福尔摩斯将报纸立放在调味瓶旁边吃边看，偶尔他低声笑笑。

他说："华生，他写的正合我意，你听这一段：

我们极其兴奋地告诉读者，在这个案件上没有分歧意见，因为经验丰富的官方侦探雷斯德先生和著名的咨询侦探家福尔摩斯先生得出同一结论，以害人为结局的一系列荒诞事件，完全由于精神失常造成而非有意谋杀，也唯有用心理失常才能解释全部事件。

"应该懂得怎样运用报纸,华生,报纸是极其宝贵的工具。你要是吃完了,我们就回到肯辛顿,听听哈定兄弟公司的经理会说些什么。"

出乎意料,这个大商店的老板是一个消瘦的小个子,但是精明强干,头脑清醒,讲话头头是道。"是的,先生,晚报上的报道我已看过了,哈克先生是我们的顾客。我们卖给他的那座雕像是几个月以前卖出去的。我们一共订了三座那种塑像,是从斯捷班尼区的盖尔得尔公司进的货。现在嘛,已经全部卖光了。你想知道卖给谁了?我来查一查卖货账。啊,在这儿。你看,一个卖给哈克先生,一个卖给齐兹威克区拉布诺姆街的卓兹雅·布朗先生,第三个卖给瑞丁区下丛林街的珊德福特先生。我看着照片上的人,虽然我从来没见过他,但也很难忘记,是因为他长得太丑陋。你问我们的店员中有没有意大利人吗?有的,在工人和清洁工中有几个。他们极其容易地偷看售货账,我看没必要将账本特别保护起来,那件事真怪,如果您还想了解什么情况,请您尽管问好了。"

福尔摩斯记录了哈定先生的一些证词,我看得出来,福尔摩斯很满意工作的进展,然而他并没说出来,只是急着赶回去和雷斯德会面。我们回到贝克街时,雷斯德正在屋里焦急地来回踱步,神情严肃,看来他今天干得不错。他问:"怎么样?福尔摩斯先生,有什么进展?"我的朋友解释道:"我们忙了一天,收获不小,我们找到了零售商和批发制造商,查清了塑像的来源。"

雷斯德喊道:"塑像!好啊,福尔摩斯先生,我们各有收获,但今天我干得可比你出色,我已经知道了死者的真实身份。"

"是吗?"

"并且查出了犯罪的原因。"

"那太好了。"

"有个专门负责意大利区的侦探,名叫萨弗仑·希尔,由于我发现死者脖子上挂着天主像而且肤色较深,所以认为他来自欧洲南部,于是就找来了侦探希尔,希尔一看见尸体就认出这是来自那布勒斯的彼埃卓·万努齐,这家伙与黑手党有染,是伦敦一个大盗。你听说过黑手党吧,那可是个专搞恐怖事件借以实现目的的地下政治组织。现在,事情

归来记

渐渐明了,彼埃卓一直跟踪一个黑手党中的叛徒,也是个意大利人,彼埃卓还在口袋里装着被跟踪者的照片。他盯着那个人,一直到那个家伙进了一幢房子,彼埃卓在外面等着,后来双方厮打起来,彼埃卓就被打死了。福尔摩斯先生,您认为我这么解释行不行?"

福尔摩斯拍手叫道:"好极了,雷斯德,好极了!可是,我没有完全听懂你对于打碎半身像的解释。"

"噢!你总是忘不了半身像。那不算什么,一种小偷小摸而已,最多关六个月监狱。我们认为要调查的应该是凶杀,老实说,所有的线索我全都搞到手了。"

"然后你打算怎么办呢?"

"极其简单,我和希尔到意大利区,按照片找人,以凶杀罪逮捕他。你和我们一块儿去吗?"

"不,我想其中有捷径可行,我不能肯定,这需看事态的发展,但有较大希望,差不多有三分之二的把握。如果你今晚同我们一起前去,我协助你逮捕他。"

"在意大利区?"

"不,我想很可能会在齐兹威克区找到他。雷斯德,你如果今天晚上和我一同去齐兹威克区,那么明晚我一定陪你去意大利区,耽误一个晚上不会碍事的。我看我们最好先休息几个小时,因为晚上十一点后出发,差不多天亮才能回来,雷斯德,先和我们一起吃点饭,然后在沙发上休息一下。华生,你最好能打电话叫一个紧急通信员,我有一封很要紧的信必须马上送出去。"

说完,福尔摩斯就走上阁楼,去翻阅旧报纸的合订本。过了好久,他终于走下楼来,眼睛里带着一种胜利的目光,但对我们两个人只字未提。这个复杂的案件几经周转,我一步一步地注视着福尔摩斯侦缉中所采取的方法。虽然我还不能看清我们要达到的目的,但我十分清楚福尔摩斯在等待这个荒诞的罪犯去搞另外两座半身像。其中一个在齐兹威克区,毋庸置疑,此行的目的在于当场将他抓获。所以,我赞赏我朋友放烟雾弹的计策,他在晚报上故施迷雾,使得这个人以为安全无碍而继续

为非作歹。因此，福尔摩斯让我带上手枪的时候，我并不感到意外。他自己拿了一支装好子弹的猎枪，这是他最喜爱的武器。十一点钟，我们乘上马车来到了汉莫斯密斯桥。下了车，我们要车夫留在原地等着，就朝前走了一会，来到一条安静的大路上。在路灯微光的照射下，我们在路旁一排带花园的房子中找到了拉布诺姆别墅的门牌。这所房子的周围一团漆黑，只有门楣窗子透出一点昏暗的灯光，显然主人已经睡下了。我们躲进花园栅栏的阴影里。福尔摩斯低声说："看来我们要在此久候了，谢天谢地，今晚没下雨。千万别抽烟，很危险，现在我们辛苦一点还是值得的，因为我现在估计事成的机会有三分之二。"没想到时间不长就发现了情况，四周还是悄无声息，但大门一下子就被推开了，一个像猴子一样灵活的身影迅捷地蹿了进来，我们看见他在门楣窗映在地上的光亮中一闪，便消失在房屋的阴影里了。我们凝神屏气，静待事态的发展。过了一会儿，传来了窗户被打开的嘎吱声，接着又没了动静，看来他正想法潜入室内。隔了一会儿，一只深色灯笼的亮光在屋里闪了一下，接着在另一扇挂着窗帘的窗前又闪了一下，最后在第三个窗帘后又亮了一下。雷斯德低声说："我们到那个开着的窗户那儿去。他一爬出来，我们就能逮住他。"

　　但是我们还没行动，那个黑影就跑出来了，借着小路上门楣窗里的灯光，我们看到一块白东西正被他夹在腋下。他鬼头鬼脑地环顾四周，没发现什么。接着他转过头去，背对着我们把那块白东西放在地上，紧跟着就响起了"啪嗒"声，然后"格格"声不绝于耳。他干得很专心，所以当我们偷偷地穿过草地时，他并没有听到。福尔摩斯如猛虎一样扑向他的后背，雷斯德和我马上抓住他的手腕将冰冷的手铐铐在上面。当我们把他扭转过来时，我看到一副两颊深陷、奇丑无比的面孔，他怒视着我们，他的面孔在抽搐。我这才看清我们抓到的确实是照片上的那个人。可福尔摩斯一点不理会这里发生的事，他正蹲在台阶上仔细地检查这个人从屋里带出来的东西。这是一座拿破仑的半身像，和我们那天早晨看到的一样，并且也是同样被打成小碎片。福尔摩斯把碎片拿到亮光下认真地检查，没有看出这些石膏碎片有什么特殊的地方。他刚刚看

归来记

完,屋里的灯亮了,门开了,一位和蔼、肥胖的人——也就是屋子的主人,穿着长裤和衬衫出现在我的面前。福尔摩斯说:"我想您是卓兹雅·布朗先生吧?"

"是的,先生,您一定是福尔摩斯先生吧?我收到通讯员送来的急信,便依您的吩咐去做了。我们把所有的窗户都锁上了,然后静等事态的发展。你们终于抓住了他,这真令人高兴。你们还是进屋休息一下吧。"

然而雷斯德急于把犯人送到安全的地方,所以便叫来马车,我们四个人动身去伦敦了。犯人一言不发,他的眼睛从乱蓬蓬的头发阴影中狠毒地盯着我们,一次恰巧我的手离他较近,他就如饿狼一样扑来。我们在警察局对他进行了搜查,他身上除了几个先令和一把刀身很长的刀子之外,别无他物,刀把上有许多新的血迹。分手的时候,雷斯德说:"事情就是这样了。希尔对这些流氓很了解,他会给他定罪的。你看,我用黑手党来解释并没有错,不过,福尔摩斯先生,我极其感谢您如此巧妙地将他擒获,但是我还有点糊涂。"福尔摩斯说:"时间太晚,不能解释了。此外,我还有两个小疑点,此案还没进行到最后。如果你明晚六点钟到我家来,我会给你讲这件案子的真相。总之,这是一桩与众不同的案子。华生,如果我支持你继续记录我接手的案子的话,那我要说,这次的记录一定非常有趣。"

到第二天晚上大家见面的时候,雷斯德给我们讲了这个犯人的详细情况。我们已经掌握的情况有:犯人叫倍波,但不知他的姓氏,在意大利人居住区是个出名的恶棍。本来他制造塑像的技术很高,也曾安分守己地生活,但后来他走上了邪路,被警察逮捕过两回,一回是因为盗窃,另一回是因为伤人,伤者是他的同乡。他会说一口流利的英语。目前他仍然拒绝回答毁掉塑像的动机,但警方已经发现是他亲手做成了这些塑像。出于礼貌,福尔摩斯对这些我们早已洞察清楚的事情一直都默默倾听。但作为了解他的朋友,我察觉到他的心早就飞到了别处,同时他的脸上掩藏着焦急和不安。终于,他站了起来,因为门铃响了。随着楼梯上响起的脚步声,一位满面红光、须发花白的老者被仆人领了进来。进门后,他把手中的旅行袋放到了桌子上。

"福尔摩斯先生在这儿吗?"我的朋友点了点头,向他笑着说,"我想您是瑞丁区的珊德福特先生?"

"是的,我晚到了一会儿,火车太不方便了。您信上说要收买我的一座半身像。"

"是的。"

"您的信在这儿。您说:'我想要一座仿笛万塑的拿破仑像,我愿付十镑的价钱给您。'是这样吗?"

"不错,是这样。"

"您的来信令我大吃一惊,因为我猜不到您怎么会知道我有这个像。"

"当然会出乎您的意料,可是理由却很简单。哈定公司的哈定先生说,您买走了最后一座石膏像,并且将您的地址告诉了我。"

"噢,是有这事!他告诉您我花了多少钱吗?"

"没有,他没说。"

"虽然我并不富有,但却是诚实的。我只用了十五个先令,我想在我拿走您十镑纸币之前,您应该明白这一点。"

"珊德福特先生,您的担心表示你的诚实,但既然价钱已定,我一定要这样办。"

"福尔摩斯先生,您很大方。按照您的要求,我带来了这座像,在这儿!"他解开袋子。于是,我们终于看到了一座完整的拿破仑像。前几次,我们见到的都是碎片。

福尔摩斯从衣袋中取出一张纸条和一张十镑的纸币放在桌子上。

"珊德福特先生,请您当着这几位证人在这张条子上签名。这仅为表明,对于这座塑像的占有权和相关的一切权利,全部都从您那儿转让给我。我是一个本分人,并且每个人都无法预料到未来会发生什么事。谢谢您,珊德福特先生,这是您的钱,祝您晚安。"

客人走了以后,福尔摩斯很快行动起来。他从抽屉里拿出一块白布,铺在桌子上,又把新买来的半身像放在白布中间。然后他端起猎枪,突然往拿破仑像的头顶上放了一枪,塑像立刻变成了碎片。福尔摩斯弯下腰来,急切地察看着这些分散的碎片。一小会儿,他就得意洋洋

归来记

地嚷起来,我看到,他手里高举着一片嵌着一颗深色东西的碎片,就像布丁上的葡萄干一样。

他嚷道:"先生们,让我把闻名于世的包格斯黑珍珠介绍给你们吧!"

雷斯德和我一下子呆住了。过度的吃惊使我们忽然不约而同地鼓起掌来,好像戏已演到高潮部分。福尔摩斯苍白的面孔泛出红晕,他像著名的编剧在热情的观众面前谢幕一样向我们鞠躬。他只在这时,才中断理性的思索,而欣喜地接受人们的赞美。朋友的深情赞美使他这个性格内向、孤高自傲的人深受感动。他说:"先生们,这是现今世界上最著名的珠宝,我非常荣幸,通过归纳法进行了一连串的追查:从珍珠丢失的地方——科隆那王子在达柯尔旅馆的住处开始,一直到斯捷班尼的盖尔得尔公司制造的六个拿破仑半身像中的一个。雷斯德,你还记得吧,这颗无价珍宝的遗失曾引起巨大的震动,当时伦敦的警察徒劳无功。为了这件案子,警方征求过我的意见,但当时我还没什么头绪。王妃的意大利女仆曾遭到怀疑,她有个兄弟住在伦敦,但当时并不知道他们有无往来。女仆名叫芦克芮什雅·万努齐,前几天被害的彼埃卓就是她的哥哥,我查过报纸,证实珍珠丢失的日期是在倍波被逮捕的前两天。倍波因为伤人被捕,抓他时他正在盖尔得尔公司制做塑像。现在我们理清了案发的时间顺序,当然这与我思考的顺序正相反。珍珠的确在倍波手中,也许是他从彼埃卓那儿偷到的,也许他们两个是同党,或者还是彼埃卓兄妹的中间人,但这无关大局。

"重要的是珍珠在他手里,正当他身上带着这颗珍珠的时候,警察来追捕他。他逃进工厂,必须利用几分钟的时间藏好珍珠,否则就会被警察发现。当时六座拿破仑的石膏像正放在过道吹干,一座还是软的。倍波是一个熟练工人,所以立刻在湿石膏上挖了一个小洞,把珍珠放到里面,然后又把小洞抹平。简直是天衣无缝,谁也不会想到珍珠竟然藏在石膏像中。倍波被关了一年,同时他的六座石膏像被卖到伦敦各处。他不知道珍珠藏在哪座像里。摇晃塑像根本没有帮助,因为珍珠沾在湿石膏上,因此只有将石膏像打碎,才能发现它。倍波并没有失望,他很机灵又有恒心,耐心寻找它。通过一个在盖尔得尔公司工作的堂兄弟,

他弄清了买这些像的是哪几家零售公司。于是他设法在冒斯·贺得逊公司得到雇用，这样他查清了三座塑像的去处。但在这三座像里他没有找到珍珠。然后在其他意大利雇工的帮助下，他又弄清了另外三座塑像的去处。一座在哈克先生家。在那儿他被同伙跟踪上了，这个人斥责他对珍珠丢失负完全责任，在拼打中他杀死了他的同伙。"

我问："如果他是他的同谋，为什么还带着他的照片？""那是为了追寻他时用的东西，如果他想向第三者询问倍波时可以用来指示倍波的长相。这个道理是显而易见的。我想倍波在杀人以后，只能加紧行动，因为警察随时会找到他。当然，我不敢肯定他在哈克买的半身像中有没有找到那颗珍珠。我甚至不能断定石膏像里藏的是珍珠，但是我很明白他是在寻找什么，因为他把半身像拿出去，走过几栋房屋，在有灯的花园里才打碎它。既然哈克买的半身像是三个里面的一个，那么也就证明了我告诉你们的，珍珠在里面的可能性是三分之一。还有两个半身像，很显然他要就近先找到伦敦的那一个。我事先警告屋主，以避免惨案的再次发生，然后带着你们行动，并且最后将其捕获。当然，也是在此时，我才明白我们找的是包格斯珍珠。被害者的姓名使我把两个事件联系起来。那么只剩下一个半身像——在瑞丁区的那座了——而且珍珠一定在那个像里面，所以，我当着你们的面把它花大价钱从物主那儿买来——珍珠就在这里面。"

我们不出声地坐了一会儿。

雷斯德说："福尔摩斯先生，在你办理过的众多案件中，这个案件处理得最巧妙。我们不会嫉妒你，真的，而是把你当做我们的骄傲。如果你明天能到苏格兰场，那里所有的人都会衷心地跟你握手，祝贺你的成功。"

福尔摩斯说："谢谢你！谢谢你！"这时他转过脸来。我第一次看见他是那样的激动，这是缘于人与人之间的温情。过了一会儿，他又恢复了平静，对我说道："华生，把珍珠放进保险柜，再把康克—辛格尔顿伪造案的卷宗取出来。雷斯德，再会，下次你再碰到什么疑案，我一定会鼎力相助。"

归来记

三个大学生

一八九五年,发生了一些互有关联的事情,使福尔摩斯和我在英国著名的大学城住了几周。这次我要讲的事正是此时发生的。事情虽然不大,但是富有教育意义。为了让那种令人痛苦的流言蜚语自灭于无形,还是不要让读者知道发生在哪个学院和与谁相关,因而在叙述时,我尽力避免使用容易引起人们主观臆断的语句,只是慎重叙述事情的真相,用它证明我的朋友的一些不凡的品质。

那个时候,我们住在图书馆附近一栋带家具出租的寓所里,因为福尔摩斯正在忙碌地对英国早期宪章进行研究。他的研究是卓有成效的,或许将成为我记述的题目。

一天晚上,我们的熟人希尔顿·索姆兹先生来访,他是圣路加学院的导师和讲师。索姆兹先生身材高大,沉默寡言,但是容易紧张和激动。我知道他一向不够安静,此刻他更表现得特别激动,简直不能抑制自己,显然,是发生了什么不寻常的事情。

"福尔摩斯先生,我相信您会抽出一两个小时的宝贵时间接受我的拜访。在圣路加学院刚刚出了一件不幸的事情,如果不是恰巧您在城内,我简直不知道如何是好。"

我的朋友答道:"遗憾的是,我现在忙得无法分心。您最好请警察去帮助您。"

"不,福尔摩斯先生,这件事不能找警察,一旦交给他们,就不能撤回。这是涉及到学院声誉的事情,无论如何不能张扬出去。您是那样有能力,而且说话谨慎,所以只有您能够帮我的忙。福尔摩斯先生,我需要您的帮助。"

福尔摩斯自从离开贝克街舒适的环境,离开他的报纸剪贴簿、化学实验药品及随意的居室以来,脾气就变得很不好,现在他不置可否地耸

耸肩膀，教授就迫不及待地把事情原原本本地向他倾诉起来。

"福尔摩斯先生，你知道明天是福兹求奖学金考试的第一天，主考人中有我一个，我主考的科目是希腊文。试卷的第一题是要求把一大段学生没有读过的希腊文译成英文。这一段已经印在试卷上，如果学生偷到了题，那就会捡到大便宜，因此，我十分注重保密工作。

"今天下午三点钟，印刷所送来了试卷的校样。第一题是翻译修昔德底斯著作中的一节。因为原文要一字不差，所以我必须仔细校对，一直到四点半钟还没结束。由于我已和一位朋友约好去他那里喝茶，所以我把校样放在桌子上，就离开了屋子，到我回来只用了半小时多一点。

"福尔摩斯先生，你知道我们学院的屋门都是双重的，里面的门用绿色台面呢包裹，外面的门是橡木的。当我走近外面的屋门，很吃惊地看见屋门上有把钥匙。当时，我还以为是我自己把钥匙忘在门上了，但是再一摸口袋，发现我的钥匙还在。我清楚地知道，我的仆人班尼斯特手里拿着另一把钥匙。他给我收拾房间已经有十年了，绝对可靠。钥匙确实是他的，我猜想，在我离开的时候，他一定来过这里，问我要不要喝茶，出去时他可能没留神忘记拔钥匙了。如果不是今天，他发生这样的错误是没什么关系的，但是今天却产生了极其严重的后果。

"我一看到我的桌子，马上知道有人动了我的试卷。校样印在三张长条纸上。原来我将它们放在一起，现在一张在原处，一张落在地板上，一张跑到靠近窗户的桌子上。"

福尔摩斯开始感兴趣了，他说："在地板上的是第一张，在窗户旁的桌子上的是第二张，仍在原处的是第三张。"

"福尔摩斯先生，你真让我惊讶，好像你亲眼所见一样。"

"请接着讲这件有趣的事。"

"起初，我以为是班尼斯特干的，那么我是不能饶恕他的，但他矢口否认，我相信他的诚实。另一个解释只能是这样：有人经过看见钥匙在门上，知道我不在屋里，便进来看考卷。这个奖学金的金额是很高的，涉及到大笔的钱财，所以一个利欲熏心的人也许愿意冒险偷看试卷，好在竞争中取胜。

归来记

"这件事使得班尼斯特非常烦恼。当他得知试卷被人翻过的时候，他几乎昏了过去。我给他喝了一点儿白兰地，然后让他在一把椅子上休息，他瘫在里面。在这个时间里我检查了整个屋房，除了试卷弄皱外，很快我发现这位闯入者还留下了其他的痕迹。靠窗户的桌子上有削铅笔剩下的碎木屑，还有一块铅笔芯的碎头儿。显然，这个无赖急急忙忙地抄试题，把铅笔尖弄断了，不得不重削。"

这个案件逐渐吸引了福尔摩斯，他的脸色也由阴转晴。他说："讲得好极了！你非常幸运，破案大有希望。"

"还有一些痕迹。我有一个新写字台，桌面是漂亮的红色皮革。我和班尼斯特可以发誓，桌面极其光滑，没有一点儿污点。现在我发现桌面上有大约三英寸的明显刀痕，我敢肯定它只是刀痕。还有，我在桌子上看到一个小的黑色球，也许是面球，球面上有些斑点，像是锯末。我敢打赌，这些痕迹一定是那个人留下的，此外，没有其他痕迹。我正六神无主的时候，忽然想起您在城里，就直奔您来，向您求教。福尔摩斯先生，无论如何您要帮我这次。您现在知道了我的烦恼：我只有两种做法——要么找到这个作弊的人；要么推迟考试，重印新的试题，但第二种做法需要清楚的解释，这样一来肯定会引起不必要的麻烦，损害学院的名声，而且会波及到本院所属的大学的声誉。而我个人的想法是希望能不为人所知，悄悄地、圆满地解决难题。"

"很高兴能为您效劳，我愿意替你想想办法。"福尔摩斯站起身来穿上他的大衣，"这个案子还是很有意思的。你收到试卷以后有人去找过你吗？"

"有一个印度学生，道拉特·瑞斯。他和我住在同一栋楼，来打听考试的方式。"

"他到你的屋里没有别的事吗？"

"是的。"

"那时试卷在你的桌子上吗？"

"是的，不过我记得试卷当时是卷在一起的。"

"能看出那是校样吗？"

"有可能。"

"你的屋子里还有别人吗?"

"没有。"

"都有谁知道校样被送到你手里了?"

"只有那个印刷工人知道。"

"班尼斯特知道吗?"

"他不会知道,谁也不知道。"

"班尼斯特现在在哪儿?"

"他很难受,像瘫了似的坐在椅子上。当时我一刻也没有停留,就过来找你了。"

"你的屋门还开着吗?"

"我已把试卷锁了起来。"

"索姆兹先生,那么可以肯定,偷看试卷者是碰巧发现了可乘之机,事前并不了解内情。"

"我看是这样的。"

福尔摩斯做出一个令人费解的微笑。

他说:"好,我们去看看。华生,这不属于你的研究范围,不是生理的问题,而是关于心理的,但如果你愿意,和我一起去吧。索姆兹先生,现在请为我们带路。"

我们当事人的房间在这座学院的庭园,那儿地面上长满苔藓,房间窗户又低又大,花窗棂。一扇哥特式拱门后面有一座年久失修的石梯。这位导师的房间在第一层,另外三个大学生分别各住一层楼。我们到达现场的时候,已经是傍晚了。福尔摩斯停下脚步,看了一下起居室的窗户。然后,他走向窗户,踮起脚尖,伸长脖子向屋里看。我们那位学识渊博的当事人说:"他一定是从大门进去的。除了这扇玻璃窗以外,再没有别的开口了。"

福尔摩斯微笑地看着我们的当事人,笑得有些古怪,并且说:"哦,如果在这儿搞不明白什么,我们最好还是到屋里去。"这位导师打开屋门,将我们领进他的房间。福尔摩斯让我们站在门口,自己则检查了地

归来记

毯。他说:"我想这儿不会有什么痕迹。天气如此干燥,很难发现什么。大概你仆人的身体已经复原。你说你让他坐在椅子上,是哪一把椅子?"

"窗口旁边的那把。"

"哦,是靠近这个小桌子的,现在你可以进来了。我已经检查完地毯了,让我们再看看这个小屋子,当然,已发生的事情再明显不过了。这个人进屋后,从屋子中间这张桌子上逐页地拿起试卷,拿到临近窗口的桌子上,因为假如有人从庭园走过来,从这儿一眼就可以看到,便于逃跑。"索姆兹说:"实际上我常走旁门,他没法逃跑。"

"那很好!虽然如此,但他当时确实是这么打算的。嗯,这三张校样上没有指纹,他先把这一页拿去抄写,速度再快也不能少于十五分钟,抄完之后又拿第二张,而这时你回来了,他没有料到会这样快,所以来不及把校样放回原处就急忙逃走了。你进屋时,有没有听见有脚步声在石梯上急速地响起?""没有,我没听见。"

"他太着急了,把铅笔尖弄断了,不得不再削一次。华生,有意思的是:那支铅笔不是普通铅笔。它比普通铅笔粗,软铅,笔杆是深蓝色的,制造商的名字是银白色的,笔只剩一英寸半长。索姆兹先生,拥有这样一支铅笔的人就是你要找的人。我还要告诉你,他用的是一把又大又钝的刀子,这样你又有了一条线索。"

索姆兹先生被福尔摩斯的话弄糊涂了。他说:"我真的弄不懂铅笔的长短……"福尔摩斯拿出来一小片铅笔木屑,上面有字母 nn。

"你看。"

"那又怎样……"

"华生,我过去常常低估你的能力。好,nn 是什么意思呢?它们是一个字的末尾的两个字母。你知道 Johann Faber 是销路最广的铅笔商的名字。这不是很清楚了吗?铅笔用得只剩下了 Johann 字的后面的一小段。"他把小桌子拉到电灯下。"如果抄写用的纸是很薄的,便能透过纸张在光滑的桌面上留下痕迹。唔,什么也没有,现在看看中间的桌子。看来这个小球就是你谈的那个黑色的面团,形状有点像金字塔,中间是空的。跟你说的一样,小球上还有锯末屑。啊,真有意思。桌面上

还有刀痕——确切地说是划痕。开始的地方是划的痕迹,然后才是边缘不整齐的小洞。索姆兹先生,那扇门通到哪儿?"

"我的卧室。"

"事发以后,你去过吗?"

"没有,我直接去找你。"

"最好让我先看一下,多么漂亮而古典的屋子!请等一下,我检查完地板后你们再进屋。噢,没有看出什么。这块布幔是干什么用的?你在这块布幔的后面挂衣服。如果有人不得已藏在这间屋里,他一定藏在这块布幔后,因为床太低,衣柜又太小。我想可能没有人在这儿呆过吧。"

在拉那块布幔之前,他面带坚决又机警的表情,看来他已经做好准备,以防万一。可是拉开布幔一看,除了挂在衣钩上的三四套衣服以外,别无他物。福尔摩斯转过身刚要离开,突然又蹲到地板上。他说:"咦,这是什么?"

那是一块小金字塔形状的像腻子一般的黑色东西,和书房里桌子上的那块完全一样。福尔摩斯把它放在手心上拿到电灯下看。

"索姆兹先生,这位不速之客在你的起居室和你的卧室里都留下了痕迹。"

"他干嘛要到卧室去呢?"

"我认为这十分明显。你突然回来,直到门口才被他发觉,慌乱之中,他只好躲在你的卧室里。"

"啊,我的上帝,福尔摩斯先生,你是说,当我和班尼斯特在起居室谈话时,此人一直躲藏在这儿?"

"我是这么认为的。"

"福尔摩斯先生,此外还有另外一种可能,你是否注意到我卧室的窗户?"

"有花窗棂的玻璃,金属制成的框,共三扇,一扇有折页,可以钻进人来。"

"正是这样。卧室对着庭园的一角,所以从外面看不到整个卧室。

归来记

也许这个家伙从窗子钻进卧室,留下了泥球,最后,发现门开着,便从门那儿跑掉了。"福尔摩斯不耐烦地摇了摇头。他说:"让我们从实际情况着手。你说过,有三个学生用这个石梯,而且总要经过你的门口。"

"是这样。"

"他们都要参加这次考试吗?"

"是的。"

"三个人里有没有值得怀疑的?"

索姆兹犹豫不决。他说:"这真不好说,不能轻易怀疑某一个人。"

"说出你的看法,我来给你找证据。"

"那么,我简单地告诉你住在这儿的三个人的性格。三个人中住在最低层的是吉尔克利斯特,一位优秀的学生,也是个优秀的运动员,是学院的足球队员和板球队员,低栏和跳远他都得过奖。他风度翩翩,有个因赛马而破产的父亲——扎别兹·吉尔克利斯特勋爵。他很穷,但特别刻苦,前程远大。那个印度学生道拉斯·瑞斯住在中层。他性格内向不太好相处,就跟大多数印度人一样。他功课不错,只有希腊文稍差一些。还有,他处事有条有理,非常稳重。最上面住的是迈尔兹·麦克拉伦。他是这所大学里头脑最聪明的一个,可惜不努力,任性,放纵,第一学年他险些因为打牌而被开除。这一学期他倒是混过来了,对于这次奖学金考试他一定很害怕。"

"那么,你怀疑的就是他了?"

"我还不敢肯定。但是,这三个人里面也许他是最有可能做这种事的。"

"很好,索姆兹先生,现在我们见见你的仆人班尼斯特。"

班尼斯特身材不高,苍白的面色,胡子剃得非常干净,头发花白,大约五十多岁。自从他平静的生活被"试卷风波"打破后,他显然还未从意外事件中解脱出来。他手指颤动,圆脸由于紧张还在抽动着。他的主人说:"班尼斯特,我们要查清此事。"

"是的,先生。"福尔摩斯说:"我听说你把钥匙忘在门上了。"

"是的,先生。"

"明知试卷放在屋里,你这样做,岂不是极其不正常吗?"

"先生,我这样做是不应该的,但别的时候我也这样做过。"

"什么时候你进的屋子?"

"差不多四点半,是索姆兹先生喝茶的时间。"

"在屋里你等了多长时间?"

"我看见他不在,就马上出来了。"

"你看桌子上的试卷了吗?"

"没有,先生,真的没看过。"

"你怎么会把钥匙忘在门上呢?"

"当时我手里托着茶盘,我想等回来再拿钥匙也不迟,后来就忘了。"

"和外边相通的屋门是不是有把弹簧锁?"

"没有,先生。"

"那扇门一直是打开的吗?"

"是的,先生。"

"谁都能从屋里出来吗?"

"是的,先生。"

"索姆兹先生回来后找你,你知道试卷被人偷看过非常难受吧?"

"是的,先生,我在这儿干了许多年,从来没犯过这样的错误,我简直要昏过去了。"

"我知道你昏过去了。你开始感觉不舒服的时候,在哪儿站着?"

"我在哪儿,先生?为什么?就在这儿,靠近屋门。"

"这可说不通了,你晕倒时坐在靠屋角的椅子上,并不是在屋门那边的椅子上,你能说明自己为什么要绕过另外几张椅子而选择离你较远的椅子吗?"

"先生,我说不出,因为我当时有些糊涂了。"

"福尔摩斯先生,我也认为他不会注意他当时坐在哪儿。那时他情形很差。"

"你的主人离开以后,你还在这里?"

归来记

"只有一两分钟,然后我锁上门就回了我自己的房间。"

"你认为谁嫌疑较大?"

"噢,我可不能胡说,我不信这里会有那么卑鄙的人,先生,我不信。"福尔摩斯说:"谢谢你,就谈到这里。噢,还有一句话。你没有对你服侍的三位先生谈到这事儿吧?"

"没有,先生,一个字也没说过。"

"你看见他们了吗?"

"没有。"

"很好。索姆兹先生,您愿意和我在这个院子里走走吗?"

夜幕降临,楼上每个房间都亮着灯光。

福尔摩斯抬头看了看,说:"你的三个小鸟全回窝了。喂!那是怎么回事?怎么有一个人来回走动,像是坐立不安的样子。"

原来是那个印度人,窗帘上映出了他的侧影,他在屋内快速地来回踱着步。福尔摩斯说:"我希望同每个人都见上一面,这可以吗?"

索姆兹说:"没问题。常有客人来参观这些学校里最古老的房间。来,我亲自领你去。"

当我们敲吉尔克利斯特屋门的时候,福尔摩斯说:"请不要通报姓名。"一个高身材、黄头发的青年打开了门,他对我们的参观表示了欢迎。屋内有一些罕见的中世纪室内结构,有一个结构令福尔摩斯很感兴趣,他执意要将它画在笔记本上,他似乎不小心弄断了铅笔尖,想向主人借一支,最后只借了一把小刀削了铅笔。在印度人的房间中,他重复了这一行动,这位屋主是一个身材矮小、沉默寡言、长着鹰钩鼻子的印度人,当福尔摩斯完成对结构图的描摹时他显得有些兴奋。我看不出福尔摩斯从这两处找到了他所查寻的线索。我们没有能够访问第三处。他没有给我们开门,而且从门内传过来一阵责骂声,夹杂着愤怒的吼声。"无论你是谁,去你妈的!明天就要考试了,别来烦我!"

我们的向导气得脸都红了,一面下台阶一面说:"真是没礼貌!即使他不知道敲门的是我,这样做也太粗鲁了!现在看来,他很值得怀疑。"

福尔摩斯探案全集

福尔摩斯的回答却很奇怪。他问:"你知道他的确切身高吗?"

"福尔摩斯先生,这个我实在说不准。他的身高介于印度人和吉尔克利斯特之间。我想差不多是五英尺六英寸吧。"

福尔摩斯说:"这一点十分重要。那么,索姆兹先生,我祝你晚安。"

我们的当事人大惊失色地喊道:"天啊,福尔摩斯先生,你不会这样没事般地走掉吧?似乎你没理解我的困境,今天我一定要采取相应的措施,因为明天就要考试了。试卷被人翻弄了,我就不能进行考试,一定要面对这种情况。"

"事情先到这里吧。我明天清早再来和你谈这件事。那时我也许能想出办法来,可是,你要将现场保持原样,什么都不要动。"

"好吧,福尔摩斯先生。"

"不用担心,我们一定会找到摆脱困境的办法。那两个黑泥球和铅笔屑被我拿走了,再见。"

我们走出了院子,在黑暗中又抬头看了看那几扇窗户。那个印度人仍然在屋内踱步,其他两个房间已经熄灯了。

走到大街上,福尔摩斯问:"华生,你有什么看法?这完全是个客厅中的小游戏,从三张牌中摸出一张,是不是?肯定是三个人中的一个干的。你选哪个呢?"

"最上面那个讨厌的坏蛋。可那个印度人也很可疑,要不然怎么会不停地踱步呢?"

"这并不奇怪。有些人在努力背诵东西的时候,常常走来走去。"

"他看着我们的那个样子,很奇怪。"

"假如你正准备第二天考试的功课,时间紧迫,却突然闯进一群人来打扰你,你也会这样看他们的。我看这一点不能说明什么。至于那两支铅笔和两把刀子全没有问题,可有一个人却让我不太明白。"

"谁?"

"那个仆人班尼斯特。他在这件事中充当了什么角色呢?"

"依我看,他很诚实可信。"

归来记

"我也有同感,这正是矛盾之处。为什么一个诚实的人——哦,这儿有一家文具店。我们从这家商店开始调查。"

城内只有四家较大的文具店,每到一家福尔摩斯都拿出那几片铅笔屑,声称要付高价买同样的铅笔。四家全要给他订做一支,因为这不是一支普通尺寸的铅笔,很少有存货。我的朋友并没因此而灰心,只是随便地耸了耸肩,表示那就没办法了。

"亲爱的华生,我们没有得到什么结果。这个最能说明问题的线索也没有用了。但是,我确信我们会查清情况。天哪!已经快九点了,女房东说过七点半给我们做好豌豆汤呢。华生,你总是吸烟,还不准时吃饭,我想房东会不满,因而通知你退房的,那时我也跟着你遭殃了——无论如何,我们还是先解决这位坐立不安的导师、粗心大意的仆人和三个前程无量的大学生这些人的问题吧。"

我们吃饭的时候已经很晚了,尽管饭后福尔摩斯沉思了很长时间,但他对我却只字未提。第二天早晨八点钟,我刚刚洗漱完,他就到我屋里来了。他说:"华生,我们应该去圣路加学院了。你不吃早饭行吗?"

"可以。"

"如果我们不给我们的当事人一个肯定的答复,他会感到不安的。"

"你有什么准确的答案吗?"

"有。"

"你已经得出结论了?"

"是的,亲爱的华生,真相已经大白了。"

"但你弄到了什么新证据呢?"

"我六点钟就早早地起了床,不可能毫无所获。我已经辛苦地工作了两小时,最少走了五英里路,最后总算得到一点儿有价值的东西。请看这个!"他伸出手掌,三个金字塔形状的小黑泥团躺在掌心上。

"可你昨天只有两个!"

"今天清早又得到一个。可以断定,第三个小泥球来自何处,第一、第二个泥球就来自何处。走吧,华生,我们要使我们的朋友索姆兹放心。"

163

我们看到索姆兹在屋子里忐忑不安,连站都站不稳了。他为考试即将开始而他还没有想出办法而焦急万分,是推迟考试,还是允许罪犯参加考试,拿高额奖学金,这弄得他左右为难。一见到福尔摩斯,他立刻迎了过来。

"谢天谢地,你终于来了!我以为你也没有办法,所以不会来了呢,现在怎么办?考试呢?"

"考试必须进行。"

"可是这个骗子呢?"

"他不能参加。"

"你找出来了吗?"

"我想会找出来的。如果不想让事情传到公众的耳中,我们必须有点权威,自己组成一个私人军事法庭。索姆兹,你坐在那里。华生,你坐这儿。我坐在中间的扶手椅上。我想这样足以使犯罪的人产生畏惧的心情。请按铃吧!"

班尼斯特进来了,他被我们过于严肃的样子吓了一跳,后退了一步。福尔摩斯说:"请你把门关上。班尼斯特,现在请你向我们坦白昨天的事吧。"班尼斯顿时吓得脸都白了。

"先生,我全都说了。"

"难道没有补充吗?"

"一点没有了,先生。"

"好,我提示你一下吧,昨天你之所以要坐到那把椅子上,是为了掩盖一件能证明谁到房间里来过的东西吧?"班尼斯特脸更白了。"不,先生,绝不是。"福尔摩斯又面色缓和地说:"我只不过给你提醒一下,我承认我没证据来证实这件事。但是,这是极其可能的,索姆兹先生一转过身去,你就放走了卧室里的人。"

班尼斯特舔了舔他发干的嘴唇。"先生,不是这样。"

"班尼斯特,你不该这样。到了现在,你应该说实话,可是你还在说谎。"他若无其事地绷着脸。

"先生,没有人来过。"

归来记

"班尼斯特,说出来吧。"

"先生,真的没有人。"

"你拒绝给我们提供情况,是否请你留下不要出去?站在卧室的门旁。索姆兹先生,劳驾你亲自去吉尔克利斯特屋中,请他到你这儿来。"

不一会儿,这位学生跟在导师身后来了,他体格健壮,身材高大,步伐矫健,一副愉快和开朗的样子,行动也极其灵活轻巧。他用不安的眼光看了看我们每个人,最后茫然失措地凝视着角落里的班尼斯特。福尔摩斯说:"请带上门,吉尔克利斯特先生,这里没外人,别人也没有必要从这儿知道什么。我们坦诚相待。我需要了解为什么你这样一个诚实的人在昨天做出那种事。"

这个青年下意识地退后一步,带着恐惧和责备扫了班尼斯特一眼。仆人说:"不,不,吉尔克利斯特先生,我什么都没说,一个字也没说过。"

福尔摩斯说:"但是现在你说出来了,吉尔克利斯特先生,你必须弄清这样一件事,班尼斯特说过话后你就毫无退路了,现在你的唯一出路是坦率地承认事实。"刹那之间,吉尔克利斯特控制不住自己,全身战栗,双手高举,跪倒在桌边,接着把头埋进双手之中,从心底发出呜咽声。

福尔摩斯温和地说:"起来吧,人无完人,现在还没人责骂你,说你心术不正。如果由我来把发生的事告诉索姆兹先生,不对的地方,你来改正,你也许能好受一点儿。我开始说了,好,你听着,以免我把你做的事说错了。

"索姆兹先生,你曾经告诉我没有一个人,包括班尼斯特在内,知道试卷在你的屋中。这样,我心里就有数了。首先,印刷工没什么嫌疑,因为如果他要偷看试卷,在自己的办公室早就能看完了。其次,印度学生也可刨除在外,因为他不一定知道卷成一卷的校样是什么。那么一个人冒这么大的风险进屋,他一定是看到了试卷,而他又是怎么看到试卷在哪儿的呢?我曾经检查了房间的窗户,当时你的想法荒谬得使我差点笑出声来。你还以为我也认为有个人在大白天不顾对面屋子里众人

的目光而强行跳窗入内,其实我是在计算一个身高多少的人才能透过窗子看到桌子上放着的试卷,我身高有六英尺,还得踮起脚尖才能看清,所以干这事的一定是个高个子的学生。

"我进屋后,发现了靠窗桌子上的线索,而在中间的桌子上什么也没发现,但后来你对我说到吉尔克利斯特是个跳远运动员,这时我立即明白了全部经过,可是我还需要一些旁证。而我很快找到了这些证据。

"事情的经过是这样的:这位年轻人下午在运动场练习跳远。他回来的时候,还带着他的跳鞋。你知道,跳鞋底上有几个尖钉。他路过你的窗口的时候,因为个子较高,看见了你桌子上的校样并猜想那可能是试卷。如果他路过你的门,没有看见钥匙在门上插着,就什么都不会发生了。

"当他看清那的确是校样的时候,他抵制不住诱惑了。他把鞋放到桌子上。在靠近窗口的椅子上,你放的是什么呢?"年轻人回答:"手套。"福尔摩斯得意洋洋地看着班尼斯特。"他把手套放在椅子上,然后他拿起校样一张一张地抄写。他以为这样导师从院子大门进来时,他一定可以看得见。但我们知道,索姆兹先生是从旁门回来的。他突然听见屋门口传来导师的脚步声,这时他已经没有机会跑掉了,于是便急中生智地抓起鞋马上冲进卧室里,但把手套给忘了。你们看到桌面上的划痕一头很轻,可是对着卧室的那一头却渐渐加深。划痕深浅说明是朝着卧室的方向抓起跳鞋的。这个犯法的人就躲在卧室里。鞋钉上的泥土留在桌子上,另一块掉在卧室内。我还要说明,今天清早我去过运动场,看见跳坑内用的黑色粘土,土面洒着细碎的黄色锯末,目的是为了防止运动员跌倒。我带来了一小块黑土做样子。吉尔克利斯特先生,我说得符合事实吗?"

这个学生已经站了起来。他说:"是的,完全属实。"索姆兹说:"你还有什么要补充的吗?""是的,先生,当我做了这种见不得人的事后,惊慌失措。索姆兹先生,昨晚我一夜未睡写了一封信,现在我把它给您,我在罪行未被发现之前就写好了它。先生,请您看这封信。我写道:'我已经决定不参加考试。我收到罗得西亚警察总部的任命,准备

归来记

马上起程去南非。'"

索姆兹说："我听到你不打算用欺骗的手段取得奖学金，我很高兴。但是你是怎样改变了主意的呢？"

吉尔克利斯特指着班尼斯特说："是他指引给我一条光明之路。"福尔摩斯说："班尼斯特，你过来。我已经讲得很清楚，只有你能放走这个青年人，因为当时只有你一人留在屋里，并且你出去的时候一定把门锁上了，而且他不可能从窗口逃走。请你把这个案件的最后一个疑问讲清楚，并且告诉我们你这样做的理由。"

"理由并不复杂，只是你并不了解内情。实际上，我以前为这位年轻先生的父亲——老吉尔克利斯特勋爵当过管家。他破产之后，我只好到这儿当仆役，但我心里一直惦记着老主人，因此，我竭尽全力来照顾他的儿子。昨天教授按铃叫我时，我一进来就发现吉尔克利斯特先生的那副棕色手套就在屋角的椅子上，如果让索姆兹先生看到这副手套，那可怜的孩子就完了。我急中生智，走过去坐在椅子上，把手套压在下面，一动也不敢动。一直等到索姆兹先生出去找您，我的小主人才出来。他对我坦白了全过程，这孩子是我一手抱大的，出于常情我也应该救他啊！我劝他不要这样投机取巧，这也是替他父亲尽点责任，有什么不对吗？先生，您能怪罪我吗？"

福尔摩斯很高兴地站起来，说："确实不能。索姆兹，我看我们已经把你的小问题弄了个水落石出，到现在我们还饿着肚子呢。华生，我们走吧！至于你，吉尔克利斯特先生，虽然这次你摔了一跤，但只要爬起来重新开始，你一定会在罗得西亚干出一番成就的。"

金边夹鼻眼镜

一八九四年,我的工作记录有三本厚厚的手稿。要从这么多的材料中选出一些既能引起读者兴趣,又能反映我朋友特殊才能的案件,令我感到十分不易。我翻阅了这些手稿,在这里我们可以看到令人憎恶的红水蛭事件以及银行家克劳斯培的惨死,看到阿德尔顿惨案以及英国古墓内的奇异的葬品,还可以看到著名的史密斯—莫梯麦继承权案件。此间,福尔摩斯因成功地追踪并且逮捕了布洛瓦街的杀人犯贺芮特,曾得到法国总统的亲笔感谢信和一枚法国勋章。虽然这些都可以写成极好的故事,但总的来说,我认为约克斯雷旧居的事件是最为扣人心弦的,其中不仅有青年威洛比·史密斯的惨死,还有许多跌宕起伏的情节。十一月底的一个深夜,屋外狂风暴雨。福尔摩斯和我静静地坐在那儿,他借助一个高倍放大镜鉴别一张纸片上的只言片语,我则专心阅读一篇新的医学方面的论文。外面狂风阵阵,雨点猛烈地敲打着窗户。我们虽住在市中心,且方圆十英里以内全是高大的建筑物,却仍然感到大自然对于人类的无情威胁,在自然面前,整个伦敦并不比野外田间的无数小土丘更为坚固。我站在窗户旁,打量那静悄悄的街道。但见远处出现一线灯光,一辆一匹马拉着的出租马车正行进在泥泞而发光的马路上。那辆马车越驶越近。

福尔摩斯放下放大镜,卷起那张纸片,说:"华生,幸好我们今晚没有出去,我刚才做了不少事,都是使眼睛疲劳的工作。依我看它只是十五世纪后半叶一所修道院的记录本罢了。喂!喂!这是什么声音?"随着呼呼的风声夹杂着笃笃的马蹄声,以及车轮和人行道石边的碰撞声,我看见一辆出租马车停在了我们的房门前。

马车里钻出来一个人,我喊道:"他要做什么?""看来,我们不得不在这样讨厌的天气里出门了,他是来找咱们的,快准备大衣、围巾、

归来记

套鞋去吧。咦,等等,马车走了!我们不用出去了,要是他想请我们外出是不会让马车离开的。好,华生,烦劳你去楼下开门吧,因为别人早就入梦了。"

客人刚走到门厅的灯下,我就认出来了——他是年轻的斯坦莱·霍普金——一位前程远大的侦探,福尔摩斯对他的工作很感兴趣。

福尔摩斯在上面着急地问:"他进来了吗?"站在楼上看到是他,他又开起了玩笑:"亲爱的朋友,请上楼来。深夜造访是不是对我们打着什么鬼主意?"这位侦探登上楼梯,雨衣反射着灯光。我帮助他脱掉雨衣,福尔摩斯把壁炉的火捅得更旺。

福尔摩斯说:"亲爱的霍普金,请过来暖暖脚吧,吸支雪茄。华生医生还要给你一剂良药——热开水加柠檬,专治在暴风雨之夜着凉。你在这个时候到来,一定有什么重要的事吧?"

"福尔摩斯先生,一点也不错,我今天下午忙得脚打后脑勺,你看了晚报上约克斯雷那件事吗?"

"关于十五世纪以后的事情,我今天全都没看。"

"报上的片断不值一读,因为全不真实。我已经赶到现场去调查了一番。约克斯雷是在肯特郡,离凯瑟姆七英里,距铁路线三英里。我是三点十五分接到电话的,五点钟时我就到了约克斯雷旧居并进行了现场调查,然后乘最后一列火车到了查林十字街,又雇了一辆出租马车就一直到你这儿来了。"

"我想你还没搞明白这个案件吧?"

"是的,我弄不明白事情的来龙去脉,我认为事情还像我去调查前一样的不清楚,可一开始似乎非常简单而不会出错。福尔摩斯先生,没有无目的的行凶,但令人烦恼的是我无法发现这种目的何在。有一个人死了——当然谁也不可否认——可是,我看不出有人要害他的理由。"福尔摩斯点上雪茄,往椅背上一靠。他说:"请你详细谈谈。"

斯坦莱·霍普金说:"我已经将事实弄清楚了,但我还不能完全理解。根据我的调查,事情是这样的:几年前,一位年长的考瑞姆教授买了约克斯雷旧居这栋乡村宅邸。教授身体不好,总是半天躺在床上,半

天拄着手杖,在住宅周围蹒跚而行,有时坐在轮椅上,由园丁推着他在园内转转。邻居很喜欢和他来往。他在那儿是位有名的学识渊博的人。他家的管家太太马可,年纪较大而且稳重,还有一个女佣人苏珊·塔尔顿,一直由这两个人服侍他,她们名声不错。这位教授正在写一本专著。大约一年前,他开始雇用秘书。他请过两位,都不合适。第三位威洛比·史密斯先生,是个刚从大学毕业的青年人,教授对他很满意。秘书一天的工作是上午为教授做笔录,晚上为其查阅资料及下一天与工作相关的书籍。威洛比·史密斯无论是年少的时候,还是在剑桥读书的时候,品行都很好,教授十分满意。他的证明书上说他品行端正、性格温和、工作努力。正是这样一个青年,今天上午在教授的书房里被谋害。"

狂风吼叫着,刮得窗户吱吱作响。我和福尔摩斯不约而同地向壁炉移近一些。这位年轻的侦探接着有条不紊地叙述起事情的经过。他说:"教授简直是全英格兰最孤僻的人了,他家可以一连几周都无人进出。教授与世隔绝,只专注于他的研究,史密斯不认识周围的邻居。那两位妇女也没什么必要出去。推轮椅的园丁莫梯麦尔参加过克里木战争,现在从军队领取生活费,是个好人。他住在花园另一头的三间农舍里。这些就是住在约克斯雷旧居的人。还有一个情况,从花园大门到凯瑟姆至伦敦的马路只有一百码,门上有个门闩,但任何人都能进来。

"现在我给你们讲苏珊·塔尔顿的证词,只有她还能说出一点当时的情况。案发时间是在上午十一点到十二点之间。那时她正在楼上的卧室里挂窗帘。考瑞姆教授还没起床,因为每逢天气糟糕,他都会躺到下午才起床。女管家在房后忙着干活儿。威洛比·史密斯在他的起居室里。这时她听到威洛比走过过道,下楼走进书房,书房正好在她脚下。她没有看见他,但她十分熟悉威洛比那有力、急促的脚步声。她没有听到关上书房门的声音,不久,就从下面的书房里传来嘶哑绝望的、不男不女的古怪的叫声,同时又响起沉重的脚步声。声音之大,震得整个旧房子都在晃动,随后又寂静无声了。苏珊听得毛骨悚然,隔了一会儿她才壮着胆子下楼去察看。书房门被关上了,她一推开门就看见威洛比在地板上躺着。开始她并没看见伤处,就过去想把他扶起来,猛地发现他

归来记

的脖子在往外淌血，脖子上有一个不大但很深的伤口，颈动脉被刺穿了。凶器是一把小刀，是教授书桌上用来封文件用的，刀柄是象牙做成的，刀背非常坚硬。

"开始时女仆以为史密斯已经死了，在她用冷水瓶往他的前额上倒水的时候，他的眼睛睁开了一会儿，喃喃地说：'教授，是她。'苏珊保证这是威洛比说的原话。他曾艰难地举起右手似乎还想努力说什么，但突然放下手死了。

"这时女管家已经到了现场，但是她迟了一步，没有听到威洛比临终的话。她让苏珊留下看着尸体，自己跑到楼上教授的卧室。教授正在床上惶恐不安，因为听声响他知道发生了不幸的事。马可太太说得很肯定，教授还穿着睡衣，莫提迈尔通常是十二点钟来帮助教授穿衣服。教授说只听到远处的叫声，对其他事则是一无所知，他也无法理解这个青年的遗言：'教授，是她。'但在他看来这是神志不清的呓语，教授认为威洛比与人素无仇怨，无法说通这件谋杀案的原因。他当机立断吩咐莫提迈尔去叫当地警察。当地警长把我找去。我到那儿之前，一切东西都保持原状，并且警长还严格地规定不许人们从小道上走近那所房子。福尔摩斯先生，这件案子给了你发挥能力的机会，万事俱备了。"

我的朋友带着微笑幽默地说："万事俱备了吗？还缺少歇洛克·福尔摩斯先生呢。我们先听听你的意见，霍普金先生，你怎样看待这件谋杀案？"

"福尔摩斯先生，先请您看看这张草图，这上面标着教授书房的位置及其他相关处所，看看这个你就会明白我的侦查情况。"他把那张草图铺在福尔摩斯的膝盖上，我站起来，走到福尔摩斯身旁，从他的背后看着这张图。我把它抄了下来。

"这张图只画了个大概，不过你可以听我给你讲出来，再加上你的想象，就八九不离十了。假定凶手走进书房，可他又是怎么进去的呢？只有从后门进来，经过花园的小道，直通书房，这是最近的路。凶手也一定是由来路离开的，因为苏珊在她下楼时就锁上了书房的另两个出口。还有一个出口是通往教授的卧室的。了解了这些情况之后，我马上就检查了花园的小路，我想多雨的天气，泥泞的小路上肯定会留下脚印。

归来记

"但我发现凶手很谨慎、老练,小道上看不出足迹。不过很明显,有人沿着小道两旁的草地边走过,草被踩倒了。这一定是凶手干的,因为夜里就开始下雨。而园丁和别的人,当天早晨都没去过那里。"

福尔摩斯说:"等等,这条小道通到什么地方?"

"通向大路。"

"小道有多长?"

"一百码左右。"

"大门近旁留下了哪些痕迹?"

"可大门旁都是砖路。"

"那么,大路上有什么痕迹吗?"

"大路上全是稀泥。"

"真不走运!那么草上的足迹是进来的还是出去的呢?"

"不知道。因为足迹太模糊了,很不明显。"

福尔摩斯露出不耐烦的样子。他说:"的确,大雨一直在下,风刮得也很猛,分辨脚印可能比我看那张纸片还要困难,这是无计可施的。霍普金,当你感到已经束手无策的时候,你准备如何做呢?"

"福尔摩斯先生,我想我还是了解了一些线索的。我敢肯定是有人从外面小心地走进了屋内,我还检查了过道。过道铺着椰子毛编的垫子,垫子上没有什么痕迹。从过道可以进入书房。里面家具不多,主要有带固定柜子的写字台,柜子有两排,全开着抽屉,中间是一个锁着的小柜,抽屉大概经常开着,里面没有贵重的东西。小柜里有些重要文件,但是不像是被翻弄过的。教授对我说没丢什么东西,看起来的确也没丢什么东西。

"这个青年的尸体靠近柜子的左边,图上已经标明。刀子是从后面扎进脖子的右边的,所以不可能是自杀。"福尔摩斯说:"除非他摔倒在刀子上。"

"是的,这个想法我也有过,可是刀子是在离尸体几英尺外的地方发现的,所以这是极不可能的。当然,死者自己的话也可以做证。此外,还有一样很重要的东西,握在死者右手中。"

173

斯坦莱·霍普金从他的口袋里取出一个小纸包。打开后取出一副金边夹鼻眼镜，一端垂着一条断成两截的黑丝带。他说："威洛比·史密斯的视力很好。这副眼镜很可能是从凶手的脸上或是身上夺过来的。"福尔摩斯接过眼镜，带着极大的兴趣玩赏起来。他将眼镜架在自己鼻梁上，四处张望又走近窗户向外看看，然后走近灯光下，再次观察它。最后，他哈哈地笑起来，坐在桌旁拿起一张纸，在上面写了几行字，然后扔给对面的斯坦莱·霍普金。

他说："对你我只能帮助这些，或许有点用处。"霍普金大声地念道：

寻找一位贵族打扮的妇女。她面容刻板，鼻梁较宽，眼睛紧挨着鼻梁，额头上有皱纹。此外，她肩膀也许很窄。据观察，她在最近几个月内至少两次到一家眼镜店去过。她近视度数很深，在城里仅有的几家眼镜店里寻找，很容易就能找到她。

霍普金表情惊异，我也跟他一样，而福尔摩斯只微笑了一下，又接着说："得出以上的结论是很容易的。眼镜是最有力的证据，何况这又是一副特别的眼镜呢。根据眼镜的精巧度及死者最后一句话推测，这是一位女士的眼镜，而一个带金边眼镜的人肯定会注意自己的穿着。眼镜的夹子很宽，表明她鼻梁也很宽，一般来说，这样的人有短且粗的鼻子。我的脸型很长，但我的眼睛还不能对上镜片的中心，可知她的眼睛紧挨鼻子。镜片凹陷，度数极深。这样总眯起眼睛看东西的人，久而久之就会导致前额、眼睑及肩膀发生变化。"

我说："是的，我能理解你的推论。可我怎么也不明白你怎么知道她两次去过同一家眼镜店。"福尔摩斯把眼镜摘下拿在手中。

他说："你们看，眼镜的夹子衬着软木，保护鼻子不被压痛。这里，一块软木显得很旧，可是另一块是新的。显然这是新近换上去的。而这块旧的软木，我认为装上不过几个月。两块软木一模一样，所以我推测她两次去过同一家眼镜店。"

归来记

霍普金羡慕地说："天啊！太妙了，所有的证据全捏在我的手中，但对此我却束手无策。现在我得考虑去伦敦各家眼镜店看看。"

"当然，你是应该去的。你还有什么要告诉我的吗？"

"没有了，我知道的并不比你多，我们盘查过所有在那条大路上或是火车站出现的陌生人，但一无所获。令人伤脑筋的是这件谋杀案的目的，谁也说不清到底是为了什么。"

"啊！那我可是无能为力了。你是不是要求我们明天去看看呢？"

"福尔摩斯先生，要是你能去的话，那太好了。早晨六点钟有从查林十字街开到凯瑟姆的火车，八九点钟就可以到达约克斯雷旧居。"

"那我们就乘这趟火车，这个案件的某些方面的确令人感兴趣，我愿意研究一下。快一点了，我们最好睡几个小时。你在壁炉前面的沙发上睡，不会感到不舒服的。明早我还来得及用酒精灯为你煮一杯咖啡。"

第二天早晨，风已经停了。我们动身上路时，天气依然十分寒冷，冬天里的阳光枯燥地照在泰晤士河及其两岸的沼泽地上。经过一段令人厌倦的路程，我们在离凯瑟姆几英里远的车站下了火车。在等候马车时，急忙吃了早饭，所以一到约克斯雷旧居，我们便马上着手工作，在花园的大门口有一位警察在等候我们。

"威尔逊，有什么消息吗？"

"先生，没有。"

"有没有人报告发现了陌生人？"

"没有。昨天火车站无生人进出。"

"你问过旅店和其他一些可以住宿的地方了吗？"

"问过了，先生。一个和谋杀相关的人也找不到。"

"这里离凯瑟姆很近，有人待在凯瑟姆或是去上火车是不会不被注意的。福尔摩斯先生，这就是那条小道。我肯定昨天小道上没有足迹。"

"草地上的足迹是在小道的哪一边呢？"

"先生，这一边。在小道的花坛之间的很窄的边缘上。我昨天看得很真切，今天就没了。"福尔摩斯弯腰看着草地，说："是的，有人经过这儿。这位妇女走路很轻，否则，她会在小道上留下痕迹的；如果在

小道的另一边走，就会在湿软的地上印上更清楚的脚印。"

"是的，先生，显然，她非常冷静，思虑周密。"福尔摩斯全神贯注地思索着。

"你说她一定是从这条路走出去的？"

"是的，先生，没有别的路。"

"从这一段草地上吗？"

"我敢肯定，福尔摩斯先生。"

"哼，她干得真不错，谋杀进行得真是小心。小道已经到头儿了吗？我们再往前走。花园的小门总是开着的吧，唔，那么这位客人一定是从这儿走进屋的。那时她还没想杀人，如果要杀人的话，她一定会备好凶器，到时就不用现抓写字台上的小刀了。她走过过道没在椰毛垫子上留下痕迹，接着她走进了书房。她在书房呆了多久，我们无法判断。"

"先生，几分钟而已。我忘记告诉你了，女管家马可太太说她在出事一刻钟以前还在书房里打扫卫生。"

"这说明了一个时限问题。客人进入书房想干什么呢？她走近写字台，而抽屉里没什么重要的东西，否则一定会上锁。她注意的是小柜，咦！小柜上像有什么东西划过，这痕迹是怎么回事？华生，划根火柴。霍普金，这划痕你为什么没对我讲呢？"

福尔摩斯检查了这道大约有四英寸长的划痕，它是从钥匙孔右边的铜片上开始的，小柜表面上的漆被划掉了。"福尔摩斯先生，我看见了，但是钥匙孔周围总是有划痕的。"

"这个划痕是新的，十分新。你看，铜片上划过的地方有多亮啊！旧的划痕颜色和铜片表面颜色是一样的。你用我的放大镜观察一下这里的油漆，这条痕迹两边的油漆像犁沟两旁翻起的土一样。马可太太在吗？"一位年龄较大的妇女愁容满面地走进屋里。

"你昨天上午擦过这个柜子吗？"

"是的，先生。"

"你看到这条痕迹了吗？"

"没有，先生。"

归来记

"你肯定没有，否则抹布会把油漆的粉屑擦掉的。谁保管这个柜子的钥匙？"

"教授。"

"是一把普通的钥匙吗？"

"是一把车布牌的钥匙。"

"好，马可太太，你可以走了。现在总算有些眉目了，这位夫人进到房里，来到柜前，或者没法打开，或者已经打开了它。正当此时，威洛比·史密斯来到屋里。她匆忙抽出钥匙，不小心在柜门上划了一道痕迹。威洛比抓住了她，她顺手抓起那把刀子，向他刺去，以伺机逃脱。这一下使威洛比受到致命一击，他倒在地上。她逃跑了，或许带着她要拿的东西，或许没带着。女仆苏珊在这儿吗？苏珊，你听见喊叫的声音以后，她能从那扇门逃掉吗？"

"不能，先生，那是完全不可能的。如果有人在过道里活动，我不用下楼就可以看见。这扇门根本没开过，否则的话，我会听见声音的。"

"这边的出口没问题了。那么这位夫人一定是沿着来路逃出去的。还剩下一个过道是通往教授的卧室的。那这里没有出口吧？"

"没有，先生。"

"走，我们去看看教授。喂，霍普金，请注意，通向教授卧室的过道也铺着椰毛垫子。"

"这和案子有关系吗？"

"你看不出来吗？我并不是说一定有关系，但值得考虑，我和你过去，你把我介绍给教授。"

这个过道和通向花园的那个过道一样长。我们走过过道，看见它的尽头是一段楼梯，而楼梯的尽头是一扇门。霍普金敲门之后，我们就随他进入了教授的卧室。房间很大，到处是书，书架上下到处都是书，屋子中央是一张单人床。这栋房子的主人正靠着枕头躺在床上。他转过脸，用一双犀利的深蓝色眼睛盯着我们。他面容清瘦，脸上长着一个鹰钩鼻子，须发皆白，眉毛成簇，向下低垂，乱蓬蓬的白胡子中一支烟闪闪发亮。这真是一个长相奇特的人。满屋子充斥着难闻的烟味。他向福

尔摩斯伸出了沾满尼古丁的黄手。

他说话很慢，用词十分小心。"福尔摩斯先生，您抽烟吗？请您抽一支吧。这位先生，您也抽一支吧，请您尝尝这烟，因为这是亚历山大港的埃俄尼弟斯为我特制的。每两周我必须让他寄来一次，每次一千支。我知道这不太好，可以说很不好，但是一个老人只有这一样东西可供娱乐。我的身边只有烟草和工作。"

福尔摩斯点燃一支烟卷，开始满屋子东张西望。老人感叹地说："烟卷和工作！可是现在只有烟卷了。唉！这件事情的发生真是不幸，连我也无心工作了！这真是祸从天降啊！多么难得的一个好青年啊！我敢保证，再经过几个月的实践，他一定会成为一个好助手。福尔摩斯先生，对这事你有什么看法呢？"

"我还没有想好。"

"要是您能把这件案子搞清，我将会十分感谢。这种打击对于我这种残疾人和书呆子不啻于当头一棒，我连思考的能力都没有了。幸运的是精明能干的您来了，您的天赋和对职业的敏感度使您在任何情况下都能够泰然处之，有您的帮助我感到十分荣幸。"

福尔摩斯在屋子里走来走去，但老教授还在不停地唠叨着。我注意到福尔摩斯烟吸得很快。看来，他也像这屋子的主人一样，很喜欢这种新寄来的亚历山大烟卷。老人说："是的，先生，这对我简直是一次致命的打击。小桌子上的那一摞稿件是我的著作。我对天主教派的理论基础做了深入的研究，并且分析了在叙利亚和埃及的科普特寺院中发现的文献。因此，这部著作是很有价值的。但是，我身体日见衰弱，此刻又失去了臂膀，我不知道是否能够继续完成它。呀！福尔摩斯先生，你吸烟比我还快！"

福尔摩斯笑了。他从烟盒中又取出一支，这已经是第四支了。他用剩下的烟头点着，然后说道："我是一个鉴赏家。我不想长时间地问你许多问题，给你找许多麻烦。考瑞姆教授，事发时你在床上，所以一无所知，我只有一个问题，可怜的威洛比最后说：'教授，是她'，你认为他指什么？"教授摇了摇头说："苏珊是个农村女孩子。你不该相信

归来记

这种人愚蠢的说法。我想这个青年人只是咕哝了一些不连贯的呓语，而苏珊错把它当成他没有说完的话。"

"那么，你怎样看待这件事呢？"

"可能是个偶然事件，也可能是自杀，我只是在内部人中这样说。青年人有他们自己的痛苦与烦恼，比如爱情，这些我们无从查考。相比之下，谋杀的可能性更小一点。"

"可是还有那副眼镜呢？"

"我只是个做学问的人，并不善于观察日常事务，但是朋友，爱情的晴雨表可是阴晴不定的啊。请务必再吸一支烟，我很高兴您能这样喜欢。当一个人要告别人世的时候，可以把一把扇子、一双手套、一副眼镜或者别的任何东西抓在手里当做纪念品。这位先生谈到草地上的脚印，这是很容易出错的推论。至于刀子，很可能是这个青年摔倒的时候丢出去的。我说的不一定正确，但总而言之，我认为威洛比是自杀。"

福尔摩斯听了这些话似乎暗自吃了一惊，不过他继续踱来踱去，专心思索，一支又一支地吸着烟。过了一会儿，他说："考瑞姆教授，您能告诉我写字台的小柜里装着什么吗？"

"是一些不会令贼发生兴趣的东西，家里人的证件，我不幸的妻子的来信，我在一些大学的学位证书，这是钥匙。你自己可以去看看。"

福尔摩斯接过钥匙，看了看，又把它还给教授。他说："我用不着钥匙。我倒更愿意悄悄地到你的花园里，静静地想一想。你认为他是自杀，这也许不无道理。考瑞姆教授，很抱歉我们突然来打扰你。午饭以前我们不再来打搅你了。我们两点再来，向你报告有关情况。"

说来也怪，福尔摩斯看来有些漫不经心。我们在花园的小道上，长时间地来回走着。我后来问："你有线索了吗？"他说："这完全取决于我所吸的这些烟卷。也有我错了的可能性，不过，烟卷会告诉我的。"

我惊讶地说："亲爱的福尔摩斯，你怎么——"

"你将来会明白的，但这并不重要。当然，我们还可以再去找眼镜店这个线索。可是如果这个线索不对头，我就找到了解决问题的捷径。啊！玛可太太来了！我们和她好好谈五分钟，这可能对破案会有启发。"

顺便说一下，如果福尔摩斯喜欢的话，他是极其能讨好女人的，并且极容易取得她们的信任。没过五分钟，他们就像多年的老朋友一样，非常投机地攀谈起来。

"是的，福尔摩斯先生，正如你所料，他一定是有什么不顺心的事，不断地吸烟，有的时候简直是废寝忘食地吸烟。有一天早晨我到他那儿去，屋子里满是烟气，就像伦敦的雾那样浓。可怜的史密斯先生也吸烟，但是不如教授吸得那样凶。从教授的健康角度看，哼，我不知道吸烟是有好处还是有害处。"

福尔摩斯说："啊，但是吸烟影响食欲。"

"先生，这我可不知道。"

"我想，教授吃东西一定很少。"

"说不准，他的食量时大时小。"

"我敢打赌，今天早晨他一定没有吃早饭。我发现他抽了这么多支烟，或许午饭也不能吃了。"

"先生，这次你可输了，事情恰恰相反，他今天早晨吃得很多。我从来没有看见他吃过这么多，而且午饭又要了一大盘肉排。这真叫我吃惊。我可是自从昨天早上看见史密斯先生躺在地板上后，就一点食欲也没有。是的，世界上的人有多种多样，教授可没因为这件事吃不下饭。"

我们在花园里呆了一个上午。斯坦莱·霍普金到村子里去调查一些传言，听说有几个孩子在前天一大早的凯瑟姆大路上，看见一个奇怪的女人。福尔摩斯听到这个消息之后，心都不知飞到哪儿去了，我还是头一遭看见他这样无精打采地办案。甚至连霍普金带回来的消息也没能使他兴奋起来。霍普金说："有的孩子确实看见过一个妇女，长得跟福尔摩斯推测的一模一样。她带着一副眼镜，也许是夹鼻眼镜。"吃饭的时候，苏珊一边服侍我们，一边主动地提供了一些情况。她的话倒引起了福尔摩斯的关注。苏珊说："昨天清晨史密斯先生曾出去散过步，刚回来不到半小时，便发生了这件惨案。"我实在猜不出散步跟案子有什么关系，但福尔摩斯却把这又当成了一条线索。他突然站起身来，看了一下表，说："两点了，先生们，我们该上楼去了，和我们这位教授把事情说开。"

归来记

　　这位老人刚刚吃过午饭，桌上的空盘子说明他吃得很多，女管家说得不错。他调过头来，目光闪烁地望着我们，浑身上下充满了神秘感。他已经穿好衣服，坐在火旁的一个扶手椅上，嘴上仍然叼着烟。

　　"福尔摩斯先生，已经破解了这桩奇案了吧？"他把桌子上靠近自己的一大铁盒烟卷推向福尔摩斯一边。福尔摩斯伸手去接，不料他们两个却打翻了烟盒，烟卷撒了一地。弄得我们整整一两分钟蹲在地上去拾烟卷。当我们站起来的时候，我看到福尔摩斯目光炯炯，双颊泛红，这种瞬间即逝的临战的表情，我只在最危急的情况下看到过一次。

　　他说："是的，真相大白了。"霍普金和我面面相觑。老教授憔悴的面孔不停地颤动着，同时露出讥讽的嘲笑。

　　"真的！在花园里？"

　　"不，就在这里。"

　　"这里！什么时候？"

　　"就是现在。"

　　"福尔摩斯先生，您一定开玩笑吧，我不得不提醒你，这是一件非常严肃的事，一定不要这样随便。"

　　"考瑞姆教授，我的结论的每个论点，都是经过调查核实的，所以我敢肯定它是对的。谈到你的动机何在，以及在此案中你究竟充当何种角色，我还不敢肯定，但也许几分钟后你会亲口告诉我。为了你方便，我首先把此事叙述一下，这样一来你就会知道我想问什么。

　　"昨天有一位妇女走进你的书房，她来的目的是要拿走你写字台柜子里的文件。她身上带着一把钥匙，但这把钥匙不是你的，因为我已检查过那把钥匙。要是钥匙造成了划痕，会有轻微的褪色，但你的没有。我根据证据得知，你对她的目的一无所知，所以，你不是从犯。"教授吐出一口浓烟，说："这倒很有趣，而且对我颇有启发。那么这位女士的情况，你已经搞清楚了不少，你一定也能说出她以后的行动喽？"

　　"不错，先生，我是要说的。开始她被您的秘书抓住，为了逃脱，她抓起小刀向他扎去。不过，我倾向于把这个案件看成是不幸的偶然事件，因为我不认为这位女士真的想刺死秘书；如果是预谋杀人，她必定

自己带着武器。结果,她的所作所为使自己非常害怕,她惊慌失措地逃走,没想到在与秘书厮打时失掉了眼镜。她很近视,不戴眼镜什么也看不清。她沿着自以为是来路的过道逃逸,巧合的是两边过道全用椰子毛织的垫子铺着。当她知道错了的时候已经为时太晚,她没有退路了。怎么办呢?她无路可退,又不能站在那儿不动,她只好继续向前走。她上了楼梯,推开房门,就进了你的卧室。"

老教授坐在那儿,目瞪口呆地看着福尔摩斯,脸上的表情极度惊恐,他故作镇静地耸耸肩,勉强干笑了几声。他说:"福尔摩斯先生,你的推论很高明,但是有一个小漏洞。我一整天都在这儿,一刻也没离开过。"

"考瑞姆教授,我知道这一点。"

"那就是说我躺在床上,居然没看见有人进来?"

"我并没有这样说,你发现了有人来。你和她讲话,你认识她,并且帮她脱身。"教授又大笑起来。他猛地立起身大声喊道:"你发疯了!满口胡言乱语!我帮助她逃脱?她现在在哪儿?"福尔摩斯指着屋角的一个高高的书柜,冷静地说:"她在那里。"听了这话,老人在瞬间呆若木鸡。他举起颤抖的双手,但整个身体却不听话地瘫倒在椅子里。这时,屋角上的书柜门自动打开了,一位妇女冲了出来,站在屋子中间。她用别扭的异国语调说:"说得对!说得对!我是在这儿。"她满身灰尘,衣服上还挂着从墙上蹭来的蜘蛛网。她长得并不漂亮,她的体型和脸形跟福尔摩斯所推测的相吻合,此外,她还长着一个坚毅的下巴。她的视力本来就很差,又加上刚从暗处到明处,为了要看清我们,她只好眨着眼睛。她虽然不算漂亮,但态度从容,举止大方,气质端庄,而且还有一股由内而外的英气,顿时令所有人心生敬慕。斯坦莱·霍普金走上前抓住她的手臂,想给她戴上手铐。她神色庄严地把霍普金轻轻推开。全身颤抖的老教授仰靠在扶手椅上,目光阴郁地看着她。

她说:"先生,我知道了,我被捕了,在柜子里我能听到一切,我知道你们已经弄清了真相。我愿意说清所有的事实,那个青年是被我杀死的,你说得对,那是意外事件。我说的绝对真实。"

福尔摩斯说:"夫人,我相信你说的事实,我看你身体不太好。"

归来记

她的脸色很难看,加上一道道的尘土简直显得可怕。她坐到床边上,继续说:"我活不了多长时间了,但我仍然要把真相告诉你们。我是这个人的妻子。他不是英国人,他是个俄国人,我不想说出他的名字。"

这个老人显出十分激动的样子,他喊道:"安娜,上帝保佑你,上帝保佑你!"她极其轻视地看了老人一眼,说:"塞尔吉斯,为什么你一定要在这种痛苦中生活呢?你毁掉了许多人,可是是否在上帝召唤你之前,便结束你的生命,这要由你自己决定。但我一定要说,否则的话我就再没有机会了。

"先生们,我说过我是这个人的妻子。我们结婚时,他已经五十岁,而我只是一个二十岁的涉世不深的姑娘。我在俄国的一个城市上大学,我不想说出这个地名。"

老人又咕哝地说:"安娜,上帝保佑你。""你知道,我们是革新家、革命者,我们人数众多。后来遇到困难,由于一个警长被害,我们有许多人被捕了。但他为了赏金,为了保命,出卖了他的妻子和伙伴。由于他的出卖,我们全都被捕了,有的被处死,有的被流放。我也被送到西伯利亚,好在不是终生流放。而我的丈夫带着那笔出卖同志得来的钱到了英国,享受生活。他心里明白,如果我们的团体知道了他在哪儿,不出一个星期他就会没命。"

老人哆哆嗦嗦地伸出手又拿起一支烟卷。他说:"安娜,你怎样惩罚我都行,我知道你对我一向都很好。"

她说:"我还没有把他的最大罪恶告诉你们。在我们的组织里,有位同志是我现在的朋友,他高尚、无私、乐于助人,这些都是我丈夫所没有的优点。他反对用暴力解决问题,如果说使用暴力是犯罪的话,我们全都犯过罪,只有他没有。他总是写信劝诫我们不要使用暴力。这些信件本可以使他免受刑罚。我在日记中也记下了我们的感情及我们几个同志的看法,也可作为证明。可是我丈夫发现了这些信件和我的日记,就把这些证物都藏起来了,同时还极力挑唆警察说这位年轻人应判死刑。虽然他没有达到目的,但是阿列克谢被当做罪犯送到西伯利亚,在一个盐矿做工。你这个坏蛋,你拍拍胸膛想一想,那样的优秀的人被当

成罪犯,被当成奴隶,而你这卑鄙的家伙,性命就在我的掌握之中,可我还是救了你。"

老人一面吐着烟,一面说:"安娜,你是一个高尚的女人。"她慢慢站了起来,但马上发出一声痛苦的叫声,只得又坐了下去。

她说:"我还没有讲完,刑满释放后,我就开始多方查找这些信件和日记,如果把这些证据交给俄国政府,我的朋友就会重获自由。我知道我的丈夫来到了英国。经过几个月的调查,我终于弄清了他的住址。我知道日记还在他手里,因为当我还在西伯利亚时,他有一次给我写信,信中责备我时引用的是我日记中的话。我清楚他的为人,他心胸狭窄,肯定不会将日记还给我。我必须想办法亲自弄到手。于是,我请了一位私人侦探,他到我丈夫家来做秘书——也就是你的第二个秘书,塞尔吉斯。他刚到这里不长时间就离开了,他发现文件全锁在小柜中,便取了钥匙样。他不愿帮我太多,便把这栋房子的平面图交给了我,并且告诉我,秘书是在楼上住,上午书房里没有人。所以最后我鼓足勇气,亲自来取这些东西,东西虽然到手,可是代价是多么大啊!

"我拿到日记和信件,正要锁上柜子,这时一个青年抓住了我。那天清晨我在路上遇见过他,我向他问考瑞姆教授的住处,但不知他是考瑞姆身边的人。"

福尔摩斯说:"然后,他回来以后告诉了考瑞姆这件事,说他曾经遇到了什么样的一个妇女。威洛比在断气之前想要说明:就是他和教授说过的那个女人杀了他。"

这位妇女面部抽搐,似乎十分痛苦的样子,并用命令的口吻说:"你让我讲完。这个年轻人被我刺倒后,我急忙跑了出来,没想到却错走到我丈夫的房间,他说要告发我。我告诉他:要是他那样做,我不会放过他,他如果把我交给警察,我就把他的事告诉我们的人。我这样做并不是为了自己个人的安危,而是想达到我的目的。他知道我说到做到,我被捕了,他也逃不掉。因此他才答应帮我,让我躲进那个黑暗的角落。这件事除了他没人知道。他让人把饭送到屋里,好分给我吃。我们计划,一旦警察离开房子,我就乘机走掉,并且再也不会回来。但是

归来记

你到底识破了我们的计划。这是我生前最后的话。"她从胸前拿出一个小包,对福尔摩斯说:"这个小包裹可以救阿列克谢。先生,我相信你的正义,我将包裹委托给你,请你将它交给俄国大使馆。我已尽了我的责任,并且……"

福尔摩斯忽然喊道:"拦住她!"他一下子跳到屋子的另一边,从她手中夺下一只小药瓶。她一边往床上跌下去,一边说:"太晚了!太晚了!我出来……的时候,便吃了药,我头晕……我要死了!先生,我请你……不要忘记……那个小……包裹。"

我们回城的路上,福尔摩斯说:"案情虽然简单明了,但仍然很费思量,中心还是夹鼻眼镜。虽然那个青年在临死前幸运地抓到眼镜,但当时我还不敢肯定仅凭这副眼镜就能破案。眼镜度数很深,它的主人离开它,可能什么也看不清了。霍普金先生,当你让我相信她确实走过一小块草地,而不是故意作假时,你还记得我当时说过什么吧,我说这种奇特的做法应该注意。但实际上我心里想说的是,这不可能,除非她有第二副眼镜。因此,我想到了另一个可能——她没离开,还在这栋房子里。我一看见两个过道完全相似,就想到她很可能走错路,很可能就在教授的卧室里。我密切地注意一切细节,以便用来证明这个假设,我十分仔细地察看了这间卧室里有没有什么可以藏身的地方。地毯是固定在地板上的,看来地板下不可能有活门了。但是书柜是空的,书都堆在了地板上。所以书柜就是一扇门,这也是许多老式房屋常有的结构。此外,我暂时没发现别的证据,但是地毯是暗褐色的,所以我抽了很多支那种好烟,把烟灰洒在可疑的书柜前。这是一个简单有效的方法。然后我便下楼去了,并且,我已经弄清楚——华生,当时你也在场,而你却不明白我那番话的用意——考瑞姆教授饭量大增,好像还有一个人跟他一起吃饭。然后,我们又上楼去了,我弄翻烟卷盒,以便清楚地看看地毯。从她留在烟灰上的痕迹可以看出,在我们离开那里之后,她从躲藏的地方出来过。霍普金,我们已经到了查林十字街,我祝贺你圆满地完成了任务。你一定是去警察总部吧?我和华生要到俄国使馆去,再见,我的朋友。"

失踪的中卫

我们在贝克街常常收到一些内容离奇古怪的电报，我们常常是不屑一顾的。可是，七八年前的二月一个阴沉沉的早晨我们收到的那封电报，却给我很深的印象，并且使得歇洛克·福尔摩斯先生足足疑惑了十五分钟。电报是打给他的，内容如下：

请等候我。万分不幸。右中卫失踪。明日需要。

欧沃顿

福尔摩斯看了又看，说："是河滨的邮戳，时间是十点三十六分。显而易见欧沃顿先生拍电报时心情很激动，所以电报才语无伦次。我断定等我读完《泰晤士报》，他一定会赶到这里，那时我们就能知道一切了。"那段时间我们工作比较清闲，因此，即使无关紧要的问题，也会引起我们的兴趣。从经验得知，庸庸碌碌的生活是会使人委靡的，如果没有什么事让我朋友那过分活跃的大脑思考，后果是危险的。经过我的努力，他停用兴奋剂已经有好几年了，因为这种药物曾经一度妨碍他从事他那有意义的事业。现在，一般情况下福尔摩斯不需要再服用这种人造的兴奋剂了。但我十分清楚，这种病症在他体内并未消除，只是潜伏在体内，一旦情况不妙，随时有可能会复发。在那种情况下，我看到过福尔摩斯两眼深陷，郁郁寡欢，看上去令人觉得高深莫测。所以，无论他是谁，如能带来谜团我就要感激他，因为过于平静的生活会使我的朋友感到痛苦。不出所料，发报人紧随电报亲自登门了。他的名片上印着：剑桥，三一学院，西瑞利·欧沃顿。一位身材魁梧的年轻人走了进来，他重约二百二十磅，宽宽的身子险些堵在门口进不来，他英俊的脸上毫无血色，一双无精打采的眼睛不停地打量着我们。

归来记

"哪位是歇洛克·福尔摩斯先生?"我的朋友点了点头。

"福尔摩斯先生,我去过苏格兰场,见到了霍普金侦探。他说,在他看来,我这个案件由您解决更适当一些,建议我到您这儿来。"

"请坐,讲明您的问题吧。"

"福尔摩斯先生,这事儿糟透了!我的头发都快急白了。高夫利·斯道顿——您听说过这个名字吧?他是我们球队的核心,我相信中卫线上只有他一个人就行了,他的传球、运球、争球全属一流,他是统帅,能带动全队。可我现在怎么办呢?福尔摩斯先生,我没有办法啦。虽然有前卫莫尔豪可以替补,但他不会判断情况,只会踢定位球,还喜欢离开边线跑去争球,可又不善于拼抢,肯定会被牛津的两员干将莫尔顿和约翰逊盯死的。斯蒂文逊速度虽然很快,但他不能在二十五码远的地方踢落地球。既不会踢落地球,也不会踢空中球的中卫是没有资格上场的。福尔摩斯先生,您一定要帮我们把高夫利·斯道顿给找回来,要不然,我就输定了。"

我的朋友聚精会神、津津有味地听着。这位客人说得十分急切,为使自己的每句话都让人充分理解,他粗大的手不时地拍打着自己的膝盖。客人的话音刚落,福尔摩斯便取出标有"S"字母的那一卷资料。从这一卷内容丰富的资料中他一无所获。

他说:"有阿瑟·H·斯道顿,一个暴富的年轻的纸币制造者。有亨利·斯道顿,我帮助警察把这个人送上绞刑架。但是高夫利·斯道顿这个名字我却从未听说过。"我们的客人仿佛很吃惊。

他说:"福尔摩斯先生,我以为您无事不晓。如果您没有听说过高夫利·斯道顿,您一定也不知道西瑞利·欧沃顿了。"

福尔摩斯微笑着摇了摇头。这位运动员说:"大侦探先生,在英格兰和威尔士的比赛中,我们球队是英格兰的第一队。我是大学生队的领队,不过,你不知道也无所谓!我想在英国每个人都知道高夫利·斯道顿。他是最好的中卫,剑桥队、布莱克希斯队和国家队都请他打中卫,国家队甚至请了他五次。福尔摩斯先生,您不是刚从国外回来吧?"福尔摩斯对这位天真的巨人笑了笑。

"欧沃顿先生,我们生活的圈子不同。你在一个更健康、更愉快的范围里,我和社会上的三教九流均有接触,但唯独和体育界没有交往,在英国最有意义、最益于健康的事业就是业余体育运动。看来我的工作已经涉及到最讲究规则的户外运动方面,这从你的光临就可看出。那么,请你坐下来,慢慢地、安静地、清楚地告诉我们出了什么事,以及你要我怎样帮助你。"

欧沃顿的脸上露出了不耐烦的样子,那种样子正像惯于使用体力而不善于用脑的人常有的那样。他开始给我们零打碎敲地讲述这件怪事,而他叙述中许多重复和模糊不清的地方,我便把它们删去了。

"福尔摩斯先生,事情是这样的,我说过,我作为剑桥大学橄榄球队的领队,深知最好的队员是高夫利·斯道顿。明天我们队和牛津大学有一场比赛。昨天我们来到这里,住在班特莱旅馆。晚上十点,我去看了看,所有的队员全休息了。因为我相信严格的训练和充足的睡眠可以使队员们保持最佳竞技状态。只有斯道顿脸色苍白,神情不安,我问他出了什么事,他告诉我说只是有些头痛。我向他道过晚安就离开了。半小时后,旅馆服务员来找我说有一个满脸胡子衣着寒酸的人带着一封信来找高夫利。高夫利已经就寝,所以服务员就进屋去给他送信了,哪知他一读完信,就像被人用斧子砍了似的一下倒在椅子上。服务员吓得赶紧要去找我,但被高夫利叫住了,他喝了点热水又打起精神,下了楼和上来找他的人说了几句话,然后他们俩就一起走了。服务员最后看到他们两个沿着大街向河滩的方向跑去了。今早他没回来,东西也没动,我想他是跟着那个人走了,一定不会回来了。他是个出色的运动员,热爱运动,这回肯定是出了什么事,要不然的话他肯定会参加比赛的,肯定会听我的话。我看他永远不会回来了,我们不会再见到他了。"

福尔摩斯兴致很浓地听着。他问:"你采取什么措施了吗?"

"我打电报给剑桥,问他们是否知道他的消息。回答是没有人看见过他。"

"有车到剑桥去吗?"

"是的,有一趟晚车——十一点一刻开。"

归来记

"但你认为他没有乘这趟火车?"

"是的,没有人看见过他。"

"后来呢?"

"我又打电报给蒙特·詹姆斯爵士。"

"为什么给他打呢?"

"高夫利是个孤儿,蒙特·詹姆斯是他最近的亲属——大概是他的叔父。"

"这或许能给我们提供一些线索。蒙特·詹姆斯爵士是英国的首富。"

"我听高夫利这样说过。"

"您是说高夫利是他的近亲?"

"是的,高夫利是继承人,老爵士年近八十岁了,而且风湿病很重,人们都传言他可能快要死了。但他从来不给高夫利一个先令,他是个地道的守财奴,可是他的财产最终都要归到高夫利名下。"

"蒙特·詹姆斯爵士那儿有什么消息吗?"

"没有。"

"要是高夫利去蒙特·詹姆斯爵士那儿,他有什么原因呢?"

"头天晚上发生了一件使高夫利心神不安的事,如果和钱有关,那可能是爵士要把遗产给他。爵士的钱很多,当然据我所知,高夫利得到这笔钱的可能性很小,高夫利不喜欢这个老人。他那儿高夫利是能不去就不去的。"

"那么,我们现在可以这样认为,要是你的朋友高夫利是到他的亲属蒙特·詹姆斯爵士那儿去,你就能说明那个衣着寒酸的人为什么深夜来访,为什么他的到来使高夫利烦恼不安。"

西瑞利·欧沃顿迷惑地说:"我解释不了。"

福尔摩斯说:"好吧!今天天气不错,这件事我愿意去侦查一下。我主张无论这个青年出了什么事,你还是要准备参加比赛。正如你所言,他忽然离开,必定有紧急事,并且这件事使他至今脱不开身。我们一起步行去旅馆,看看服务员是否能够提供新的情况。"

歇洛克·福尔摩斯的委婉语气使我们的当事人心情迅速平静下来。

没多久，我们到了旅馆，来到斯道顿住过的房间。在这里福尔摩斯打听到了服务员所知道的一切。头一天晚上的客人既非一位绅士也非一个仆人，而是一个像服务员所说的"穿得很寒酸的家伙"，他年纪大约五十上下，胡子稀疏，脸色苍白。他看上去很激动，拿着信的手在不停地哆嗦。服务员看到高夫利·斯道顿把那封信塞到口袋里。斯道顿在大厅里没有和这个人握手。匆忙间，他们只说了几句话，服务员听到"时间"两个字。随后他们就急忙跑了出去。那时大厅的挂钟正好指向十点半。

福尔摩斯坐在斯道顿的床上，说："我想你值白班，对吗？"

"是的，先生，我十一点下班。"

"值夜班的服务员看见过什么吗？"

"没有，先生，除了晚些回来的看戏的人再没有别人了。"

"你昨天一整天都在值班吗？"

"是的，先生。"

"有没有斯道顿先生的邮件？"

"有一封电报，先生。"

"啊！这很重要。什么时候来的？"

"大约六点钟。"

"斯道顿在哪儿收到的电报？"

"就在这儿。"

"他是当着你的面打开电报的吗？"

"是的，当时我就在这里等着他是否回电。"

"那么，他要回电吗？"

"是的，先生，他写了回电。"

"是你去拍的回电吗？"

"他自己去的。"

"但是，他写回电时你在场吗？"

"是的，先生。我站在门边，他转过身去，在桌子上写了回电。他写完后对我说：'好了，服务员。我自己去拍。'"

"他用什么笔写的？"

归来记

"铅笔,先生。"

"是不是用了这张桌子上的电报纸?"

"是的,就是原来最上面的那一张。"福尔摩斯站了起来,拿起上面那张电报纸走进窗前,认真查看上面的痕迹。他说:"十分遗憾,他不是用铅笔写的。"然后他丢下这张电报纸,失望地耸了一下肩,接着说,"华生,你一定也会料到,第二张纸上有痕迹——曾经有人钻这个空子毁坏了无数美满的婚姻。可是在这张纸上我什么也看不见。啊,有了!我看出他是用粗尖的鹅毛笔写的,这样一来我们一定会在吸墨纸上找到一些痕迹。哈,你们瞧,一点儿也不差!"

他撕下一条吸墨纸,并把上面的字迹展示给我们。西瑞利十分激动地说:"用放大镜看!"福尔摩斯说:"不用,纸十分薄,从反面可以看出写的什么。"他把吸墨纸翻过来,我们读到:

看在上帝的份上支持我们!

"这就是高夫利·斯道顿当时所拍的电报的最后一句。至少电报上有六个字我们无法找到了,电报证明他看到事态严重,请求另一个人保护他。请注意'我们'!有第三者参与了。除去那个面色苍白、表情紧张的大胡子以外,还能是谁呢?那么,高夫利和这个大胡子又是什么关系呢?为了解决燃眉之急,他们二人要去找谁帮忙呢?我们的调查应当围绕这些问题进行。"

我建议说:"我们只要弄清他把电报拍给谁就行了。"

"亲爱的华生,是要这样办。这个办法是能够解决问题的,我也这样想过,可是你要知道,邮局的工作人员不会让我们看别人的电报底稿的。办这种事需要很烦琐的手续,但是,我们可以想个巧法子。欧沃顿先生,趁着你在现场,我要看看那些留在桌上的文件。"桌子上有一些信件、账单和笔记本等,福尔摩斯快速地翻阅着。过了一会儿,他说:"这些东西不能提供线索。你的朋友斯道顿不仅身体健康,而且头脑清醒,做事很有条理。"

"他体格十分健壮。"

"他生过病吗?"

"一天也没有病过。不过他的胫骨被踢伤过,还有膝盖由于滑倒而摔伤过,可这都不能算是病。"

"也许他不像你想得那样健壮。我想他可能有难言的疾病。如果你允许,我想把这桌子上的一两份材料带走,以备将来调查时用。"这时我们忽然听见有人着急地喊:"等一下,等一下!"我们抬起头来,看见一个古怪的小老头在门口颤巍巍地站着,他穿着已经泛白的黑色衣服,戴着宽边礼帽,系着白色宽领带——看上去就像个土气的殡仪馆的工人。尽管他衣衫褴褛,样子滑稽,但他说话的声音却又急又脆,使我们感到吃惊。他问:"先生,你是谁?你有什么权利动这些东西?"

"我是个私人侦探,我在调查他失踪的原因。"

"你是侦探?谁请的你?"

"这位先生,斯道顿的朋友,他是苏格兰场介绍给我的。"

"先生,你是谁呢?"

"我是西瑞利·欧沃顿。"

"那么,是你给我拍来一封电报吗?我是蒙特·詹姆士爵士,是乘倍斯瓦特公共汽车匆忙赶来的。你已经把案件委托给这位侦探来办了吗?"

"是的,先生。"

"你也准备付钱吗?"

"如果我们能够找到我的朋友高夫利,毫无疑问是会付钱的。"

"可是如果找不到他呢?"

"如果这样,他家一定会……"

这个小个子老头儿尖声喊道:"先生,不会有这种事发生,不要想得到我一个子儿——一个子儿我也不给。侦探先生,你明白了吗?我是这个年轻人唯一的亲人。但是,我告诉你,我不负任何责任。就是因为我从来不浪费毫无意义的钱,他才有得到我财产的可能性,但我不想让他现在就继承我的财产。你刚才翻动了这些文件,我可以告诉你,里面

归来记

要是有什么值钱的东西,你可要负全部责任。"歇洛克·福尔摩斯说:"先生,可以按你说的办。同时我要问你,对于这个青年的失踪,你有责任没有?"

"没有,先生。他老大不小了,完全可以照顾自己,他自己不能管住自己,这是他的愚蠢。我不负这种责任。"

福尔摩斯眨了眨眼睛,用嘲讽的口吻说:"我十分明白你的意思,但有可能你并不了解我。人们一直认为高夫利·斯道顿是个穷人。他被劫持,那不会是因为他自己有财产。蒙特·詹姆士爵士,因为你十分富有且名声在外,极其可能是一些强盗为了你的住宅、财宝等等而劫持了你的侄子。"这位令人厌烦的客人面色变白了,恰好和他的白色领带相互映衬。

"天啊,真可恶!世上竟有这样丧尽天良的坏蛋!高夫利是个好孩子——一个顽强的孩子。他决不会出卖他叔叔的。我今天晚上就把我的财物送到银行去。侦探先生,我请求你无论如何一定把他安全地找回来。至于钱吗,五镑、十镑的您尽管开口。"

这位高贵的守财奴,就算他没有这些铜臭味也不会为我们帮上一点儿忙的,因为他对他侄子的生活一无所知。我们支走了蒙特·詹姆士爵士。我们唯一的线索全在那份残存的电报上。于是,福尔摩斯拿起一份草稿,去寻找有关的线索。欧沃顿也去找他的队员商量如何渡过这个难关。

邮电局就在旅馆附近,我们走到邮电局门口,福尔摩斯说:"华生,我们可以试一下。当然,如果有证明,我们就可以查对存根,可是现在弄不到证明。我想邮局很忙,转眼就会忘了我们的长相的。我们冒一冒险吧。"

他对格栅后面的一位年轻妇女神情坦然地说:"麻烦您一下,昨天我在这儿拍的电报好像没在后面写上名字。因为我没有收到回电,请您帮助我查找一下好吗?"

她问:"你是什么时候拍的?"

"六点过一点儿。"

"拍给谁的?"

福尔摩斯把一个手指放到嘴唇上,并且看着我,表示不让我说出。然后,他信心十足地压低声音说:"电报上最后的几个字是'看在上帝的分儿上支持我们'。回电对我来说十分重要。"

这位年轻妇女抽出一张存根。她说:"就是这张。上面的确没有名字。"然后,她把存根平铺在柜台上。福尔摩斯说:"难怪我没有收到回电。哎呀,我太蠢了!早安,女士,否则我真不知道我错在哪儿了。"等我们走到街上的时候,福尔摩斯一面搓着手一面格格地笑了。

我问:"怎么样?"

"进展神速,华生,我计划了七种可以查询那个电报存根的办法,但我没想到如此不费吹灰之力,一试就成功。"

"你得到了什么情况呢?"

他说:"我知道了从哪儿着手。"他叫了一辆马车,去帝国十字街火车站。

"我们去的地方很远吗?"

"是的,我们要去剑桥一趟,好像所有表现出来的迹象都跟剑桥有关。"

当我们的马车驶过格雷饭店大路的时候,我又问道:"你如何看斯道顿的失踪?我们办的所有案子中还未有动机不明的。你并不认为劫持斯道顿的目的在于想得到他的阔叔叔的钱吧?"

"亲爱的华生,我承认,我并不那样认为,当时我突然想到这一点,是因为只有这样才能引起那个令人厌烦的老头子的兴趣。"

"的确只能这样说,不过,实际上你是怎样想的呢?"

"我可以谈两点。我们要看到,事情发生在这场重要比赛的前夕,而且涉及到一个关系全队胜负的队员。当然,这两个因素可能是巧合,不过倒十分有意思。在业余比赛中不准下赌,但在公众中有人在场外打赌,就如同马场的流氓在赛马上下注一样。还有一个理由是显而易见的,这个青年虽然现在没有钱,但他将来的确要继承大笔钱财,扣留他是为了获得赎金,这也是极其可能的事。"

归来记

"这两种说法都不能解释电报的问题。"

"是的,华生,电报仍是我们首要解决的难点,并且我们也不应该将注意力分散,去剑桥正是为了搞明白打这封电报的目的是什么。我们现在还搞不清楚该怎样侦查,不过一定要在天黑以前了解个大概。"

当我们来到古老的大学城的时候,天已经黑了,福尔摩斯在火车站叫了一辆马车,朝着莱斯利·阿姆斯昌大夫家驶去。几分钟后,我们的马车驶进一条繁华的街道,停在了一幢气派非凡的房子前。一个仆人把我们领了进去,我们等了好长时间才被引到诊疗室,这位大夫坐在桌子后面。我以前没听说过莱斯利·阿姆斯昌的名字,这说明我和医学界人士联系得太少了。现在我才知道,他不仅是剑桥大学医学院的负责人之一,而且在整个欧洲都很出名,是个在很多学科都很有造诣的学者。一个人即使不知道他的光辉成就,看到他时也一定会留下很深的印象:方方的胖脸,浓浓的双眉,阴郁的眼睛。倔强的下巴像是用大理石雕刻出来的。在我看来阿姆斯昌大夫是个性格阴沉、头脑清醒、心肠冷酷、善于克制、肯吃苦而且很难对付的人。他手中拿着我朋友的名片,抬起头来看看,脸上没有一丝表情。

"歇洛克·福尔摩斯先生,我听到过你的名字,也了解你的职业——我非常不喜欢这种职业。"

福尔摩斯平和地说:"这样你便在无形中支持了国内的每一个罪犯。"

"您致力于制止犯罪,社会上每个通情达理的人都会协助您的,不过,我深信这是警察的任务。可你的所做所为却常常惹人反感,你刺探个人隐私,并把这些不应曝光的事宣扬出去,有时还会打搅工作比你繁忙得多的人,比方说,现在本应是我写论文的时间。"

"大夫,你的话也许没错,可是事实将会证明我们的谈话比你的论文更重要。我可以顺便告诉你,我所从事的职业与你所反感的完全相反,我们尽力保护个人隐私,流传出来的事情正是警察手中的事情。我就像一支非正规的先锋队,走在正规军的前面。我来是向你了解高夫利·斯道顿先生的情况的。"

"他出事了?"

"你认识他吗?"

"他是我的好朋友。"

"你知道他失踪了吗?"

"真的吗?"大夫肥胖的方脸上没有任何表情的变化。

"自从他昨天夜里离开了旅馆后,就再无任何消息。"

"他一定会回来的。"

"明天将要举行大学橄榄球比赛。"

"我不喜欢这种孩子式的比赛,我只关心斯道顿的一切,我喜欢他,我可不管什么橄榄球比赛的事。"

"我正在调查斯道顿先生的情况,所以前来求助,你知道他的情况吗?"

"我一点都不知道。"

"昨天以来你有没有见过他呢?"

"没有。"

"斯道顿先生身体十分健康吗?"

"特别健康。"

"他生过病吗?"

"从来没有。"

福尔摩斯拿出一张单据摆在大夫眼前,说:"那么,请您解释一下这张十三个畿尼的收据,是斯道顿上月付给剑桥的阿姆斯昌大夫的。这是我从他桌子上的文件中找到的。"大夫气得脸一下子涨红了:"福尔摩斯先生,对此我没必要回答你。"福尔摩斯把收据又夹在他的笔记本里,说:"要是你不愿意私下解释,你就等着当众解释的一天。我已经告诉过你,别的侦探必定会传扬出去这件事,而我可以遮掩下来。如果你是个聪明人,你就应该告诉我一切。"

"我什么也不知道。"

"斯道顿在伦敦给你写过信吗?""没写过。"福尔摩斯不耐烦地叹了一口气说:"唉,邮局的事又来了!昨天晚上六点十五分,斯道顿从

归来记

伦敦给你发来紧急电报,这个电报跟他的失踪密切相关,可你竟没收到,邮局太不像话了,我马上去找他们问个明白!"阿姆斯昌大夫突然从桌子后面站了起来,由于生气,他的黑脸涨得紫红。他说:"先生,劳驾,你请回吧,请转告你的当事人蒙特·詹姆士爵士,我不愿意和他以及他雇用的私人侦探有任何瓜葛。先生,不必再说了。"他愤怒地摇了摇铃。"约翰,送客!"一个肥胖的管家绷着脸把我们送出大门。我们到了街上,福尔摩斯笑了起来。

他说:"阿姆斯昌大夫脾气倔强,我看只有他最适合于解决著名的学者莫阿蒂大夫留下的难题。华生,在案件调查清楚以前我们不能离开这个陌生的小城。阿姆斯昌家对面的那个小旅馆很适合我们住,你去订一间临街的房间,再买一些东西晚上用。我利用这个时间做些调查。"

福尔摩斯晚上九点才回到旅馆,显然这次调查用的时间比他预计的要长得多。他满身尘土、神情沮丧地走了进来,由于饥饿和疲劳,他的脸色显得很苍白。吃过桌子上冰冷的晚餐之后,他点上烟斗,正要像以往出现困难时一样发表他幽默而又富有哲理的见解的时候,行驶的马车声使他站了起来。我们同时向窗外望去,只见在煤气灯的光亮下,一辆四轮马车,由两匹马拉着,停在了大夫的门前。

福尔摩斯说:"马车是六点半出去的,三个小时后回来,那么可以走十到十一里,他每天出去一次,有时是两次。"

"大夫出诊是常事。"

"可是阿姆斯昌并不是一般的出诊大夫。他是个讲师和会诊医生,一般的病症他是不看的,否则会妨碍他的研究。为什么他如此急切地去这么远的地方,他去找谁呢?""他的马车夫……""亲爱的华生,你可能不知道我开始是想找这个马车夫了解情况的。但不知道是由于他的下流无耻还是由于他主人的唆使,他竟然嚣张地冲我放出狗来,哎,不管是人,还是狗,全都不喜欢我。算了,不提了。一句话,事情一点没办成。关系紧张以后,我就无法进行调查了。我从一个面善的本地人那里打听到一些情况,恰好他就在这个旅馆工作。是他告诉了我关于大夫的生活习惯和他每天出去的情况。刚巧那时,马车就到了门前,这证明他说的话是对的。"

"你没有跟着马车去看看吗？""太好了，华生！你和我的想法不谋而合。你一定注意到了，紧挨着我们的旅店有一家自行车铺。我迅速冲进自行车铺，租了一辆车，幸亏马车还未跑多远，我用力骑并追上了马车，始终和它保持着约一百码的距离。我借着马车的灯光，一直跟出了城，在乡村的大路上又骑了很长时间后发生了一件令我十分尴尬的事。马车突然停住，大夫下了车，回身走到我停住的地方，并且用讥讽的口吻对我说，他怕道路太窄，会妨碍我的自行车通过。他的话十分巧妙，我不得不超过马车，在路上继续骑了几英里，然后停在一个方便的地方，观察一下马车的情况。这时马车已踪迹全无，显然已经拐到我刚才看见的岔路上去了。我往回骑一路寻找，仍没发现马车。现在你看，马车是在我回来之后才到的。当然，我并没有什么特殊的理由把高夫利的失踪和阿姆斯昌的外出联系起来，调查阿姆斯昌，只是为了注意与他相关的事，但现在他很谨慎地防备别人的跟踪，就说明他的外出肯定有值得怀疑的事，一天查不清这事，我一天就不会心安。"

"我们可以明天继续跟踪他。"

"我们两人去？事情并不像你想的那么简单。你熟悉剑桥郡的地理情况吗？这里无处藏身。我今天晚上走过的乡村全都很平坦，很整洁，而且阿姆斯昌绝不是一个傻子，他今天晚上表现得就很出色。我给欧沃顿拍了电报，要他往这里回电，告诉我们伦敦有没有新情况。同时，我们要盯紧阿姆斯昌，我是从邮局的存根上知道这个人的。我敢发誓，他一定知道斯道顿在哪里。明知他是决定成败的关键人物，我们还弄不明白的话，那可就是我们自己的不是了。华生，你是了解的，我一贯有始有终。"

到了第二天，我们仍然无法解开这个谜，一切都没有变化。早饭后有人送来一封信，福尔摩斯看过以后，微微一笑，把信递给了我。

先生：

你现在明白了，想跟踪我没那么容易，别再浪费时间了。

归来记

你昨天晚上已经发现,我的四轮马车后面有个小窗户,假如你情愿再来回散步二十里路,那随你便。顺便说一句,你这种做法对于高夫利·斯道顿先生不会有什么好处。如果你想帮助他,最好还是回到伦敦去,告诉你的当事人,你找不到他。你在这里是在浪费你的时间。

莱斯利·阿姆斯昌

福尔摩斯说:"这位大夫是个坦诚的毫无顾忌的对手。他反而引起了我的兴趣,我一定要搞清楚再走。"

我说:"他的马车就停在门前,他正准备上车,我发现他又打量了一下我们的窗户,让我骑车去看看能否侦查一下,你认为如何?""你不要去,亲爱的华生。你虽然聪明机智,恐怕也不是这个大夫的对手。我想我单独出击也许能有收获。你可以在城内随便走走。在如此偏僻的乡村里出现两个形迹可疑的生人,可能会出现对我们不利的场面。这个闻名的城市有一些名胜古迹,你可以去游览游览。我希望傍晚能够给你带回来好消息。"

然而我的朋友又一次失败了。他在深夜精疲力竭地回到旅馆。

"华生,今天又毫无收获,在已经知道他大致的方向后,我在那一地区等他,并和当地客栈老板和卖报人聊了许久。我去了不少地方,契斯特顿、希斯顿、瓦特比契和欧金顿我都去了,可是非常失望,在如此偏僻的地方每天出现两匹马拉的四轮马车,是不会被忽略掉的,这一回合大夫又赢了,有电报吗?""有,我没有看明白。电报是这样写的:"'向三一学院的吉瑞姆·狄克逊要庞倍。'"

"电报是我们的朋友欧沃顿拍来的,他解答了我提出的问题。我只需写信给狄克逊先生,事情一定会有转机,顺便问一下比赛的情况。"

"本地的晚报对今天的比赛报道得十分详细:有一场牛津赢了一分,有两场打平。报道的最后一段是:

这次蓝队的失利,完全是因为世界第一流的运动员、国际

比赛的参加者斯道顿未能出场,使前卫线出现了失误,削弱了全队的实力,同时攻守也十分不利。"

福尔摩斯说:"欧沃顿的预言实现了。就我个人来说,我和阿姆斯昌的想法一样,橄榄球与我无关。华生,我们今天要早睡,我敢断定,明天还有很多事等着我们做呢。"

第二天早晨我看到福尔摩斯坐在火炉旁,手里拿着皮下注射的针管,我大吃一惊。我非常担心他虚弱的体质受不了兴奋剂的冲击。他看着我惊呆在那里,禁不住笑了,把针管放到了桌子上。

"亲爱的朋友,请别担心。有一些时候使用兴奋剂不能算做吸毒,反倒能帮我破案。这一针兴奋剂能让我看到破案的希望。我刚刚出去侦查了一番,一切如愿,华生,好好吃顿早饭,我们今天要追踪阿姆斯昌大夫。我一定要追到他的老窝,中间是不能吃饭休息的。"我和福尔摩斯下了楼,来到马厩,他打开马房门,放出一条猎狗。这条狗又矮又肥,双耳耷拉着,毛色黄白夹杂,说不准是猎兔犬还是猎狐犬。

他说:"请你和庞倍互相认识一下。庞倍是当地最著名的追踪猎犬,它跑得非常快,而且意志顽强。庞倍,慢一点,我怕你把我们落下,所以只好委屈你一下给你的脖子套上皮带。好,庞倍,走吧,今天就看你的了。"

福尔摩斯把狗领到对面大夫家门前。狗到处嗅了一会儿,然后尖叫一声向大街跑去,我们拉着皮带全速前进。半小时后我们已经出了城,在乡村的大路上飞跑。我问:"福尔摩斯,你计划如何做?"

"这是个老办法,但有时很管用。我今天清早到了大夫的庭院里,在马车后轮上喷了一针管的茴香子油,一头猎犬闻到茴香子气味会一直追到天涯海角,要想摆脱掉庞倍可不是件容易的事!这大夫真狡猾!前晚他居然把车驾到乡村后面甩开了我的追踪。"狗从大路突然转到一条野草丛生的小路上,跑了半英里远后又来到另一条宽阔的路,从这条路向北转是我们的出发点,右转则通向城里,向城南绵延而去。

福尔摩斯说:"原来有这个迂回!难怪向村子里的人打听不出来什

归来记

么。大夫的这个把戏耍得很好,可是我要了解他精心设计骗局的目的何在。我们的右面一定是川平顿村了。呀!马车就要拐过来了!华生,快,快,不然我们就要被发现了!"

福尔摩斯拉着不听话的庞倍跳进一座篱笆门,我也随之跳了进去。我们刚刚躲到篱笆下面,马车便咕隆咕隆地驶过去了。我看见阿姆斯昌大夫在车里面,他两手托着头,两肩向前拱着,十分沮丧,从福尔摩斯严肃的脸上可以得知他也发现了。他说:"我怕会出现不幸的结局。我们很快便会弄明白,庞倍,来!到田野里的那间茅屋去!"

显而易见,我们的旅程已经到了目的地。庞倍在茅屋的门外,跑来跑去,而且用力吠叫,在这儿可以看见马车车轮的痕迹。有一条小道通向这座孤零零的农舍。福尔摩斯把狗拴在篱笆上,我们来到屋门前。他敲了敲简陋的屋门,长时间没人答话。但屋里有人,因为低沉的声音从里面传出来,好像有人因伤痛而悲泣,使人感觉十分悲伤。福尔摩斯犹豫了一下,然后回头看看刚才穿过的大路。一辆四轮马车正在大路上行驶着,还有一对灰色马,正是大夫的马车。

福尔摩斯喊道:"大夫又回来了。这回问题可以解决了,我们一定要在他到来之前,弄明白是怎么回事。"他推开了门,我们走进门廊。来自楼上的呜咽声大了一些。福尔摩斯急忙走上去,我紧随其后。他推开一扇半掩的门,我们眼前出现了一幅令人吃惊的景象。床上躺着一个年轻美丽的妇女,她的面容宁静而苍白,一双无神的蓝眼睛透过乱蓬蓬的金发朝天望着,显然她已经死了。一个青年男子在床上半坐半跪,他的脸埋在床单里,浑身哆嗦地哭着。由于完全沉浸在悲痛之中,直到福尔摩斯拍拍他的肩膀,他才抬头看到了我们。

"你是高夫利·斯道顿先生吗?""是的,是我,你来迟了,她已经死了。"这个青年悲痛得心神恍惚,把我们当成了来看病的大夫。福尔摩斯正要说几句安慰的话,并且告知我们的身份时,楼梯上传来了脚步声,阿姆斯昌大夫赶到了,沉痛、严峻和质问的神情在他的脸上交织着。他说:"先生,你们的目的终于达到了。居然在这样悲痛的时候来打扰这可怜的人。我不能对死者不敬而大声吵嚷,但如果我年轻一些,

我一定会教训你们一顿的。"

我的朋友十分庄重地说:"阿姆斯昌大夫,请原谅。我们之间可能有什么误会。我想请你下楼,我们开诚布公地谈一谈吧。"这位严厉的大夫随我们来到楼下的起居室。他说:"先生,说吧。""首先,我要告诉你,我没有受蒙特·詹姆士爵士的委托,而且在这件事上我对这位先生很反感。一个人失踪了,我的责任是搞明白他的下落。但是从侦查开始起,事情出乎我的意料,既然犯罪问题不存在,我们愿意平息而不是扩散流言。请相信我会守口如瓶,并且不使新闻界知道。"

阿姆斯昌大夫迅速向前迈了几步,握住福尔摩斯的手。他说:"你是好人,我不该怪罪你。既然你如此坦诚,我可以把一切都告诉你。一年以前斯道顿在伦敦住了一段时间,对房东的女儿产生了强烈的爱情,并且娶了她。她善良、美丽、聪明,谁娶了这样的妻子都会感到幸福。可是高夫利的叔叔是个脾气乖戾的贵族,如果结婚的消息传到他那儿,高夫利一定会失掉继承权。我了解他的许多优点,也十分喜欢他。所以,我尽全力帮他,使他不致失掉继承权,不让这件事泄露,否则会一传十,十传百。由于这所农舍很偏僻,而且斯道顿很谨慎,所以到现在还没有外人知道这件事。他们的秘密只有我和一个忠实的仆人知道。这仆人到川平顿办事去了。他的妻子不幸得了肺病,很严重。可怜的斯道顿愁得要疯了,可是他还得去伦敦参加比赛,因为不去就需要说明理由,这样便会暴露他的秘密。我发电报安慰他,他回电请我尽力帮忙。这就是那封电报——不知怎么那封电报竟被你看见了。对病人的情况我一点儿也没告诉他,因为他对此无能为力。但是我把真实病情告诉了病人的父亲,而她父亲不会办事,去告诉了斯道顿。结果他发疯似的径直离开那里,在他妻子门前跪着,直到今天上午,他妻子的苦痛在死亡之中结束。福尔摩斯先生,这是全部情况,我相信你和你的朋友都是谨慎之人。"福尔摩斯紧握了一下大夫的手。离开那所充满悲伤的房子后,在冬季惨淡的阳光下,我的朋友缓慢地说:"华生,走吧!"

归来记

格兰奇庄园

一八九七年冬末一个有霜的黎明,我正在睡觉,忽然感到有人推我的肩膀,我醒来一看原来是福尔摩斯。他手里拿着蜡烛,带着焦急的神情,俯身告诉我发生了一件紧急的案子。

他喊道:"华生,快!情况万分紧急。先别发问,穿上衣服赶快走!"十分钟后我们已经乘上马车,马车急速驶向查林十字街火车站。天刚蒙蒙亮,在灰白色的晨雾笼罩下的伦敦街道上偶尔可以看到一两个去上班的工人。我和福尔摩斯在这清冷的早晨连早饭也顾不上吃,只顾赶路,两个人裹在厚大衣里,默默无语。

我们在火车站喝了热茶,然后进了包厢坐在座位上。这时候我们才感到了温暖。在开往肯特郡的途中福尔摩斯把情况讲给我听。他从口袋里拿出一封信,大声读道:

肯特,玛尔舍姆,格兰奇庄园
下午三点三十分

亲爱的福尔摩斯先生:

请您立即赶来帮助我破解一桩疑案,这件案子十分奇特,相信正是您所擅长的那一类。现场保持原样,除了一位夫人已被放开。十分火急,因为我们不能将尤斯塔斯爵士单独留下。

您忠实的朋友斯坦莱·霍普金

福尔摩斯说:"霍普金共有七次找我到过现场,每次确实都很需要我的帮助。我想你准已经把这些案子全收录到你的集子里去了。当然我承认你选材恰当,可以弥补你叙述上的缺陷。但是你对待一切案件总是从写故事的角度出发,而不是从科学破案的角度,这样就毁坏了这些典

型案例的示范性。你把破案中的细节和技巧一笔带过，只描写扣人心弦的情节，这样只能使读者兴趣一时，而不能使他们受到真正的教育。"

我有些不悦地说："你为什么不自己写呢？""亲爱的华生，我会写的。你知道我现在很忙，但在我有生之年一定要写一本书，把所有关于侦破的艺术写出来。我们现在要侦查的像是一件谋杀案。""这么说你认为尤斯塔斯爵士已经死了？""我想是这样的。霍普金的信表明他内心十分激动，但他并不是情绪波动很大的人。我想一定是有人被害，等我们去验尸。如果是自杀，他不会找我们的。信中说夫人已经被放开，似乎惨案发生时，她被囚禁在自己的房中。华生，这是个上流社会的案子，你看信纸的质地很好，上面有E、B两个字母组成的家徽，事发地点是个景色优美的地方。霍普金不会随便写信，可见我们今天上午准得忙一阵子了。凶杀案是昨天夜里十二点以前发生的。"

"你怎么知道呢？""从火车往来以及办理必要程序花去的时间就可得知。出事后要找当地的警察，警察还要报告苏格兰场，霍普金要去现场，还要发信找我，这至少要花费一整夜。好，齐赛尔贺斯特火车站已经到了，我们这些疑问马上就会得到解决。"

在窄窄的乡间小路上我们匆忙走了两英里，到了一座庭园前面。一个看门的老人走过来，给我们打开了大门，他憔悴的面容证实这里确有不幸发生。庭园十分富丽堂皇，只见两排老榆树夹成的一条林阴路直通不高大但很宽敞的房屋，正面有帕拉第奥式的柱子。被常青藤遮住的房屋中央部分看起来古老而且陈旧，但窗子却很高很大，能够看出这栋房子被改建过了，而且新建了一部分侧房，机智的霍普金神情焦虑地站在门道里迎接我们。

"福尔摩斯先生，华生大夫，真高兴见到你们。因为情况十分急迫，我才会冒昧劳你们大驾，现在夫人已经恢复了神志，并且讲明了事情发生的过程，剩下的事就不多了。你还记得路易珊姆那伙强盗吗？""怎么，就是那三个姓阮达尔的吗？""是的，父亲和两个儿子，肯定是他们。两周前有人报告说他们在西顿汉姆作案，现在又兴风作浪。这帮害人虫，抓住他们之后，一定要把这些流氓绞死！""那么尤斯塔斯爵士

归来记

死了?""是的,一根通条击中了他的脑袋。""车夫在路上告诉我,爵士的姓名是尤斯塔斯·布莱肯斯特尔。""不错,他是肯特郡首富。可怜的夫人现在在盥洗室,经过这可怕的打击,她好像已经死了一半了。你最好见见她,听她给你们讲讲,然后我们再一起去餐厅查看。"

布莱肯斯特尔夫人是个非凡的女人,优雅的风姿,楚楚动人的仪态,配上那如雪的肌肤,飘逸的金发,如海水般蓝色的大眼,真称得上绝代佳人。可现在她形容憔悴,黛眉紧锁。她的一只眼睛红肿,可以看出,她的痛苦不仅在精神上,而且也在肉体上。她的女仆——一个高个子妇女神色严厉,正用稀释的醋不停地为她冲洗眼睛。夫人疲惫地躺在睡椅上,但可以看出:她的智慧和勇气并没有被这桩惨案所动摇。她穿着蓝白相间的宽大的晨服,身旁还放着一件镶有白色金属片的黑色餐服。她疲倦地说:"霍普金先生,所有的事情我已经告诉你了,你可否帮我重复一遍?但要是你认为有必要的话,我可以再复述一次。他们去过餐厅了吗?""我想还是让他们先听您讲吧。""既然如此,我就再复述一次,一想到餐厅里的尸体,我就感到十分恐怖。"她浑身颤抖,抬起手来挡住脸,这时宽大晨服的袖口向下滑动,露出她的前臂。福尔摩斯惊讶地喊道:"夫人,您不止一处受伤!这是怎么一回事?"我看见夫人那洁白的、圆圆的前臂上露出两块红肿的伤痕。她匆忙地用衣服把它盖住,并且说道:"无所谓,和夜里的惨案并无关系。你和你的朋友都请坐,我把一切都告诉你们。

"我是尤斯塔斯·布莱肯斯特尔的妻子。我们结婚已经有一年了,我没有必要掩盖我们婚姻不幸这一事实。即使我想否认,我的邻居们也会告诉你的。对于婚后双方的关系,也许我也应负一部分责任。我从小生活在澳大利亚南部较自由、开放的环境下,这种讲究礼节、拘谨的英国式生活让我无法忍受。不过主要的原因是由另外一件人所共知的事情引起的,那就是:布莱肯斯特尔爵士酗酒无度,与这样的人在一起,即使是一小时,也令人无法忍受。把一个活泼伶俐的妇女整日整夜地拴在他身边,你可以想象这是一种多么残忍的事。要是谁认为这样的婚姻不该解除,那简直就是对婚姻的亵渎,是败坏道德。你们荒谬的法律会给

福尔摩斯探案全集

英国带来一场灾难,上帝是会制止一切不义行为的。"她从睡椅上坐直身子,脸蛋儿涨得通红,从青肿的眼睛里射出怒光。神情严肃的女仆温柔而有力地把夫人按回靠垫,她悲愤的高音慢慢转成痛苦的呜咽。停了一会儿她继续说:"昨天夜里,所有的仆人全像往常一样在新修的侧房里睡熟了。这栋房子正中部分包括起居室、它后面的厨房以及我们楼上的卧室。我的女仆梯瑞莎住在我卧室上面的阁楼。只有我们三人住在这里,声音绝不会传到侧房中吵醒其他外人。强盗们一定打探好了全部内情,因而才那样胆大妄为。

"尤斯塔斯爵士大约十点半休息。那时仆人们都已经回到他们自己的屋子。只有我的女仆还没有睡,她在阁楼上自己的房间里,听候吩咐。我习惯于上楼之前去各个地方查看一下一切是否收拾停当,因为尤斯塔斯太粗心了。我总是先到厨房、食品室、猎枪室、弹子房、客厅,最后到餐厅。我走到餐厅的窗户前,窗户上还挂着厚窗帘,一阵风呼地吹到我的脸上,原来窗子开着。我掀开窗帘,一个壮实的男人就站在我的面前。餐厅是高大的法国式窗户,人可以从草坪钻过窗户进入室内。我手里拿着烛台,借着烛光,我看到这个人身后还有两个人准备进来。我倒退了一步,吓坏了。那人立即扑了进来,一拳狠狠地打在我的眼睛上,我当时就昏了过去。当我苏醒过来时,已经被绑在餐桌一头的橡木椅上了,他们弄断了呼叫佣人的铃绳,我的嘴又被手绢堵住,无法通知别人。这时我可怜的丈夫走了进来,他穿着睡衣,手里拎着他常用的黑刺李木棒,显然他听到了这里的响声。他向强盗们冲了过去,不料那个年纪较大的强盗伏身从炉栅上拿起通条,当爵士走过来的时候,他凶残地向爵士头上打去。爵士呻吟一声便倒下了,再也未动一动。我再次昏厥过去,这段时间差不多有几分钟。我睁开眼睛时看到,他们从餐具柜里把刀叉拿出,还拿了一瓶酒,每个人手中有个玻璃杯。年纪大的强盗有胡须,其他两个都未成年。他们可能是一家人——父亲带着两个儿子。他们在一起耳语了一会儿,然后过来检查是否把我缚紧。后来,他们出去了,并且随手关上了窗户。大约一刻钟,我才将口中的手绢弄出来,并向女仆求救,其他的仆人们也听到了。我们找来警察,警察又立即和

归来记

伦敦联系。先生们,这就是我所经历的,我再也不想重复这可怕经历。"

霍普金问:"福尔摩斯先生,有什么问题吗?"福尔摩斯说:"我不想再打扰布莱肯斯特尔夫人,让她好好休息一下吧。"然后他对女仆说:"在我去餐厅以前,希望你讲讲你看到的情况。"女仆说:"这三个人还没有进屋之前,我就已经看见他们了。当时我正坐在我卧室的窗户旁,在月光下我看到大门那儿有三个人,但是那时我没有把这当回事。一个多小时后,我听见女主人的叫声,才下楼去看,这个可怜的人正……正像她讲述的那样,爵士倒在地板上,他的血和脑浆溅了满屋子。我想一定是所发生的事使她昏厥过去了,她被绑着,许多血点溅在衣服上。要不是这位澳大利亚阿得雷德港的玛丽·弗莱泽女士,也就是这位格兰奇庄园的布莱肯斯特尔夫人性格坚强,那么她生活下去的勇气就一定会失掉了。先生们,你们打扰她的时间已经太长了,现在她该回屋好好休息一下了。"

这个削瘦的女仆如母亲一样温柔地把她的手搭在女主人肩上,把她领走了。

霍普金说:"她俩一直在一起。这位夫人是她从小照料大的,十八个月前夫人离开澳大利亚,她也随同来到了英国。她的名字叫梯瑞莎·瑞特,像她这么好的女仆现在没处找了。福尔摩斯先生,请从这边走。"

福尔摩斯原本兴致勃勃的表情一下子消失得无影无踪。我看这肯定是因为案情过于简单而失去了对他的吸引力。看来事情只剩下逮捕罪犯了,而逮捕一般罪犯又何必麻烦他呢?此刻我的朋友露出失望的神情,好比一个学问高深的医学专家被请去给生了小病的人看病一样。然而这里的餐厅样式奇特,倒能够引起福尔摩斯的注意力。这间餐厅又高又大,天花板是橡木的,刻满了花纹,四周的墙壁上满是鹿头和古代兵器的壁画,墙壁下端嵌有橡木板。门的对面是刚才谈过的高大的法国式窗户,它的右边有三扇小窗户,冬季的斜阳从这里射进来。左面是又大又深的壁炉,上面的壁炉架又大又厚。壁炉旁边放着一把带扶手和横木的沉重的橡木椅子。一根紫红色的绳子从椅子的两边穿过接到下面的横木上。夫人曾被绑在这里,现在绳子被解开了,但上面仍然留着一个结,

这是后话,因为眼下我们的目光都盯在了壁炉前虎皮地毯上的尸体上面。一眼看上去,死者大约四十岁,身材高大魁梧。他仰面朝天,白色的牙齿从黑色的短须中龇了出来。他两手握拳放在头前,手上横放着一根短粗的黑刺李木棍。他面色黝黑,鹰钩鼻,正常时还算英俊的脸现在却扭曲恐怖。身着华贵的绣花睡衣,赤着脚,显然听到声音时他已经上了床。屋子里溅满了血迹,他的头受到了致命的打击,那根因猛烈撞击已经弯了的粗通条就扔在尸体旁边。福尔摩斯检查了通条和尸首。

然后他说道:"这个年纪大的阮达尔,一定是个非常有力气的人。"

霍普金说:"正是这样。我这儿有一些关于他的材料,他为人粗暴。"

"如果要抓他不会有什么麻烦的。"

"一点也不困难。我们一直在追查他的去向,以前有人说他去了美国。既然他们还在英国为非作歹,我确信他们一定逃不了。这件事每个港口都已经知道了,傍晚以前我们要悬赏缉拿他们。但让我感到惊奇的是,既然他们自知外貌特征会被夫人描述出来,为什么还要做出愚蠢的事呢?"

"人们会认为,为了灭口,这伙强盗准会把布莱肯斯特尔夫人弄死。"

我提醒他说:"他们或许没有料到夫人昏过去后不久就又苏醒了。"

"那倒很有可能。可能他们认为她完全失去知觉,就没有要她的命。霍普金,关于这个爵士有什么情况吗?我好像听到过有关他的一些怪事。"

"不喝酒时他心地善良,但一喝点儿酒他就成了一个地地道道的恶魔。我说他喝一点儿酒,因为他烂醉如泥的时候倒不多。他一喝酒就像着了魔,为所欲为。尽管他有钱有势,不过据我所知,他很少参加社交活动。我听说他曾把夫人的狗浸在煤油里用火烧,这件事费了很大劲儿才平息下来。还有一次他把水瓶向女仆梯瑞莎·瑞特扔去,这也凭空引出一场风波。总而言之,我们两人私下说,只要他在,这个家就没个好。你在看什么?"福尔摩斯跪在地上,认真观察缚过夫人的那根红绳子上的结,然后认真地检查强盗拉断了的那一头绳子。

归来记

他说:"向下一拉绳子,厨房的铃声应该是很响的。""没人听得到,厨房在这栋房子的后面。""强盗怎么知道这个情况呢?他怎么敢不计后果地拉这根铃绳呢?""福尔摩斯先生,你问得好,我也曾仔细想过这个问题,看来强盗对这里的生活习惯了如指掌,他也许和某个仆人内外勾结,才敢下手的。可是八个仆人都品行端正,没有疑点。"

福尔摩斯说:"如果所有的仆人都无可挑剔,那就只剩下被主人掷过水瓶的女仆了,但这样一来,就怀疑到她的女主人头上了。夫人所讲的情况需要证实,我们可以通过现场的实物来证实。"他走到窗前,打开那扇法国式的窗户,看了一看说:"窗户下的地面很硬,不会留下脚印。壁炉架上的蜡烛是点过的。""对,他们是借着这些蜡烛和夫人的蜡烛光亮离开的。""他们拿走了什么东西?""很少,只从餐具柜里拿走了六个盘子。布莱肯斯特尔夫人认为出了人命后强盗们急于逃走,所以来不及抢劫,不然的话,他们一定会把这栋房子偷光的。""这样解释很有道理。据说他们喝了点儿酒。""酒壮'英雄胆'嘛。""正是。餐具柜上的三个玻璃杯没被动过吧?""没有动,照原样放着呢。""我们看看。喂,这是什么?"三个杯子并排在一起,每个杯子都装过酒,其中一个杯子里还有葡萄酒的渣滓。酒瓶就在杯子旁边,里面还有大半瓶酒,旁边放着一个又脏又长的软木塞。瓶塞的式样和瓶上的尘土说明杀人犯喝的不是一般的酒。福尔摩斯冷漠的态度有所转变,他炯炯有神的双眼迸射出智慧和兴奋的光芒。他拿起软木塞十分认真地观察。他问:"他们如何拔出这瓶塞的?"霍普金指了指半开的抽屉。那里放着几条餐巾和一把大的拔塞钻。

"布莱肯特尔夫人说没说过拔塞钻的事?""没说,想必是这伙强盗开酒瓶的时候,她已经失去了知觉。""事实上他们根本没用拔塞钻,可能用的是小刀上带的螺旋,它的长度不超过一英寸半。仔细观察软木塞的上部可以看出,螺旋插了三次才拔出软木塞。事实上如果用拔塞钻一下子就可以,等这个人被抓住的时候,你会搞清他身上有把多功能小刀。""分析得太妙了!"霍普金说。"可是我不清楚这些玻璃杯意味着什么。布莱肯斯特尔夫人确实看见这三个人喝酒了,是不是?""是的,

这一点她记得很清楚。""那么，这一点就说到这儿。可是，霍普金，你看，这三个玻璃杯很特别。怎么？你看不出有什么特别的地方？那好，不管它了。如果一个人有点专业知识就不屑于做表面文章，而去做更复杂的研究。当然，玻璃杯的事也可能是偶然的。好，霍普金，再见吧！我看我对你不能再帮什么忙了，在你看来，似乎案子已经非常清晰，如果有什么新情况，请通知我。我相信你不久就会顺利地结束这个案子。华生，走吧，我想我们到家可以好好地做点事。"回家的路上，我看到福尔摩斯脸上带着困惑不解的神情。他时而疑窦丛生，双眉紧锁，目光茫然，时而尽力驱散迷惑，畅谈不羁。可以看出，他的思想还是未离开格兰奇庄园富丽堂皇的餐厅。

正当我们的火车从一个郊区小站缓缓地开动的时候，他却猛地跳到站台上，并且顺手把我也拽了下去，火车转过弯就消失了。他说："好朋友，请原谅，让你受惊了，因为我又有了一个新的想法。华生，不管怎么样，这个案子我要管到底，这是我的性格。事情颠倒了，全颠倒了，我敢说是颠倒了。可是夫人说得滴水不漏，女仆又从旁证实，就连细节也完全正确。哪些东西使我产生了怀疑呢？三个酒杯，就是那三个酒杯。当时我把这些事情都当做理所当然的了，如果再让我去检查一下，我一定会发现更多的物证。华生，坐在这个凳子上等着开往齐塞尔贺斯特的火车吧。现在我给你讲讲我心中的疑点，但你一定要忘记女仆和她的主人所编造的故事，可别让这位可爱的夫人干扰你的判断力。

"假如我们静下心来想一想，夫人讲的话里有些细节是有漏洞的。那些强盗们两周以前曾在西顿汉姆闹得鸡犬不宁。报纸已经把他们的所作所为和长相都登出来了，所以谁想要编造一个有强盗的事，当然就会想到他们。按照常理，强盗们既然已经发了大财，那么他们往往会躲到安全的地方享受一番，而不会轻易再去冒险。另外，强盗们一般不会那么早地去打劫，更不会去打伤一个女人来阻止她的叫喊，因为越打她她就叫得越响。此外，强盗人数众多，足以制服一个人，他们没必要杀人啊！而且他们贪得无厌，能拿的东西，都会拿走，不会只拿一点。最后一点，强盗们喝酒一般都是喝得精光，不会剩下大半瓶。华生，你怎么

归来记

看待这些奇怪的事呢?""许多事放在一处,就具有了相当的意义,但就每件事来讲又都能说得通,我最不能理解的就是强盗们竟会把夫人绑在椅子上。""这一点我还没完全想明白。华生,显然他们应该灭口,或者把她弄到看不见他们行踪的地方。但是,不管怎么说,这位夫人所讲的话并非真相。此外,还有酒杯的问题。""酒杯又怎么样呢?""酒杯的情况你搞清了吗?""我搞得很清楚。""说是有三个人用杯子喝酒。你觉得这可能吗?""为什么不可能? 三个杯子全沾了酒。""是的,但是只有一个杯子里有渣滓。你发现这一点没有? 你是怎么认为的呢?""倒酒时最后一杯很可能是有渣滓的。"

"不,酒瓶是盛满酒的,所以不能想象前两杯很清,第三杯很浊。只有两种解释。一种是:倒完第二只杯子,用力摇晃了酒瓶,所以第三杯看上去很浑浊,但这种可能似乎不存在。对,肯定是不可能的。""那么你是怎么看的呢?""只有两个杯子被用了,它们的渣滓都在第三只杯里,所以造成了似乎有三个人在那儿喝酒的假象。这样,所有的渣滓不是都在第三个杯子里了吗? 对,我想一定是这样的。如果我的推断正确的话,夫人和女仆在跟我们撒谎,她们说的话一个字也不能相信。这样,这个案件立刻变成一件很不寻常的案子。她们掩护罪犯一定有重大目的,因此我们不该相信她们,要靠自己想方法搞清当时的情况。这也就是我现在的想法。华生,去西顿汉姆的火车来了。"

我们的返回使格兰奇庄园的人感到十分惊讶。斯坦莱·霍普金已去总部汇报,所以福尔摩斯走进餐厅,把自己锁在里面,仔细地检查了两个小时。结果为他由逻辑推理所得出的结论提供了可靠的依据。他坐在一个角落里认真检查着,似乎一个学生正在全神贯注地看着教授做的示范。我也跟着他进行细致入微的检查。窗户、窗帘、地毯、椅子、绳子挨个检查,深入思索,尸体已被抬走,其余的一切仍是我们早上见到的那样。最使我想不到的是,福尔摩斯竟然爬到坚固的壁炉架上。那根断了的仅剩下几英寸的红色绳头仍然连在一根铁丝上,就高悬在他头顶上方。他仰着头看了好一会儿,为了离绳头更近,他单腿跪在墙上的一个木托座上。距离只剩几英寸远了,可他注意的好像又不是绳子而是木托座了。然后他高兴地跳了下来。他说:"华生,行了,案子解决了,这个案件是我们探案集里最特别的一个。啊,我反应太慢了,差点儿失误!现在除了几个细节,整件案子都已经连贯起来了。""你知道谁是罪犯?""华生老兄,凶手只有一个,但极难对付,他健壮得像头狮子——一下能把通条折弯。他身高六英尺三英寸,灵活得像只松鼠。他的手很灵巧,心眼也灵活,因为这一切都是他精心安排的,我们遇到的是这个特殊人物的精心杰作。可是在铃绳上却使他露出了马脚,这可不是他的本意。"

"怎么回事呢?""华生,如果你想把铃绳拉下来,绳子必定在和铁丝相接的地方断掉。但为什么这根绳子断在离铁丝三英寸的地方呢?""因为那儿磨损了?""对。我们能够检查的这一头是磨损了的。这是这个狡猾的家伙故意用刀子磨损的,但另外一头没有任何磨损的痕迹,而是切得非常整齐,这得从壁炉架上观察。你可以想出原来是怎么一回事。这个人需要一根绳子,可是怕把铃弄响,他怎么办呢?他跳上壁炉架,还是够不到,于是又把一条腿跪在托座上——托座上的尘土有痕迹——用小刀切断绳子。我和那个地方至少差三英寸,可见他比我高出三英寸。你看橡木椅子座上的痕迹!那是什么?""血。""的确是血,这一点说明夫人的谎言不击自破。强盗行凶的时候,她如果坐在椅子上,那么血迹又是从哪儿来的呢?一定是她丈夫死后她才坐到椅子上的。我敢保证,那件黑色衣服也有同样的痕迹。华生,我们并未失败,而是取得了胜利,这件事是以失败开始,以胜利结束。我要和保姆梯瑞莎谈几句话。为了获得我们所需要的情况,谈话时一定要小心翼翼。"

严厉的澳大利亚保姆梯瑞莎很引人注目,她生性多疑,沉默寡言而且无礼。福尔摩斯对她态度友好,静静地听她讲述,逐渐得到了她的信任。她对已死去的主人显然十分痛恨。"是的,先生。他对我扔过水瓶。有一次他骂女主人时,我对他说如果女主人的兄弟在这儿的话,他就一定不敢骂了,因此他抓起水瓶向我扔过来。要不是我的女主人阻拦他,说不定他要接连扔上十几次。他对女主人十分不好,但爱面子的女主人却不愿与他吵闹,并且夫人不愿吐露她所受到的虐待。今天早上夫人手

归来记

臂上的伤痕你也看到了,这些夫人从来不肯和我说,但我知道那是用别针刺的。这个可恶的魔鬼!虽然他已死了,我还是忍不住要这样说他,愿上帝饶恕我。十八个月前我们初次见他的时候,他显得十分善良温存。可现在回想起来,却像过了十八年一般。那时女主人第一次出外旅行来到伦敦,在这之前她还从未离开过家。爵士的金钱、地位、贵族气派赢得了女主人的芳心,女主人选择错了,她为此付出了代价。到伦敦后的第二个月,我们就与他相遇了。我们六月到的,七月遇到他。他们是去年正月结的婚。啊,她又下楼到起居室来了,她准会见你的,但是你不要问得太多,这一切已经让她够受的了。"

女仆和我们一起走进起居室。布莱肯斯特尔夫人仍然靠在那张睡椅上,精神恢复了一些。女仆又开始给女主人热敷青肿的眼睛。夫人说:"我希望你不是又来折磨我的。"福尔摩斯很温和地说:"不是的。布莱肯斯特尔夫人,我不会使你苦恼的。我只想让你饱受痛苦折磨后获得安宁。如果您能把我当成一位朋友,事实将会证明我不会辜负你的信任。""你要我做什么呢?""说实话。""福尔摩斯先生!""布莱肯斯特尔夫人,别再掩饰了,你也许听过我小小的名声。我用我的名誉担保,你刚才所言全是假话。"布莱肯斯特尔夫人和女仆一起紧盯着福尔摩斯,夫人脸色煞白,目光惊恐。梯瑞莎喊道:"你真是无耻!你是不是说我的女主人撒谎了?"福尔摩斯从椅子上站了起来。"你不想和我说什么吗?""我全说了。""布莱肯斯特尔夫人,再想一想,坦率是最好的解脱。"一时间,夫人美丽的脸庞上露出了犹豫不决的神色,继而又坚定起来,最后,她重新陷入麻木的状态。她目光呆滞地说:"我说了所知道的一切。"福尔摩斯拿起他的帽子,耸了耸肩说:"对不起。"我们没再说什么就走出这间屋,离开了这座房子,我的朋友向庭院中的水池走去。水池已经完全冻住了,但是为了养活一只天鹅,冰面上打了一个洞。福尔摩斯仔细看了一下水池,便走到大门口。他在门房里匆忙地给霍普金写了一封短笺,交给了看门人。他说:"事情成功与否无法肯定,但是为了说明我们第二次来不是白费事,我们必须帮霍普金做点事情。现在我还不能告诉他我们要做什么。我看现在我们应该到阿得雷德——

南安普敦航线的海运公司的办公室去,这个公司或许是在波尔莫尔街的尽头。另外还有一条航线从英国通往南澳大利亚,不过,我们还是先去这家较大的公司。"

见到福尔摩斯的名片以后,公司经理马上会见了我们,从他那里福尔摩斯很快得到了他所需要的情况。一八九五年六月只有一条航船到了英国港口。这条"直布罗陀磐石"号是这家公司最好、最大的船只,查询旅客名单,发现阿得雷德的弗莱泽女士和女仆的名字也在上面。现在这只船正要开往南澳大利亚,在苏伊士运河以南的某个地方。它与一八九五年比较基本没有变化,只有一个变化——大副杰克·克洛克已被任命为新造的"巴斯磐石"号船的船长,过两天这只船要从南安普敦开航。船长在西顿汉姆,过一会儿他大概会来公司,要是我们愿意,可以见到他。

福尔摩斯并不想见他,但是想了解他过去的表现和品行。经理认为他的工作表现是完美无瑕的,船上的官员没人能比得上他。至于为人方面,他也是可靠的。只不过上岸后他粗鲁冒失,性格暴躁,情绪波动较大,然而他诚实、古道热肠。福尔摩斯了解到主要的情况后,我们就离开了阿得雷德——南安普敦海运公司,乘马车来到苏格兰场。但是他没有下车,在马车里皱着眉头沉思。过了一会儿,他叫马车夫驾车到查林十字街的电报局,拍了一份电报,然后我们就回到贝克街。

进屋后,他说:"华生,不,我不能这样做。传票一发出他就没救了。曾经有一两次,我深悟到,我抓到罪犯而造成的坏处比犯罪本身还要严重。我现在已经懂得了慎重,法律和良心相比,我更愿意欺骗法律。我们应该多多地了解情况,再采取行动。"傍晚时分,霍普金来了,他又遇到了麻烦。"福尔摩斯先生,我看你真是个魔术师,你身上简直有魔力。要不然你如何得知丢失了的银器在水池底下呢?""我并非先知。""但是你让我检查水池。""银器在那儿?""没错。""我很高兴帮助了你。""可是,这反倒令我更麻烦了。偷了银器又丢到附近的水池里,这是哪门子强盗呢?""这当然不合常理。我只是想:如果一个人不需要银器,但为了制造骗局去偷了来,那他一定会顺手把银器扔掉。""你怎么会这样想呢?""这只是一个想法。强盗们从窗户那里出来

归来记

以后，看到眼前有个水池，冰面上还有一个洞，这不是最好的窝赃地点吗？"斯坦莱·霍普金高声说："啊，藏东西的最好的地方！是的，是的，我全都明白了！那时天色还不算晚，街上有人，为了防止让人看到他们拿着银器，就把银器藏进了水里，等以后安全的时候再回来拿走。福尔摩斯先生，这么解释比你的制造骗局的说法还要恰当。""是的，你的解释很好。我的想法的确有些荒唐，但是，这些银器他们肯定再也找不到了。""是的，先生，是的。但是这些都是你的功劳。可是，我却受到了很大挫折。""挫折？""是的，福尔摩斯先生。今天上午阮达尔在纽约被捕。""哎呀，霍普金！但这和你说他们昨天夜里在肯特郡杀人的说法不符了。"

"正是这样，完全不一致，不过，除了阮达尔们，还有别的三个一伙的强盗，或许是警察还未听说过的新强盗。""是的，这完全可能。你要怎么做呢？""福尔摩斯先生，如果不将案子搞清，我是不会安心的，你有什么建议给我吗？""我已经告诉你了。""是什么呢？""我认为那是个骗局。""为什么是个骗局，为什么，福尔摩斯先生？""当然，这的确存在着问题，我无非向你提出这个观点罢了。你或许认为这种观点有点道理。你不留下来吃饭吗？那好，再见吧，请告诉我们你的进展情况。"吃完饭后，桌子收拾好了，福尔摩斯又提起这个案子，他点燃了烟斗，穿上了拖鞋并将脚伸到燃得很旺的壁炉前，忽然他看了一眼表。"华生，我想事情会有新变化。""什么时候？""就在几分钟内，我想你心里一定认为我刚才对霍普金态度生硬。""我确信你的判断。"

"华生，你答得太棒了。你应该这样看，我知道的情况是属于非官方的，他知道的是属于官方的。我有权利保留个人看法，可是他没有。他为了忠于职守必须把知道的情况全说出去。我不想在一个尚无定论的案子里给他造成伤害，因此我对这些情况有所保留，一切等我打定主意后再说。""什么时候你才能想好呢？""时候已经到了，这场戏已到尾声了。"

楼梯上刚响起脚步声，我们的屋门就被打开了，一个十分英俊的青年男子走了进来。他高个子，金黄胡须，深蓝色的眼睛，肤色因被热带阳光晒过而显得十分健康，步伐灵活矫健，这足以说明他不但身体强壮

而且行动敏捷。他随手关好门,就站在那里,两手握成拳,胸部上下起伏,他在努力克制着自己。

"请坐,克洛克船长。你收到我的电报了吧?"我们的客人坐到一把扶手椅上,用探询的目光望着我们。"我收到了你的电报,并且按照你的要求准时来了。我听说你去过办公室,我无路可走了。先说说最坏的事吧,究竟想怎么处置我,要逮捕我吗?请你快讲,别坐在那儿和我玩猫捉老鼠的游戏!"福尔摩斯说:"给他一支雪茄。克洛克船长,抽支烟,稍安勿躁。如果我当你是罪犯,我就不会在这儿和你一起抽烟了,请相信我,把一切都讲出来吧,我们可以想些办法。如果你要耍花样,那后果自负。""你想要我做什么呢?""对我坦白昨天晚上格兰奇庄园的事,我提醒你,要丝毫不差地说出来。我已经了解了不少了,如果你有半点遮掩,我就到窗口吹警哨,那时我就再也帮不上你了。"这位水手想了一会儿,然后用黝黑的手拍了一下腿。

他喊道:"看我的运气吧!我相信你说话算数,是个守信的人。我告诉你事情的经过,但事先声明,即使涉及到我自己,我也不后悔、不害怕,任何时候我都以再做一次那种事而自豪。那个该死的家伙,他有几条命,我就弄死他几次!但是,涉及夫人,玛丽——玛丽·弗莱泽,我不愿用这个称呼,为了她迷人的一笑,我不惜付出我的所有。我一想到我使她陷入困境,我就心神不宁。可是,可是除这样外我无计可施。先生们,我告诉你们我的事情,然后请你们设身处地想一想,我还能怎么做呢?

"我要从头开始。你似乎全知道了,所以我猜想你知道我们是在'直布罗陀磐石'号上相遇的,她是旅客,我是大副。自从见她第一眼她就成为我生命中的唯一。在航行中,我一天一天地越来越爱她,我曾多次在值夜班的时候在黑暗中跪在甲板上,俯吻着甲板,只是因为我知道她从那儿走过。她和我没有特别的交往。她待我与待别的妇女没有什么两样,我一点怨言也没有,这爱情不过是我的单相思,对她而言我们只是朋友。我们分别的时候她仍是无所牵挂,而我却已魂不守舍了。

"我第二次航海回来以后,听说她已经结了婚。当然她可以和她所

归来记

爱的人结婚。爵位、金钱,她是有权享受的。一切美好的东西是她生来就应该享受的。对于她结婚这件事我并不悲伤,我不是个自私的人。我反而替她高兴,她交了好运,避开了一个穷水手。我就是这样爱玛丽·弗莱泽的。

"我没想到会再遇到她。上次航行以后我提升为船长,而新船还没下海,所以我要和我的水手们在西顿汉姆等两个月。有一天在乡村小路上我与她的老女仆梯瑞莎·瑞特相遇。梯瑞莎详细地告诉了我有关她的一切遭遇。先生们,我告诉你们,我真快被气疯了。那个连舔她鞋跟都不配的酒鬼竟然动手打她。我又一次遇见梯瑞莎,后来我见到了玛丽本人,后来又见了第二次,但她决计不再见我。直到有一天我被通知要在一周内出海,于是我决定出发以前见她一次。梯瑞莎总是暗中帮我的忙,因为她爱玛丽,她像我一样痛恨那个恶棍。梯瑞莎告诉了我他们的生活习惯。玛丽经常在楼下自己的小屋里看书到很晚。昨天晚上我悄悄地去到那里,轻轻敲她的窗户。起初她不肯给我开窗,但是我知道她内心是爱我的,她不会忍心让我在外面挨冻的。她小声告诉我,拐到正面的大窗户那里去,我走过去看见窗子开着,于是就进了餐厅。我又一次亲耳听见她向我诉说不幸的遭遇,我不禁再次痛骂那个衣冠禽兽。先生们,我和她只是站在窗户后面,上帝作证,我们是完全清白的。突然那人像疯狗一样扑了过来,用最恶毒的话骂她,并拿着棍子抡到她脸上。我抓起通条冲了过去,就和他厮打起来。他一下击中了我的手臂,先生们,请看就是这里。之后轮到我动手了,我像砸南瓜一样一下子把他砸了个稀巴烂。你以为我后悔吗?不,不是他死便是我亡,更重要的是,不是他死便是玛丽死,我怎么能把玛丽推入虎口呢?这就是我杀死他的过程。是我的错吗?先生们,如果你们处在我的位置,又该怎么办呢?

"玛丽被打时发出一声尖叫,梯端莎听到声音从楼上下来了,玛丽被吓得魂不附体。餐具柜上有一瓶酒,我打开往玛丽的口里倒了一点,然后我自己也喝了一口。梯瑞莎不慌不乱,和我一起想办法,把现场布置得像来了强盗似的。梯瑞莎一再给她的女主人重复讲我们编造的故事,而我爬上去切断铃绳;然后我把玛丽绑在椅子上,磨损了绳子的末端,

不然的话,人们会怀疑强盗怎么会上去割绳子。后来我拿了一些银器,造成庄园遭劫的样子,并且商量好一刻钟后报警。我把银器丢进水池里,就到西顿汉姆去了,我觉得这是我一生中做的一件大好事。这就是全部事实,福尔摩斯先生,是不是打算要我偿命呢?"福尔摩斯默默地抽着烟,一言不发有一会儿时间。然后他走向我们的客人,并且握住他的手。

他说:"你所说的正是我想到的,我知道你说的句句是真实的。只有杂技演员或水手才能从墙上的托座够到铃绳,那把椅子上的绳结只有水手才会那样打。这位夫人只有在那一次航海旅行时和水手有过接触,她既然竭力袒护这个水手,说明这个水手同她有暧昧关系,社会地位也差不多。所以你知道,我一旦抓住正确的线索,找你是极其容易的。""原来我以为警察永远不会找出我们的破绽。""我确信那个警察可能永远不会。克洛克船长,虽然我承认你的行动是不得已而为之的,可是结果是严重的。我不能肯定你的自卫是否可以算做合法,这要大英帝国陪审团来决定。对你的遭遇我表示同情,你可以在二十四小时内逃走,我保证现在没人会阻挡你。""这样就可以没事了?""一定不会有什么事了。"

水手的脸一下子涨得通红。"一个男子汉怎么能一点儿不负责任地接受这种建议呢?我还懂得一点法律,我知道这样玛丽要被当成同谋而遭到拘禁。你认为我会让她承担后果而自己溜之大吉吗?不,福尔摩斯先生,让他们怎样处置我都行,可是看在上帝的分儿上,请你设法使玛丽不受审判。"福尔摩斯向这位水手第二次伸过手去。"我只是考验你一下,这一次你又经受住了考验。不过,我要承担很大的责任。我已经启发过霍普金,如果他头脑僵化,我便不再插手此事。克洛克船长,这样吧,我们将按照法律的适当形式予以解决。现在克洛克船长是被告,华生充当大英帝国陪审员,你干这个最合适不过了。我就是法官。陪审员先生们,听取完证词以后,请表明你们的意见,你们认为克洛克有罪还是无罪?"我说:"无罪,法官大人。""上帝让人民发出了正义的呼声,我宣布,克洛克船长,你自由了。只要没有其他人受害,我一定会使你安然无恙,一年以后,你再回到这位女士这里,你们美好的未来是今夜这场审判最好的回报。"

归来记

第二块血迹

我原计划《格兰奇庄园》发表后，就不再记叙我的朋友歇洛克·福尔摩斯的光辉业迹了。这并不是因为缺少素材，还有几百个案例没有使用过；也不是因为这位卓越人物的优秀品格和独特方法使读者已感厌倦；真正的原因是福尔摩斯先生不愿意再继续发表他的经历。其实，记录他的事迹对他的侦缉工作是有好处的，但他执意要离开伦敦，去苏塞克斯丘陵地带去研究学问和养蜂，所以很不愿意他的故事被继续发表，而且再三叮嘱要我尊重他的意愿。我对他声称，我已经向读者表明《第二块血迹》将是我的封笔之作，而且用这样一个重要的国际性案件作为整部书的结尾，是最恰当不过了。经过他的同意，我以谨慎的态度向公众讲述这一事件的经过。讲述这个故事的时候，有些细节可能显得不很清楚，请公众谅解我不能不有所保留的苦衷。一个年代不能明讲的秋天，一个星期二的上午，有两位驰名欧洲的客人来到我们贝克街的简陋寓所。一位是著名的贝林格勋爵，两度担任英国首相。他的鼻梁高耸，两目发光，相貌十分威严。另一位皮肤黝黑，眉清目秀，举止彬彬有礼，虽然人未进中年，却是一副见多识广的样子。他就是崔洛尼·侯普——负责欧洲事务的大臣，英国最有前途的政治家。他们二人并肩坐在堆满文件的长沙发椅上，从他们焦急而忧虑的神情可以看出，他们到此必定有要事。首相那青筋凸起的双手紧紧握着一把雨伞的象牙柄，他看着我们，冷漠而憔悴的脸上显出无限的忧愁。那位欧洲事务大臣也心神不安的样子，一会儿捻捻胡须，一会儿又摸摸表链坠。

"福尔摩斯先生，今天上午八点钟我发现丢失了一份十分紧要的文件，于是我立刻报告给首相，并遵照他的意见马上赶来找你。"

"你报警了吗？"

首相的话既迅疾又坚决——跟在其他公共场合一样："没有，因为

我们不想将文件公之于众。""先生,能讲讲具体原因吗?""这是一份非常机密而又重要的文件,一旦内容被公开,就有可能影响到整个欧洲的局势,甚至关系到战争与和平的问题。盗窃文件的人正是为了将其内容公之于世,所以对追寻文件一事必须严守机密。""我明白了。崔洛尼·侯普先生,请您准确地叙述一下文件丢失的详细情况。""好,福尔摩斯先生,过程非常简单。我们六天以前收到一位外国君主寄来的一封信。这封信事关重大,因此我不敢放在保险柜里,而是每天带到白厅住宅街我的家中,锁在卧室的文件箱里。昨晚我吃晚饭前换衣服的时候,打开箱子检查,清清楚楚看见文件还在,文件箱夜里就放在我卧室里的梳妆台旁边。我和妻子睡觉都很警醒,肯定没人在夜里进来过,可今早八点我发现文件不翼而飞了。"

"您什么时候吃的晚饭?""七点半。""您睡觉前做了些什么?""我的妻子出去看戏了,我一直坐在外屋等她。到十一点半我们才进卧室睡觉。""也就是说,有四个小时没人负责看守文件箱。"

"除了我自己的仆人和我妻子的女仆早晨可以进屋以外,任何人在任何时间绝不允许走进屋内。这两个仆人在这里工作很长时间了,忠心耿耿。此外,他们二人谁也不可能知道在我的文件箱里放着如此重要的东西。""谁知道有这封信呢?""家里没有一个人知道。""您的妻子知道吧?""不,先生。直到今天上午信丢失了我才告诉她。"首相赞许地点了点头。他说:"先生,对你的责任心我感到十分信任,对你来说,这样一封机要信件的保管问题超乎家庭中的情感。"这位欧洲事务大臣点了点头。

"承蒙夸奖。今天上午以前这封信的事情我对我妻子只字未提。""她会猜出来吗?""不,她不会,谁也不会猜出来的。""您以前丢过文件吗?""没有,先生。""在英国还有谁知道有这样一封信呢?""昨天曾通知各位内阁大臣有这样一封信,每天的内阁会议都强调保密的重要性,尤其首相在昨天的会上又郑重告诉了大家。天啊,仅过了几个小时,我自己便丢失了这封信!"他用手抓住自己的头发,神情极为懊丧,就连他那英俊的面容也变得很难看。我们突然发现他是个极其敏感、情感易冲动、为人热忱的人。随后高贵的神情又恢复到他的脸上,语气又

归来记

温和起来。"除了内阁大臣之外,还有两名,也可能是三名官员知道这封信,福尔摩斯先生,我担保英国再无其他人了解此事了。""可是国外呢?""我相信除了写信人以外,国外不会有人知道这封信。这封信不是由官方渠道寄出的,我坚信写信人不会让他的大臣知道此事的。"福尔摩斯沉思一会儿:"先生,我必须问一下,这封信的主要内容是什么,丢失信件又怎么会产生这么严重的影响?"

这两位政治家迅速地对视了一下,首相双眉紧锁。他说:"浅蓝色的信封又薄又长。信封上面有红色火漆,漆上盖有蹲伏的狮子的印记。收信人的姓名写得大而醒目……"

福尔摩斯说:"您说的这些情况很重要,值得重视,可是为了调查,我需要追根究底,请明白说吧,信的主要内容有哪些?""那是最重要的国家机密,我不能说,而且也没有让您知道的必要,只要您能尽力找到这封信,我们会付给您在我权限之内的最丰厚的报酬及国家的奖励。"

歇洛克·福尔摩斯面带微笑,站起来说:"你们二位是英国最忙的人,可是我这个小小的侦探也很忙,还有许多人需要我的帮助。恕我不能为你们效劳了,我看没有必要谈下去了。"

首相立即站了起来,两只深陷的眼睛里喷出了一种使全体内阁大臣都心生敬畏的目光。他说:"对我这样说话……"可是,他忽然克制住自己,又重新坐了下来。有那么一阵儿,我们都静坐着,没有人讲话。这位年迈的政治家耸了耸肩,说道:"福尔摩斯先生,好吧,只有让你完全了解情况才能展开调查。"那位年轻的政治家说:"我同意您的意见。""我相信你和你的同事华生大夫的人格,所以我可以把全部真相讲给你们听。我也相信你们的赤子之心,因为这件事一旦泄露出来,英国将面临着灾难。""您对我可以放心。"

"一位外国君主出于对我国殖民地的迅速发展而感到义愤,于是写了这封信。信是匆匆忙忙写成的,并且完全是他个人的意见。经过调查,他的大臣对此事一无所知。同时,这封信写得也很不合体统,有些带挑衅性质的词句,这封信发表将会激怒英国人,并会引起轩然大波。我敢肯定这封信要是发表,一星期之后将会引起战争。"福尔摩斯在一

张纸条上写了一个名字,递给了首相。

"对,正是他,这封信的丢失可能引起几亿英镑的损耗和几十万人的牺牲。""您通知写这封信的人没有?""通知了,先生,刚刚发了密码电报。""也许写信人希望这封信被公开发表。""不,我们证明写信人已经感到了自己的极不慎重或者说过于急躁了。如果这封信曝光,他的国家所受的打击绝对比英国所受的打击还要大。""要是这样的话,公布这封信会对谁有利呢?为什么有人要盗窃并且公布这封信呢?"

"福尔摩斯先生,这就牵涉到紧张的国际政治关系了。如果你对目前欧洲政局有所了解的话,就不难看出盗窃这封信的动机。整个欧洲大陆是个武装起来的营垒,有两个势均力敌的军事联盟,由于大不列颠帝国的中立,保持着他们之间的平衡。如果英国被迫和某个联盟交战,另一联盟不管它们是否参战都必然导致其所属各国占有优势。你明白了吗?"

"您讲得十分清楚。换句话说,这个国家的对手想使这封信曝光,以使发信人的国家与英国的关系以战争方式解决争端。""是的。""如果这封信落到某个敌人的手中,他有可能把这封信交给谁呢?""交给欧洲任何一个国家的一位大臣。我们不排除现在正有人携带信件乘火车火速赶往目的地的可能。"

崔洛尼·侯普先生低下头去,发出一声痛苦的呻吟。首相把手放在他肩上安慰他说:"不幸的朋友,别太自责了,这并不是由于你的粗心造成的。福尔摩斯先生,事情你全了解了,你打算采取什么措施呢?"福尔摩斯无可奈何地摇了摇头。

"先生们,你们认为这封信的丢失真的会导致战争的爆发吗?""极有可能。""那么,先生们,请做好打仗的准备吧。""福尔摩斯先生,目前还不能完全确定信件就是找不回来了。""请听我说。想象一下,夜里十一点半以前,文件已经被人拿走了,因为侯普先生和他的妻子从那时起直到发现信件丢失为止,一直在室内。那么信件是在昨天晚上七点半到十一点半之间被盗走的,也许刚过七点钟,信就不见了。因为盗贼急于得手。既然如此,那么现在信在哪儿呢?信件一定不会被耽搁,信很快便会传到需要这封信的人手中。这样一来,我们就不可能追回这

归来记

封信了。"

首相从长沙发椅上站了起来。"福尔摩斯先生，你的话十分合理，我感到我们是毫无希望了。""为了推敲这件事，我们假设信是女仆或是男仆拿走的……"

"他们都是久经考验的老佣人。""我记得您说过，您的卧室是在二楼，并且没有门直接通到楼外，不会有人从楼外进去，所以一定是您家里的人拿走的。那么这个小偷把信件交给谁了呢？交给了一个国际间谍，或是国际特务，这些人我是熟悉的。有三个人可以说是他们的头儿，我首先要逐一调查，看看他们三个是否在，如果有人不见了，特别是在昨天晚上失踪了，那么，我们便可以得到一点启发，知道文件去了哪儿。"

欧洲事务大臣问："他为什么一定要出走呢？他完全可以把信送到各国驻伦敦的大使馆。""我想这不可能，一般情况下，这些特务是独立地进行工作，和大使馆的关系常常非常尖锐。"

首相点点头表示同意。"福尔摩斯先生，我相信你说得有道理。他要把如此宝贵的东西亲手送交总部，你采取的措施是可行的。侯普，我们不要因为这件不幸的事情耽误了我们其他的工作。今天如果有新的进展，我们一定会告诉你，并且请你告诉我们有关你调查的结果。"向我们告别后，两位政治家以一种庄严的姿态离开了。客人走了以后，福尔摩斯默默地点上烟斗，坐下来，沉思了好一会儿。我打开晨报，聚精会神地读一件昨天夜里发生的骇人听闻的凶杀案。正当这个时候，我的朋友长叹了一口气，站了起来，并把烟斗放在了壁炉架上。他说："除此之外，别无他法。情况极其严重，但还未到彻底绝望的时候，当务之急，我们要搞清谁拿走了这封信，极有可能信还在他们手中。对于这些人说来，无非是个钱的问题，我们有英国财政部支付，不怕花钱。只要他肯卖，我就能买，不管花多少钱。可以想象到这个偷信人持信观望，看看哪一方能付更高的价钱。只有三个人敢冒这样大的危险：奥勃尔斯坦、拉若泽和艾秋阿多·卢卡斯。我要分别去找他们。"我瞥了一眼手中的晨报。"是高道尔芬街的艾秋阿多·卢卡斯吗？""正是他。""你见不到他了。""为什么？""他死了，昨晚在家中被人谋杀了。"

破了这么多的案子,吃惊的总是我,但这次是我让他吃了一惊,这使我十分得意。他目瞪口呆地盯着我手中的报纸,突然一把抢了过去。下面就是他从椅子上站起来的时候,我正在读的一段。

威斯敏斯特教堂区发生谋杀案

昨晚十一时三刻,警察巴瑞德在位于泰晤士河与威斯敏斯特教堂之间的高道尔芬街十六号发现了一起悲惨、神秘的凶杀案。死者是伦敦社交名流艾秋阿多·卢卡斯先生。卢卡斯先生三十四岁,单身,是英国最优秀的业余男高音歌唱家,在此居住多年,家中有一名女管家波林格尔太太和一名男仆弥尔顿。案发当晚,女管家在阁楼上熟睡,男仆去汉蒙尔斯密拜访一位朋友。晚十时后,家中只剩下卢卡斯先生一人。当时,警察巴瑞德巡逻路过十六号门口,见大门半开半掩,敲门无人应声。随后他走进过道继续敲门,还是没有回答。他看到室内灯光很亮,就推门进入室内,发现房间家具全都翻倒,屋子中央躺着一把椅子。卢卡斯先生倒在椅子旁边,一手抓在椅子腿上。据警方分析,是一把本来挂在墙上的印度匕首插进了他的心脏,导致他当场死亡。凶杀的动机不像是抢劫,因为室内的贵重物品完好无缺,艾秋阿多·卢卡斯先生生前是个深受大家喜爱的名人,所以现在一定会有许多朋友关注他的死因。

过了一会儿,福尔摩斯问:"华生,你对这事儿有什么看法?"

"这只是一个巧合。"

"巧合!三个人中最有可能登台表演的人就是他了,而他恰恰惨死在这场戏正在上演的时候。看起来,这多半不是什么巧合,自然也不排除这种可能。我的朋友,这两件事之间一定大有关系,而我们要找的正是它们之间的神秘的联系。"

"现在警察一定了解了全部情况。""不,两件事中他们只知其一,不知其二,那就是他们只看到了高道尔芬街发生的谋杀,而对白厅住宅

归来记

街事件一无所知。不管怎么说,让我对卢卡斯产生怀疑的是这一点:威斯敏斯特教堂区的高道尔芬街离白厅住宅街的距离很近,步行只需几分钟时间,然而,我说的其他两个间谍都住在伦敦西区的尽头。因此,卢卡斯更方便和欧洲事务大臣的家人互相联系,这只是个细节,但因为罪犯的作案时间只有几个小时,那这个细节也许就能说明一个大问题。噢,有人来了!"

哈德森太太拿着托盘走进来,盘内是一张女士的名片。福尔摩斯拿起名片,眼中现出了希望的光芒,又随手把名片递给了我。对哈德森太太说:"请希尔达·崔洛尼·侯普夫人上楼来。"那天早上,我们在这间陋室里接待过两位名人之后,又迎来了伦敦最美丽的女士。对于倍尔明斯特公爵的女儿的美貌,我早有耳闻,哪知她本人比那些传闻和照片更要光彩照人,简直令人目瞪口呆。然而,这样一位妇人,当她端庄地站在门口时,我们最先看到的是她的紧张和恐慌,而不是她夺人心魄的美丽。她由于过分紧张而脸色惨白,眼神焦躁,双唇紧抿,以至于使人觉得她当时的恐惧盖过了她的美貌。"福尔摩斯先生,我丈夫来过这里吗?"

"不错,太太,他来过了。""福尔摩斯先生,我请求您不要告诉他我到这儿来过的事。"福尔摩斯平淡地点了点头,并且指着椅子请她坐下。"请坐,夫人,讲出您的要求吧,但我要事先声明恐怕不能毫无保留地接受一切。"她走到屋子另一边,背对着窗户坐下来。那风度真像个皇后,仪态优雅,风韵万千。她的两只戴着白手套的手时而紧握,时而松开,她说:"福尔摩斯先生,我希望我们彼此都能开诚布公。我丈夫和我基本上对双方的所有问题都毫不隐瞒,但只有政治问题,他对我只字不提。但现在我知道我家里发生了非常不幸的事,就在昨夜。我丈夫虽然没有完全告诉我真相,但我已经知道是关于一份文件丢失的事,身为他的太太,我必须了解详细情况,因为只有我才能保证我丈夫的利益,当然他现在还不明白。福尔摩斯先生,您是除去几位政治家以外唯一掌握真相的人,我只好求助于您了,请告诉我那究竟是怎么样的一份文件?""夫人,恕我不能回答您的问题。"她叹了口气并将双手蒙在脸上。"夫人,您应当理解,这是我的义务,您的丈夫认为不应当让您知

道这件事；而我出于职业上的道德约束，必须死守秘密。虽然我了解全部真相，但我不可能在没有他允许的情况下吐露半个字，您还是应该去问他本人。"

"如果他肯告诉我，我就不会来这儿了。福尔摩斯先生，您既然不肯明说，至少也得给我一点暗示吧？这样对我也会很有帮助的。""夫人，此话怎讲？""这件意外是否会影响到我丈夫的仕途？""除非事情得到挽回，否则后果难以预料。""啊！"她倒吸一口冷气，好像恍然大悟，"福尔摩斯先生，我还有一个问题。此事一出，我丈夫便极度惊恐，我看得出，文件的丢失会在全国造成令人恐怖的麻烦。""如果他这样说，我也不能否认。""丢失文件所造成的后果是什么性质的呢？""夫人，这个问题不在我应该回答的范围内。""那么我就此告辞，福尔摩斯先生，我不怪您什么也不告诉我，相信您也不会认为我过于唐突，虽然我丈夫不会同意我的做法，但一个妻子应该分担丈夫的忧愁。再一次求您，别告诉他我到这儿来过。"

她走到门口，又回望了我们一眼，那美丽又焦灼的面庞以及那双担惊受怕的眼睛和紧抿着的嘴唇，再一次印在我的心上。她走出了房门。裙子的摩擦声渐渐远去，接着"砰"的一声门响，声音完全消失了。这时，福尔摩斯微笑着说："华生，你研究过女性。这位漂亮的夫人在耍什么把戏呢？她的真意何在呢？"

"当然，她清楚地说明了来意，而她的焦虑也是可以理解的。"

"哼！华生，她所出身的社会阶层不允许她轻易流露出自己的感情，而我们却看到她是那样焦灼，那样不安，而且不停地发问，你应该想一想这都是为了什么。"

"的确，她显然过分激动了一些。"

"还有一点，她一再恳切地对我们说，只有她了解到一切，才能保证她丈夫的利益。她说这话的意思是什么呢？而且你一定注意到了，她设法坐在背光的地方，不想让我们看清她的面部表情。"

"是这样的，她特别挑了那把背光的椅子坐下。"

"女人心，海底针。正是这样我怀疑过玛尔亥特的那位妇女，你可

归来记

能会想起来,从她鼻子上没有擦粉而得到启发,终于解决了问题。有时她们的一个细微之处都会暴露出内心的秘密,包括一枚发针或者一把卷发火剪。你不能轻易就相信她们。华生,再见。"

"你要出去?""是的,今天上午我要去高道尔芬街和我们苏格兰场的朋友们消磨时间。这个案子和艾秋阿多·卢卡斯有直接关系,但我现在还没有想出解决的方法。当然,事前就得出结论是荒谬的。我亲爱的华生,请你留守接待客人,我尽量赶回来和你一起吃午饭。"

从那天算起,三天过去了,福尔摩斯一直默默不语,不了解他的人以为他是没有办法而垂头丧气,但他的朋友都看得出来,他在冥思苦想。他出来进去,嘴里叼着烟斗,拿起小提琴随手拉几下又放下,经常想入非非,废寝忘食,对我的提问不理不睬。显然他的调查进行得很不顺利。对于卢卡斯一案,他一言不发,我所知的全是从报纸上得来的。比如说警察逮捕了死者的仆人约翰·弥尔顿,但随后又把他放了。验尸官认为这是一起蓄意谋杀,但却不能指出当事人及其犯罪动机。室内的珠宝和文件都纹丝未动。通过对死者的文稿书信的详细检查,警方发现他是个国际政治问题的研究专家,和几个国家的首脑都有来往,还是个十分健谈的语言学专家。但他的文件里没有任何可疑之处。他虽然认识许多女人,但交往都不深,没有一个所爱之人。他的日常生活规规矩矩,没有什么不良的癖好。所以对于他神秘的死亡,没人能解释清楚。至于逮捕仆人约翰·弥尔顿,只不过是为了避免人们议论当局无用的补救措施罢了。

这个仆人那天夜里到汉蒙尔顿去看望朋友,拥有不在场的证据。从他动身回家的时间推算,他到达威斯敏斯特教堂的时候,凶案还没有发生。但是他解释说当晚月色非常美丽,他步行了一段路程,所以,他是十二点到家的,到家后就发现了主人的惨死。他们主仆关系一向融洽,从仆人的箱子中发现了一盒死者的剃须刀片,但他解释说这是主人送给他的,女管家可以作证。有一点值得注意,卢卡斯在雇佣弥尔顿的三年中,常去巴黎等地外出,有时一去就是三个月,但弥尔顿一次也没去过欧洲,只被留在高道尔芬街看家。而女管家在凶案发生的当夜,什么也

没听到,她说就是有客人来,那也是主人亲自迎进去的。

一连三天,我都没有看到报纸上刊登有关此案的消息,福尔摩斯也没有讲过什么情况。但是,他告诉我,侦探雷斯德已把所有掌握的情况都告诉了他,我也相信他一直都能及时了解案情的侦破过程。到了第四天上午,报上登载了从巴黎拍来的一封很长的电报,全部问题似乎就此迎刃而解。电文如下:

> 据《每日电讯报》消息,巴黎警察的调查工作已有所进展,这可以解释艾秋阿多·卢卡斯先生惨死之谜。读者已经了解到卢卡斯先生是本周一夜里在高道尔芬街住宅中被人用匕首直刺心脏而死。警方一度怀疑过他的男仆,但他因有不在场的证据而被释放。另外昨天在巴黎,几位仆人向警方报告住在奥地利街的亨利·弗那依太太精神失常。据调查,弗那依太太本周星期二自伦敦归来,证实其行踪与威斯敏斯特教堂凶杀案有关。据多次验证,警方认为 M·亨利·弗那依与艾秋阿多·卢卡斯实为一人,死者由于某种不可告人的目的,分别在巴黎和伦敦轮流居住。弗那依太太是克里奥尔人,生性爱妒忌,神经过敏,经有关部门查明,她患有极其可怕的狂躁症,极有可能是她在病发时用匕首杀死了死者,从而造成了这桩轰动全城的凶杀案。截至目前,尚未查清病人在周一夜间的全部活动。但在周二清晨,有一位外貌与她酷似的妇女在查林十字街火车站因行为怪异而引起了人们的注意。因此,医学专家认为有两种情况可能发生:一是病人在病发时杀了人,二是杀人的激烈行为使其旧病复发。目前,她的神志还很不清醒,无法回忆过去,医生也认为她无法恢复理智。另外有人看到本周一晚上有一个女人在高道尔芬街长时间地盯着那栋房子,长达几小时,但目前尚无法证实她是不是弗那依太太。

福尔摩斯快吃完早饭的时候,我给他读了这段报道,并说:"福尔

归来记

摩斯，你对此有何看法？"他站起来，在屋里来回踱步，他说："华生，你真行，有话也能憋住不往外讲。我沉默了三天，是由于无话可说。现在从巴黎来的这个消息，同样无关大局。""和卢卡斯之死总还有较大的关系吧。""卢卡斯之死同找到文件相比，只是一件小小的意外。别忘了，我们的真正的目的是要弄回文件而使欧洲躲过一场灾难。三天过去了，毫无动静。两天来我每隔一小时就收到一份政府的报告，可以知道目前整个欧洲还是平静的。假设这封信真的丢了——当然这种可能极小——那么信又在哪里呢？它在谁的手中？这个人出于什么目的抓住这信不放呢？这个问题像一把日夜敲击着我的大脑的铁锤。卢卡斯之死和信件的失踪，这之间到底有什么联系呢？他到底收没收到信？如果收到，却不在他的文件里，那么有可能被他那歇斯底里的妻子拿到了巴黎的家中。如果是这样的话，那我怎样才能避过巴黎警察的耳目拿到那封信呢？唉，亲爱的华生，现在罪犯和警察都在跟我们作对，然而又事关重大，要是我能破获这个案子，那可真是三生有幸了。啊，又有新情况！"

他匆忙地瞥了一眼刚刚交到他手中的来信，说："好像雷斯德已经查出了重要的情况。华生，带上帽子，我们一同走到威斯敏斯特教堂区去。"这是我第一次到现场，这是一幢具有十八世纪风格的高大严谨、美观实用、外表陈旧的建筑。雷斯德正站在窗前往外张望，一个高个子警察打开门，请我们进去，雷斯德过来热情地欢迎我们。我们一同进去观察情况，屋子中央有一小块方地毯，地毯上只有一块不规则的血迹，小地毯的四周是小方木块拼成的旧式木板，被擦得光可鉴人。壁炉上方的墙壁上挂着各种兵器，包括那把行凶的匕首。窗前摆着一张昂贵的写字台。屋子里的一切陈设都显得富丽堂皇。

雷斯德问："看到巴黎的消息了吗？"福尔摩斯点了点头。"这些法国朋友讲得头头是道，似乎切中了要害。她敲开了卢卡斯的门，这很让卢卡斯吃惊，他开门让她进去了，因为她不能一直站在门外。弗那依太太说一直在找卢卡斯，并责骂起来。事有凑巧，墙上就挂着匕首。但杀人也不简单，卢卡斯也用椅子抵挡了一气，所以椅子都倒了，他手中还

抓着一把椅子。这就是事情的真相。"

福尔摩斯睁大了眼睛,看着雷斯德。"你找我来有什么事呢?""啊,是因为一件你会感兴趣的小事,正是你所说的反常的小事。这和主要事实无关,至少从表面看是这样。"

"那么,到底是怎么一回事?""你知道,这一类案件发生以后,我们总是派人仔细看守现场,日夜值班,我们相信没人动过这里的东西。今天埋葬完死者之后,也没什么可调查的了,我们就想打扫一下房间。这不是固定在地板上的地毯,我们不经意掀开了地毯,发现……""发现了什么?"福尔摩斯迫不及待地追问道。

"给你一百年时间,你也不会想到,你看见地毯上的那块血迹了吗?血迹大部分已经浸透过地毯了吧?""应该是这样。""可是地毯下正对的白色地板上却没有血迹,对这一点你不感到很奇怪吗?""没有血迹!可是,一定……""你认为一定会有,可是,事实上就是没有。"他握住地毯的一角,一下子翻了过来,以便证实他所说的。"不,地毯下面一定会留下和上面相同的血迹。"雷斯德看到这位大名鼎鼎的侦探被自己弄得一头雾水,不禁开心地笑了起来:"让我来告诉你这个问题的答案吧,第二块血迹并没消失,只是不在第一块的下面,你看。"他一面说着一面掀起地毯的另外一角,立刻,在地毯下面洁白的地板上露出一片紫红色的血迹。"福尔摩斯先生,你看这是怎么一回事呢?""很简单,这两块血迹本是重合的,但是有人转动了地毯。地毯是方形的,又没被钉住,所以容易移动。"

"福尔摩斯先生,这一点不用你说。这是显而易见的,因为地毯上的血迹和地板上的血迹应该是一致的。我要知道的是,谁移动了地毯,为什么?"福尔摩斯神情呆板,但我知道他内心正激荡起伏。过了一会儿,他问道:"雷斯德,门口的那个警察是不是寸步不离地守在这里?""是的。""请听我说,你仔细盘问他一下。但要把他带到后面单独盘问。问问他为什么居然敢让别人进来,而且还把他单独留在屋里。不要问他是不是让人进来了,你要让他以为你知道了一切,让他知道只有坦白才有出路,一定要照我说的去做!"雷斯德走了,福尔摩斯这才欣喜

归来记

若狂地对我说:"华生,你瞧吧!"他神情激动,重又振作起来,与刚才懒散的样子判若两人。他"呼"地掀开地毯,随即趴在地上,并且试图抓起地板的每块方木板。他用指甲不断地掀着抠着,忽然,有一块木板活动了。它像箱子盖一样,从有活页的地方向上折起。下面有一个小黑洞,福尔摩斯急忙把手伸进去,可洞里什么也没有,他不快地哼了一声:"快,华生,快,把地毯放好!"

一切刚刚恢复原样,过道里就响起了雷斯德的说话声。他看见福尔摩斯背靠壁炉,懒散地打着呵欠,一副百无聊赖的样子。"福尔摩斯先生,对不起,让你久等了。麦克弗逊已经承认了一切,过来,再讲讲你干的好事!"那个高个子警察,满面羞红,一副无地自容的样子,悄悄溜进屋来。"先生,我是无心的,一位年轻的女士,昨天晚上走到大门前,她弄错了门牌号码。我就和她聊了几句。一个人整天在这儿守着,实在很寂寞。""那么,后来怎样呢?""她想看看卢卡斯死在哪里,她说她在报上看到了。她穿着讲究,又会说话,我就想,让她看一眼吧,不会有事儿的。哪知她一看到地毯上的血迹就躺在地上昏了过去,我跑到屋后打了些水,可无济于事。我就到拐角的'常春藤商店'买了一点白兰地,可是等我回来以后,这位妇女已经不见了。我想她可能是感到不好意思,不愿意再见我。"

"那块地毯怎么会移动了呢?""我回来的时候,地毯被弄得有些不平了。你想,她倒在地毯上,而地毯又没固定在光滑的地板上。于是我就把地毯铺开了。"雷斯德严肃地说:"麦克弗逊,记住这次教训吧,别以为我会被你的把戏蒙骗,我一看到地毯马上就知道有人到屋里来过了。没少什么东西算你走运,否则你可得吃不了兜着走!福尔摩斯先生,请原谅我们让您为这区区小事辛苦一趟,我原本以为这个细节会使您很感兴趣。"

"不错,我很感兴趣。警察,这位妇女只来过一次吗?""是,只来过一次。""她是谁?""我不知道她的名字。她看了招聘打字员的广告,走错了门,一位长相标致面容和悦的年轻太太。""是位高个子的漂亮太太吗?""一点不错,她很美,有人会认为她非常迷人。她说:'警官

先生，请让我看一眼！就一眼！'她说话非常动听。我本来想让她只从窗户探头看看，那是无关紧要的。""她打扮得怎么样？""挺素雅，穿着一件非常雅致的拖到脚面的长袍。""在什么时间？""天刚擦黑。我买白兰地回来的时候，人们都在点灯。"福尔摩斯说："很好。走吧，华生，我们还有别的事要办；现在我们有很重要的事情。"雷斯德仍留在屋子里，那位十分自责的警察给我们开了门。福尔摩斯走到台阶上时，忽然转过身。他的手里还有一样东西。这位警察看着那东西，突然叫出声来："天啊！"福尔摩斯用手指做了一个禁声的动作，然后把这件东西放进胸前的口袋。他洋洋自得地走到大街上，不禁开怀大笑，他边笑边说："太妙了！华生，你尽管睁眼瞧吧，最后一场戏就要上演了。一切都会平安无事，没有战争，不会影响到侯普先生的远大前途，不会连累那位不谨慎的君主。欧洲局势也不会复杂化，我们只要略施小计，就会大事化小，小事化了。"

听了他的话，我不禁对这位天才产生了由衷的钦佩。我不禁喊道："你把问题解决了？""华生，还不能这样说。还有几个疑团没有解开。但是我们了解的情况已经够多了，如果还是弄不清其他的问题，那是我们自己无能了。现在我们直接去白厅住宅街，了结这桩麻烦。"

没想到我们来到欧洲事务大臣官邸，歇洛克·福尔摩斯要找的却是希尔达·崔洛尼·侯普夫人。我们走进了上午用的起居室。这位夫人生气地红着脸说："福尔摩斯先生！您太令我失望了，我一再请求您要帮我保守秘密，不要让我丈夫知道我插手他的事情，可您到这儿来，是想让别人知道我都做了什么吗？""夫人，请原谅我别无选择。我受人重托，现在必须请求您把信交给我。"这位夫人突然站了起来，她美丽而丰润的脸因这句话骤然变了颜色。她的眼睛直勾勾地盯着前方，身体摇晃起来，我以为她要晕倒，但她强自镇定住了。这时她脸上复杂的神情被愤怒所取代。

"福尔摩斯先生，您污蔑我。""夫人，请冷静一点，不论您怎样狡辩，您还是得交出信来。"她奔向呼唤仆人的手铃。

"管家会代我送客的。""希尔达夫人，不必摇铃。如果您摇铃，那

归来记

我为维护您的名誉所做的一切努力都将白费。只要您把信给我,那一切都会变好,如果您当我是朋友的话,我会妥善解决一切。如果您不这样做,那么我就要揭发您。"

她仪态威严地伫立在那儿,好像什么都不怕。她的眼睛直视着福尔摩斯的眼睛,好像是要看穿福尔摩斯。她的手放在铃上,但是她克制着自己没有摇。

"您别想吓倒我,福尔摩斯先生。您到这里来威胁一个妇女,实在太没风度了。您说您了解一些情况,那么您了解什么呢?""夫人,请您先坐下。我不希望您摔伤自己,您不坐下,我是不能讲的。""福尔摩斯先生,我给您五分钟。""希尔达夫人,一分钟就够了。我知道您去过艾秋阿多·卢卡斯那儿,您交给他一封信;我还知道您昨晚又去过那里,并且巧妙地在地毯下拿走了那封信。"

她凝视着福尔摩斯,面如死灰,欲言又止。过了一会儿,她大声地说:"您疯了,福尔摩斯先生,您满口胡言!"福尔摩斯从口袋中取出一小块硬纸片。这是从相片上剪下来的一个人的脸。福尔摩斯说:"我一直带着这个,因为或许用得上。那个警察已经认出这张照片了。"她喘了一口气,瘫软在椅子上。"希尔达夫人,信在您的手中,一切都能挽回。我不想给您找麻烦,我的义务是把这封信还给您的丈夫。希望您采纳我的意见,并且对我要讲实话。这是您最后的机会。"她的勇气实在可嘉。直到现在,她还不认输。

"福尔摩斯先生,我再和您说一遍,这太荒唐了。"福尔摩斯从椅子上站起来。"希尔达夫人,您真令我遗憾,看来我为您费的力气就要付诸东流了。"福尔摩斯摇了一下铃。管家走了进来。"崔洛尼·侯普先生在家吗?""先生,他十二点三刻回家。"福尔摩斯看了看表,说:"还有一刻钟,我们要在这儿等候。"

管家刚一走出屋门,希尔达夫人便跪倒在福尔摩斯脚下。她眼泪汪汪地仰望着福尔摩斯,声泪俱下地哀求道:"饶恕我吧,福尔摩斯先生,饶恕我吧!看在上帝的面上,不要让我丈夫知道这件事!我太爱他啦!我不愿意让他心里有一丝不快,可是这件事会伤透他的心的。"福尔摩

斯扶起这位夫人。"太好了，夫人，您总算想通了，时间已经不多了。信在哪儿？"她急忙走到一个写字台旁，用钥匙打开抽屉，取出一封信，是个很长的蓝信封。

"福尔摩斯先生，信在这儿，我发誓没有拆开过。"福尔摩斯嘀咕着说："怎样把信放回去呢？快，快，要想个办法！文件箱在哪儿？""还在卧室。""太好了！夫人，快把箱子拿来！"她很快拿出了一个扁扁的红箱子。"您以前怎么打开的？您有一把复制的钥匙？是的，您当然有，快打开！"希尔达用怀里的一把小钥匙打开了装满文件的箱子。福尔摩斯把这封信塞到靠下面的一个文件里，夹在两页之间。关上了箱子，锁好之后，夫人又把它送回原处。福尔摩斯说："都准备好了，还剩十分钟，就等着您的丈夫回来了。夫人，为您，我用尽了全力，您应该用这十分钟真诚地向我说明您到底是出于何种目的铤而走险呢？"

这位夫人大声地说："福尔摩斯先生，我愿意让您知道。我宁愿切掉自己的右手，也不愿意让我丈夫有片刻的烦恼！恐怕整个伦敦也找不出一个像我一样如此深爱丈夫的女人了，可是如果他知道了我所做的一切，就算我实在是被逼无奈，他也绝不会原谅我的。因为他珍视自己的声望重于一切。福尔摩斯先生，救救我吧，现在我把我和我丈夫的幸福，甚至我们的身家性命都交在你手上了！""夫人，时间有限，长话短说吧。""先生，问题是由我的一封信引起的，一封我在婚前感情一时冲动而写的愚蠢透顶的信。我的信没有恶意，可是我丈夫会认为这是犯罪。如果让他看到这封信，那我们的爱情就完了。我一度已经忘了这封信，可后来卢卡斯这个恶棍写信说那封不谨慎的信在他手里，要我用丈夫的文件去换，因为我丈夫身边有间谍，告诉了卢卡斯那份文件的重要性。卢卡斯曾保证说不会伤害到我丈夫，福尔摩斯先生，如果把我换成您，您会怎么办呢？"

"让您的丈夫知道一切。""不行，福尔摩斯先生，不行！一面是幸福，一面是政治，我是个女人，我更相信爱情重于一切，所以，我复制了钥匙并且拿走了文件——当然钥匙是卢卡斯为我复制的。我取出文件后就送到了高道尔芬街。""在那里又发生了什么？""我按照约定的方

归来记

式敲门,他开了门,我随他走进屋中,可我没有关严大门,因为我觉得那样逃跑会方便一些。我记得我进去的时候,门外站着一个女人。我们迅速地交换了信件。这时,门响了,接着门道里有人走了进来。卢卡斯急忙掀开地毯,把信藏在下面的一个隐蔽的地方,又马上盖好地毯。

"接着就发生了极其可怕的一幕,唉,天哪,我好像做了一个噩梦!我看到一个妇女,肤色黝黑,歇斯底里地用法语大叫道:'我没有白等,终于让我抓住了你们!'他们二人凶狠地搏斗起来。卢卡斯手里拿着一把椅子,那个妇女手中有把闪亮的刀子。太恐怖了,我拔腿就冲了出去,逃离了那个可怕的地方。第二天早上我便在报纸上看到了卢卡斯被杀死的消息。那天晚上我很高兴,因为我拿回了我的信,但是更糟的还在后头。

"到第二天早上我才明白,代之而来的是新的不幸和苦恼。看到我丈夫因失去文件忧心如焚的样子,我的心都要碎了。我当时几乎就要跪倒在他脚下,向他讲明是我拿的文件。可是这意味着我要说出过去的事。我想了解这个错误的严重程度,所以那天早上就去找您了。其实我一直在想着把信夺回来,碰巧我发现了卢卡斯藏信的地方,否则我真不知道该如何是好。连着两天我都去了那里,但大门紧闭,我没有机会,但昨天晚上我成功了,当然您已经知道了详情,我不再赘述了。本来我要销毁这封信,因为我无法向丈夫承认错误,天啊,他回来啦!"

楼梯上响起了脚步声,紧接着,欧洲事务大臣神色激动地冲了进来。

他说:"有什么消息,福尔摩斯先生,有什么消息?""有点希望。"他的脸上露出惊喜的神情。"感谢上帝!首相正要和我一起吃午饭。他可以来听听吧?他虽然是个坚强的人,但自从发生了这事以后,他就没睡过一次好觉。雅格布,你把首相请到楼上来。亲爱的,你先到餐厅去等我们,因为这事是政治问题。"

首相仍保持着镇静,但他闪烁的目光和颤抖的大手泄露了他内心的激动。"福尔摩斯先生,我听说你有好消息?"我的朋友回答:"虽然到现在为止,我没有找到文件,但一切可能失落文件的地方我都调查过

了,都没找到。所以我肯定不会发生什么危险。""福尔摩斯先生,那是不行的。这件事一定要有个结果,我们不能永远在火山口上生活。""我之所以来到这里,就是因为有找到文件的希望。我越想越觉得文件不会离开您的家。"

"福尔摩斯先生!""如果文件拿出去了,现在一定已经被公诸于世了。""会有人拿走文件而只是为了把它藏起来吗?""我相信不会有人拿走这封信。""难道信会在文件箱里?""我正是这样想的。""福尔摩斯先生,别开玩笑,我保证信不在箱子里。""自从星期二早晨以来,您检查过箱子吗?""没有,没这个必要。""您就不会一时大意,没有发现信吗?""这是不可能的。""虽然我不能肯定您会马虎,但这种情况也许确实存在。我想箱子里还有别的文件,可能同它们混在一起了。""这个文件放在上面。""但也许有人晃动了箱子,弄乱了。""不,不,我曾经把它倒空了翻找。"首相说:"侯普,这不难,我们把文件箱拿到这里来。"大臣摇了摇铃。

"雅格布,把文件箱拿来。这简直太荒唐了,是在浪费时间,还是让事实说服你吧。谢谢你,雅格布,放在这儿。钥匙一直在我的表链上。你看这些文件。麦罗勋爵的来信、查理·哈代爵士的报告、贝尔格莱德的备忘录、关于俄—德粮食税问题的记录、马德里来的一封信,是弗洛尔爵士的信。天啊!这是什么!贝林格勋爵,贝林格勋爵!"

首相一把抢过那蓝色的信封。"是的,就是它。信没有动过!侯普,我祝贺你。""谢天谢地!谢谢你,福尔摩斯先生!我心里的一块石头总算落地了。这太神奇了,福尔摩斯先生,你真是个魔术师!你怎么知道信在这里?""因为我知道信不在别处。""我简直不能相信我的眼睛了!"他急速地走到门旁。"我的妻子在哪儿呢?我要让她知道这个好消息,希尔达!希尔达!"他站在楼梯上呼唤着。

首相望着福尔摩斯,眼珠转个不停。他说:"先生,太不可思议了。文件怎么会又回到箱子里了呢?"福尔摩斯笑着避开了那双好奇的眼睛。

"别忘了我们也有我们的外交秘密。"他说着,拿起帽子,转身向门外走去。